Ida Hegazi Høyer

# Trost

Ida Hegazi Høyer

# TROST

Aus dem Norwegischen übersetzt
von Alexander Sitzmann

Residenz Verlag

Dieses Buch wurde mit Unterstützung von NORLA gedruckt.

NORLA
NORWEGIAN LITERATURE ABROAD

Bibliografische Information der Deutschen Nationalbibliothek
Die Deutsche Nationalbibliothek verzeichnet diese Publikation in der Deutschen Nationalbibliografie; detaillierte bibliografische Daten sind im Internet über http://dnb.dnb.de abrufbar.

www.residenzverlag.at



Umschlaggestaltung: BoutiqueBrutal.com
Typografische Gestaltung, Satz: Lanz, Wien
Lektorat: Jessica Beer
Gesamtherstellung: CPI books GmbH, Leck

ISBN 978 3 7017 1707 1

# I.

Sie treffen einander, so wie man sich nur durch Zufall trifft. Um jemanden zu treffen, muss man suchen, muss man vorweisen, was man zu bieten hat. Man muss sich sowohl mit warmer als auch mit kühler Richtigkeit treffen, in der Balance zwischen Offenheit und Tarnung. *Bin ich gut genug für dich?* Und so weiter. In einer Stadt, in einer Nacht, in einem Lokal – diese Reihen von Blicken, die nach Blicken suchen, um sich darin einzuschließen.

Er überragt alle anderen um einen Kopf und ist nicht zu übersehen. Im Grunde ist er ein wenig zu schneidig für sie, aber sie nimmt auf diese Art von Spielregeln keine Rücksicht. Ist zu unerschrocken, vielleicht, oder ganz einfach gleichgültig. Bedürfnis schlägt Eitelkeit ohnehin, so ist es bei allen. Sie neigt dazu, so zu denken; ein schneidiger Mann ist auch nur ein Mann.

Und vielleicht glaubt sie, dass man ihr nicht ansieht, wie bedürftig sie ist, oder vielleicht glaubt sie, dass alle anderen am selben Schrei leiden, aber jedenfalls sagt sie zu ihrer Begleitung, dass sie auf die Toilette muss, und im Klo schreibt sie ihre Telefonnummer auf einen Zettel. Dann, in einem Anfall promiskuitiver Einsamkeit, drückt sie, während sie auf dem Rückweg an ihm vorbeigeht, dem Fremden den Zettel in die Hand, gezielt, damit er versteht, dass diese Kontakterlaubnis, die sie ihm gibt, unter keinen Umständen ein Irrtum ist. Die Gleichung lässt sich lösen, wie es wohl immer der Fall ist. Wer hätte keinen Bedarf nach einem Ersatz? Und wer wäre nicht geeignet, um sich in ihm zu vergessen? Er sieht es ihr an. Die Erlaubnis könnte genauso gut ein Befehl wie ein Hilferuf sein.

Sie nimmt an, dass sie am nächsten Tag von ihm hören wird. Höchstwahrscheinlich meldet er sich im Lauf des Vormittags, denkt sie. Aber er wartet nicht bis morgen. Die erste Nachricht schickt er sofort, während sie einander immer noch im Blick haben. Olá, schreibt er. Und sie schreibt dasselbe zurück. Hallo. Und damit ist ihr Raum etabliert. Es ist unglaublich, wie wenig es dazu braucht. Wie erstaunlich wenig nötig ist, damit die Idee, miteinander in Beziehung zu treten, entstehen kann. Wer ist das neben dir, steht in der nächsten Nachricht. Sie antwortet: ein schlechtes Date. Und wieder sehen sie einander an und lächeln, wie sie es schon den ganzen Abend getan haben. Jeder von seinem Ende der Bar, jeder von seinem armseligen Ausgangspunkt. Mehr braucht es nicht. Als er geht, nickt er ihr kurz zu. Wir sehen uns wieder, sagt dieses Nicken, und noch bevor sie zu Hause ist, hat er die entscheidende Nachricht geschickt. Freitag in einer Woche, viertel vor acht, Miradouro de São Pedro bei den Ruinen, o.k.? Und sie wägt nicht ab, ob sie ihn treffen oder es sein lassen soll. Wozu hätte sie ihm ihre Nummer geben sollen, wenn sie nichts von ihm will? Sie antwortet: O.k., freu mich! Er soll nicht daran zweifeln, dass sie unkompliziert ist. Fein, schreibt er zurück, mit Punkt. Kein freu mich auch, kein Smiley. Und sie ist froh darüber, es gefällt ihr, dass beide sachlich und konzis sind. Womöglich hat sie den richtigen Mann gewählt.

*

Sechs Tage lang denkt sie nicht an ihn. Sie freut sich nicht, ist nicht nervös, sieht keine verschiedenen Szenarien oder Ergebnisse vor sich, denkt nicht nach, worüber sie sich unterhalten sollen, kalkuliert keine eventuelle unbehagliche Stille ein, kann sich im Grunde nicht an sein Gesicht erinnern und stellt sich nicht vor, wie es sein könnte, mit ihm ins Bett zu gehen und die Nacht zu verbringen. Sie ist schwer in die Studien vertieft, die sie betreibt, und außerdem gehört sie nicht zu denen, die einem Mann zu viel Platz einräumen. Erst als der Tag kommt, erlaubt sie sich, ein wenig an ihn zu denken; was, wenn dies, was, wenn jenes, was, wenn nicht? Sie wäscht sich, pflegt sich, macht sich zurecht. All die weibliche Arbeit mit Haar, Haut, Nägeln, Schminke, Unterwäsche und Oberbekleidung. Die Genauigkeit hinter einer offensichtlich alltäglichen Fassade. Vielleicht ist er ein Mann, der am Offensichtlichen vorbeisieht, darüber weiß sie nichts, aber sie kleidet sich alltäglich – der Ort, den er gewählt hat, gebietet nichts anderes. Das Einzige, was es an diesem Aussichtspunkt gibt, ist ein einfaches Gartenlokal, fast schon eine Bude, das trotz seiner flotten Lage Wein in Plastikbechern serviert.

Sie kommt pünktlich, nimmt wie selbstverständlich an, dass er auch von der pünktlichen Sorte ist. Es ist dunkel, eine Woche ist vergangen, dennoch erkennt sie die lange Gestalt sofort. Er steht am Zaun und blickt hinaus, dreht sich aber um, bevor sie ihn erreicht. Boa noite, sagt er und schaut auf die Uhr – pünktlich auf die Minute. Er lächelt hinter dem schwarzen Bart. Sie bemerkt, dass er besser gekleidet ist als sie.

Vielleicht ist sie ein wenig nervös. Das wäre sicher natürlich. Am Ende ihrer sonst so pragmatischen Annäherung an die Sache gibt es eine Spannung, ein Beben. Wahrscheinlich spürt sie dieses Beben gerade jetzt. Alles an ihm ist geradlinig. Kein Fummeln, kein Zögern. Als hätte er bereits unzählige Male hier gestanden und gewartet, als würde er alle unbekannten Frauen von früher kennen. Er gibt ihr die üblichen Küsschen auf die Wange, legt ihr die Hand ins Kreuz, ganz leicht, lässt es aussehen, als wären sie einander gestern begegnet oder vielleicht erst vor ein paar Stunden. Wie nett, dass du gekommen bist, sagt er, und mit einem galanten oder vielleicht auch gewagten Schubs, mit der Hand, die er bereits auf ihren Rücken gelegt hat, dreht er sie zur Aussicht: Schau. Das ist meine Stadt.

Er hält sich am Geländer fest. Ein großer Käfer landet auf dem Pfosten gleich dahinter. Sie sieht auf seine Hände. Wünschte, sie könnte zeichnen. Und während sie hier stehen, Seite an Seite vor der Aussicht, während er erklärt, wo er aufgewachsen ist und wo er zur Schule gegangen ist, fällt ihr auf – so machen das erwachsene Menschen. Alle, die ihre Jugend hinter sich haben. Alle, die weiterwollen. Und sie sieht ihn an, während er spricht. Sie sieht auf die Hand, die abwechselnd das Geländer loslässt, um auf etwas zu zeigen, oder das Zeigen aufgibt, um wieder auf dem Geländer zu ruhen. Die Hand, die eingezogen und freigelassen wird. Und die andere Hand, die vollständig in Ruhe ist. Er redet. Sie schaut. Sie schätzt, er muss um die zehn Jahre älter sein als sie, zwanzig Zentimeter größer, dreißig Kilo schwerer. Aber beide sind erwachsen. Wenn auch aus verschiedenen Städten, verschiedenen Ländern – sie sind erwachsen, sie haben niemanden oder nichts, worauf sie sich ausreden können, niemanden oder nichts, woran sie sich festhalten können. Das ist es, was sie gemeinsam haben. Ihre Eltern haben das Haus unterschiedlich geschmückt, haben ihnen unterschiedliche Lieder und Märchen beigebracht, unterschiedliche Spiele gespielt. Aber sie sind aus Blut. Sie sind aus Haut. Vielleicht ist das alles, was nötig ist. Der Gedanke ist da.

Siehst du den Park dort hinten, fragt er – in dem Park habe ich immer gespielt. Sie sieht keinen Park, aber nickt, als würde sie ihn sehen. Und bei der Statue dort unten auf dem Platz, fährt er fort, du siehst sie vielleicht nicht, jetzt, wo es dunkel ist, aber dort bekam ich meinen ersten Kuss. Und auf der anderen Seite des Flusses, weit draußen dort bei den Lichtern, da hatte mein Onkel ein Sommerhaus. Und hinter dem Sommerhaus, ja, das ist von hier unmöglich zu sehen, aber da gab es einen Strand. So. Und dann dreht er sich zu ihr um. Der große Käfer hebt wieder ab.

Erzähl ein wenig von dir, fordert er sie auf. Sie wünschte, sie könnte damit noch warten. Wer bist du, weshalb bist du hier? So klare, große Fragen. Wem tut eine Unterbrechung des gewohnten Alltags nicht gut, fragt sie zurück. Oder Abstand. Wer braucht nicht hin und wieder Abstand? Ist Veränderung nicht gut für uns? Er sieht sie an, still, ohne eine Miene zu verziehen. Ich habe diese Stadt immer gemocht, sagt sie. Die Straßen und die Sprache, das Meer gleich da draußen. Ungewöhnlich, schön, stellt sie fest.

Er legt den Kopf schief. Eine Hand auf ihrer Schulter. Ja, es ist schön hier, sagt er. Aber du – es sieht aus, als würde er vielleicht lächeln, sie ist sich nicht sicher –, du kannst glauben, du kennst diese Stadt, du kannst dich hier sogar zu Hause fühlen, aber egal, wie viel Mühe du dir gibst, diese Stadt wird nie deine Stadt werden. Du weißt es, nicht wahr, es geht einfach nicht. Und sie kann nicht deuten, ob er schroff ist oder umsichtig oder woher er die Sicherheit nimmt. Warum nicht, fragt sie. Woher weißt *du*, dass es nicht meine Stadt werden kann? Als sollte es eine Beleidigung sein. Vielleicht weiß sie es nicht besser. Vielleicht ist sie noch jung genug, um ihre Befreiung in der Flucht zu sehen. Aber sie sind erwachsen. Er sieht sie an, als sollte sie die Antwort kennen. Weil, sagt er, und das Milde in der Stimme verändert sich in etwas anderes, Älteres – weil ich auch, so wie du, versucht habe, wegzuziehen.

Er hat beschlossen, dass sie den Aperitif in einer Weinbar an der Straße, die vom Aussichtspunkt hinunterführt, trinken werden. Dachtest du, wir würden uns hier hinsetzen, fragt er lachlustig, während er sie von dem Aussichtspunkt weggeleitet. Er hat sich nicht nur ausgedacht, wo, sondern auch, was sie trinken werden, und als sie sich auf das Sofa setzen, in der Lounge, die er ganz hinten im Lokal reserviert hat, stoßen sie mit dem grünen Wein an, der so speziell für dieses Land ist, und den er gewählt hat, weil er glaubt, dass sie ihn vielleicht noch nie probiert hat.

Alles an ihm ist dunkler als in ihrer Erinnerung. Alles ist dunkler als an ihr. Sie sieht es, als sie ins Licht kommen. Dass seine Haut mehr als golden ist. Dass sein Blick mehr als ruhig ist. Und wie ungewöhnlich schön er ist, denkt sie. Vielleicht ist es fast unmöglich, nicht zu denken, dass sie Glück hat.

Sie stoßen an. Den ersten Schluck behalten sie eine kleine Weile im Mund, während sie beide ein gurgelndes, schmatzendes Geräusch machen. Sie beherrschen sie, die internationale Sprache für kulturelle Kompetenz, obwohl sie nicht dieselbe Sprache sprechen. Sie *sind* aus Sprache. Das ist auch etwas, was sie gemeinsam haben. Sie sind aus Blut. Sie sind aus Haut. Solange Wörter etwas bedeuten, werden sie alles Mögliche mit Sinn versehen können; auch einander. Sie sprechen nicht dieselbe Sprache, aber sie sprechen dennoch dieselbe Sprache. Es ist für keinen von ihnen die vertraute, aber sie ist vertraut genug, dass sich beide entspannen können. Sprache breitet sich aus. Worte breiten sich aus. So wie Blicke andauernd spiegeln, andauernd gespiegelt werden. Bald werden sie eine Reihe von Lauten gelernt haben. Bald werden sich diese Laute vermehren. Er sagt, dass er sie attraktiv findet. Sie verliert sich in einem Augenblick von Verlegenheit. Sie lächeln einander an, müssen sich über etwas unterhalten.

Das Gespräch hat unzählige Fallgruben. Besonders, wenn es um die Arbeit geht, um das richtige Ausmaß an Interesse für die Arbeit. Man darf nicht zu viel fragen, aber man muss schon ein wenig nachfragen. Und immer wird man nach Übereinstimmungen suchen, besonders dort, wo die Ähnlichkeiten nicht auffällig sind. Sie arbeitet mit Worten. Er mit Zahlen. Es ist somit nicht leicht, deutlich zu machen, dass sie, wenn sie einander besser kennenlernen wollen, trotz ihrer Ungleichheiten Verständnis für das haben können werden, womit sich der jeweils andere beschäftigt.

Grammatik ist Mathematik, sagt sie. Etwas muss ja gesagt werden. Die Sprache besitzt eine Ökonomie. Ein Text ist in erster Linie eine Rechenaufgabe. Die Technik ist mindestens genauso wichtig wie der Gedanke. Und sie sieht ihn an, sorgt dafür, dass er sie ansieht, erzählt kurz über die Projekte, an denen sie arbeitet, und über die Sprachstudien, in die sie sich vertieft hat. Weshalb willst du gerade diese Sprache studieren, fragt er. Sie zuckt die Achseln. Ich habe daran gedacht, hier zu leben. Genau, lächelt er. Alles ist Ausgleich.

Weißt du, wer mein Lieblingsschriftsteller ist? Er dreht seinen Oberkörper zu ihr, legt den Arm auf die Sofalehne. Oder Schriftstellerin, sollte ich wohl sagen. Wenn du Sprache studierst, liest du wohl? Natürlich, antwortet sie, ich lese viel. Etwas peinlich wird es für sie beide, dass sie trotzdem nie von dieser Schriftstellerin gehört hat. Sie ist sehr berühmt, sagt er. Das hilft herzlich wenig.

Er erzählt eine ihrer Novellen nach. Es ist eine ziemlich bizarre Erzählung, sagt er. Sie beginnt mit einer gewöhnlichen Abendgesellschaft, eine Familie, die eine andere Familie zu sich nach Hause eingeladen hat. Es spielt in den USA, könnte aber auch an jedem beliebigen anderen Ort spielen. In den Fünfzigerjahren, könnte aber genauso gut auch heute sein. Alles ist gewöhnlich. Alles ist langweilig. Erwachsene und Kinder um einen Tisch, ein schönes Tischtuch, Wein in den Gläsern etc. Aber dann – und seine dunkelbraunen Augen beginnen zu funkeln – in dem Staat, in dem sie wohnen, sind in letzter Zeit einige grauenhafte Morde verübt worden, und gerade diese Morde sind das Gesprächsthema bei Tisch. Schau, alles ist gemütlich und gewöhnlich. Es wird Essen serviert, man macht Komplimente für das Essen, und dann wird über diese Morde gesprochen. Ganz alltäglich, ganz trivial, auf die übliche Art und Weise, mit der man über grausame Geschehnisse spricht. Auf die einzige Art und Weise. Ach, das ist so schrecklich, ich begreife nicht, wie jemand so etwas tun kann, und so weiter – er nimmt einen Schluck Wein, leert beinahe das halbe Glas, ist jetzt in Fahrt, beinahe lebhaft –, und dann, während sie über diese Morde sprechen und darüber, was für eine besorgniserregende Situation es ist, einen oder mehrere Mörder in der näheren Umgebung auf freiem Fuß zu wissen, kommt ein Auto die Straße entlanggefahren, langsam, ein Auto, das sie nicht kennen. Wer kann das sein, fragen sie sich, während es in der Einfahrt anhält. Vielleicht denken sie, dass sich jemand verfahren hat, oder dass jemand versuchen will, ihnen etwas zu verkaufen, ich kann mich nicht erinnern, aber egal – keiner von ihnen ist beunruhigt. Das, was sie fürchten, ist weiter weg, glauben sie. Wie aus einer anderen Welt. Menschen sind ja so simpel und dumm – und seine Hände sind nicht ruhig, seine Hände versuchen, sie zu überzeugen, wie gut diese Erzählung ist, und er lächelt so schön mit den Augen, er ist süß, wenn er in Fahrt gerät –, die Menschen glauben ja nie, dass etwas Grauenhaftes sie jemals selbst treffen könnte. Es kann beim Nachbarn brennen. Wir glauben nicht, dass der Brand sich ausbreiten wird. So sind wir, und so sind die Menschen in der Erzählung auch. Sie glauben, sie sind sicher. Ihr Gehirn ist von einer Sicherheitsidee gewaschen. Dann klopft es an die Tür.

Und? Sie sieht ihn mit leuchtender Erwartung an. Es klopft an die Tür, und dann? Was passiert weiter, fragt sie. Er lacht. Es ist das erste Mal, dass sie sein Lachen hört. Dass er beim Einatmen lacht. Ein Lachen, das nicht ansteckend ist. Was glaubst du, fragt er zurück. Du musst die Novelle lesen. Sie ist ein Klassiker.

Er ändert die Sitzposition, macht dem Barkeeper ein Zeichen. Sie bemerkt, wie viel größer sein Körper ist als ihrer. Er sitzt breitbeinig da, sodass sein Knie die Außenseite ihres Schenkels berührt. Offensichtlich eine gewollte Berührung, denkt sie. Der Barkeeper stellt neue, volle

Weingläser auf den Tisch. Beide bedanken sich höflich. Er erhebt das Glas, deutet an, dass er auf sie wartet, und als sie ihm entgegenkommt, mit dem Glas und mit dem Blick, sagt er saúde – auf deine Gesundheit –, ich glaube, das wird ein netter Abend.

Sie muss nicht aufs Klo, aber sie geht auf die Toilette. Vielleicht, um sich und ihm die Möglichkeit zu geben, zu überlegen, wie sie das Gespräch weiterführen können. War da jetzt nicht eine Art Pause? Liegt nicht etwas Unsicheres in allen Pausen? Oder vielleicht nicht. Vielleicht geht sie nur, um sich ein wenig zu bewegen, ein Einfall nahezu, um sich im Spiegel zu sehen, um zu sehen, ob sie gut aussieht, ob man ihr ansieht, dass sie bezaubert ist. Jedenfalls geht sie auf die Toilette. Und man sieht ihr an, dass sie bezaubert ist. Sie sieht sich im Spiegel, richtet ihr Haar, legt Lippenstift auf. Was mache ich da, fragt sie sich, aber es fehlt ihr nicht an Selbstironie. Sie benimmt sich albern und macht einen Schmollmund in Richtung des Spiegels. Ertappt sich dabei, albern zu sein, und rollt mit den Augen, kichert über das Verzweifelte ihrer eigenen Situation. Aber als sie zurückkommt, fällt ihr erneut sein Aussehen auf. Sie kann nichts dagegen tun. Es liegt eine Feierlichkeit in diesem untadeligen Äußeren. All das Alberne gleitet von ihr ab. Als ob das, ein sogenanntes Date, etwas Ernstes wäre. Ist alles okay mit dir, fragt er. Sie denkt, warum fragt er danach?

Auf dem Weg zum Restaurant gehen sie dicht beieinander. Das Wetter macht es ihnen leicht, es weht ein ziemlich kräftiger Wind. Kalte Körper suchen einander, so wie Zugvögel, die den richtigen Zeitpunkt für den Abflug verpasst haben, gemeinsam festfrieren.

Sie braucht nicht zu fragen, wohin sie unterwegs sind. Alles ist geplant, ausgedacht, reserviert. Es ist nicht weit, sagt er. Das Einzige, was sie zu tun braucht, ist ihm zu folgen. Der Typ Mann, der ihr ganz natürlich den Weg weist, ihr die Tür aufhält, ihre Jacke nimmt, ihren Atem, ihre Worte, sein Blick für die anderen Frauen im Raum. Der Typ Mann, der vorgeht, um die Frau zuerst eintreten zu lassen. Alles ist einstudiert, trainiert, perfektioniert. Wärmere Dominanz gibt es nicht.

Natürlich nimmt er die Bestellung in die Hand. Er fragt, was sie sich zu essen vorstellen könnte, ob sie Lust auf Fisch oder Fleisch hat oder vielleicht Geflügel. Das Frikassee hier ist unwiderstehlich gut, sagt er, sie machen es sowohl mit Huhn als auch mit Ente und Taube. Und sie will es nicht verderben damit, dass sie sagt, dass sie bereits etwas gegessen hat. Frikassee hört sich ausgezeichnet an, sagt sie und sieht, dass er Wert darauf legt, dass die Dinge wie geplant laufen. Sobald die Bestellung aufgegeben ist, lehnt er sich zurück, streckt sich ein wenig. Jetzt hoffe ich, du hast Hunger, sagt er. Sie lächeln einander wieder an. Ich habe fast immer Hunger, antwortet sie, und auch wenn der Unterton vielleicht überdeutlich ist, vielleicht sogar ordinär, scheint es ihm zu gefallen, dass sie ein bisschen frech ist, dass sie furchtlos genug ist. Als der Wein gebracht, gutgeheißen und in die Gläser eingeschenkt ist, liegt der Abend vor ihnen wie eine Reise. Jetzt sind sie unterwegs. Er geht, um sich die Hände zu waschen.

Erzähl von deinem schlechten Date. Er sagt es scherzhaft, auch wenn er eigentlich nicht scherzt. Das schlechte Date, wiederholt sie fragend. Ob sie es wirklich vergessen hat oder nur so tut, jedenfalls macht sie deutlich, dass es nicht denkwürdig genug war, um darüber zu reden. Aber er gibt nicht nach. Er ist nicht der Typ, der unbeschwert über unbeantwortete Fragen hinweggeht. Ja, fährt er fort, der, mit dem du vor einer Woche zusammen warst, was ist aus ihm geworden? Es ist offensichtlich, dass er sie nicht einfach so davonkommen lässt und dass es für die weitere Entwicklung des Abends notwendig ist, dies auf die richtige Art und Weise zu beantworten. Er hat mich nach Hause gefahren, sagt sie. Er hat mich nach Hause gefahren, sich für einen netten Abend bedankt, mir einen Kuss auf die Wange gegeben, und das war's. Aber es gelingt ihm nicht ganz, es dabei bewenden zu lassen, sie sieht das, er entspannt sich nicht. Sie sitzen beide nach vorn gelehnt da. Sie ist damit beschäftigt, eine Olive zu essen. Habt ihr immer noch Kontakt? Nein, antwortet sie wieder. Ist das nicht ein wenig seltsam? Das weiß sie nicht.

Sie muss jetzt gleichzeitig überlegen, kauen, eine Lösung finden, einen Stein ausspucken, richtig antworten. Ich weiß nicht, sagt sie, gleichsam verwundert, unschuldig – er war ein kleiner Mann mit einem großen Auto, wenn du verstehst, was ich meine. So. Und natürlich versteht er, was sie meint. Sichere Zone jetzt. Kleine Männer in großen Autos. So einfach und ungefährlich. Alle Männer mit kleinen Autos finden, das ist lustig. Alle groß gewachsenen Männer finden das auch lustig. Nur wenig ist effektiver, als über seinen Rivalen lachen zu können. Er lehnt sich jetzt zurück, sagt, dass er kein Auto hat, dass er entweder zu Fuß geht oder ein Taxi nimmt, und sie weiß nicht, was sie daraus für Schlüsse ziehen kann, aber der Abend kann weitergehen, das ist das Wichtigste.

Das Abendessen verläuft galant. Sie sagt nicht, dass sie nach der Vorspeise satt ist, sondern dass sie immer langsam isst. Sie reden darüber, wohin sie gereist sind und wohin sie noch reisen wollen. Man sieht es ihnen an, sie haben es gut. Es scheint, dass keiner von ihnen daran zweifelt, dass der andere es auch gut hat. Und so. Nach einer flirtenden Pause mit langen Blicken und hintergründigem Lächeln schiebt sie den Teller zur Seite und lehnt sich über den Tisch. Komm her, sagt sie, bringen wir es hinter uns.

Zum Kaffee trinken sie Madeira und teilen sich eine Mousse au Chocolat. Der Kuss hängt ihnen immer noch nach. Er hat sie mit einem süßen Abdruck oder Ausdruck zurückgelassen. Sie hat ihn übermütig zurückgelassen. Was ist das, fragt er und berührt mit der Fingerkuppe eine Hautunreinheit, die sie wegzuschminken versucht hat. Ganz unbeschwert tut er es, er macht nicht den Eindruck, als wolle er sie beleidigen oder verlegen machen. Vielleicht weiß er, dass sie zu resolut ist, um sich von so wenig beleidigen zu lassen. Oder vielleicht denkt er, Beleidigtsein sei nur Theater. Das ist nichts, was ein Mann eine Frau fragen sollte, sagt sie. Und er nickt, ich weiß, aber er zieht die Frage nicht zurück. Er lässt die Frage in der Luft hängen, er wartet immer noch auf eine Antwort, also antwortet sie, vielleicht überraschend klar und deutlich, das ist ein Pickel, sagt sie und geht ins Detail, damit er nicht glaubt, sie leide an einem Hautproblem, ich bekomme meistens ein paar Pickel, direkt bevor ich meine Tage habe, verstehst du. Er nickt immer noch, gleichsam sachlich. Auch jetzt bedauert er die Unhöflichkeit nicht. Auch jetzt scheint ihm nicht aufzufallen, wie sehr das mit seinem bislang raffiniert ausgetüftelten Flirtmuster bricht. Dann … er zögert ein wenig mit den Worten. Dann bist du also direkt davor, deine Tage zu bekommen?

Auch wenn sie das etwas stutzig macht, übergeht sie es vermutlich relativ rasch. Der Abend ist bisher unverhältnismäßig schön gewesen, eine kleine Dummheit macht das nicht zunichte. Merkwürdige Fragen, na und? Unglückliche Antworten, was soll's? Belanglose Kuriositäten dürfen nicht die Oberhand gewinnen, weder im Leben noch in der Liebe, das weiß sie genau, doch wenn sie ehrlich zu sich selbst sein soll, denkt sie im Grunde genau wie er, sie ist weder besser noch wertvoller, und kann sich so eine natürliche Berechnung selbst auch zugestehen. Klar, keine Frau will in der ersten Nacht mit einem neuen Mann bluten. Jetzt wissen sie beide, entweder passiert es heute Nacht oder erst in ein paar Tagen. Nun ist es umso offenkundiger, denkt sie, dass sie heute Abend mit ihm nach Hause gehen wird.

Bist du satt, fragt er. Er hat sein leicht schiefes, hintergründiges Lächeln wieder. Seine Hände ruhen auf dem Tisch, die eine in der anderen, sodass er sich selbst festhält. Vielleicht hat sie noch nie einen Mann mit so schönen Händen gehabt. Sie würde sich daran erinnern, hätten solche Hände sie jemals berührt. Danke, sagt sie, ich bin bestens gesättigt. Und mit einer Kopfbewegung deutet er auf die Flasche, die beinahe leer ist, fragt ohne Worte, nur durch das Heben der Augenbrauen, und ja, gern, sagt sie, streckt ihr Bein unter dem Tisch zu ihm, und er presst es zwischen seinen fest, während er ihr das halbe Glas einschenkt, das noch übrig ist. Sie achtet darauf, ihr Glas ziemlich schnell zu leeren. Er achtet darauf, es nicht zu bemerken.

Sie freut sich. Das ist nicht zu leugnen. Als sie das Restaurant verlassen, ist es da, das unverkennbare Beben. Sie strahlen es aus. Der Gedanke an Körper lässt sich nicht leicht verdecken. Kaum sind sie hinter der Straßenecke, umschlingen sie einander. Es ist nicht auszumachen, wer es ist, der den anderen zu sich heranzieht, ob der, der gezogen wird, den Schritt eigentlich selbst tut, und ob es überhaupt eine glasklare Unterscheidung gibt zwischen Heranziehen und Sich-dagegen-Pressen. Entscheidend ist, dass sie stehen bleiben, dass sie einander finden. Dass sich Arme um Rücken legen. Dass Bäuche einander berühren. Und dass er küssen kann. Und dass sie küssen kann.

Er ist taktvoll, aber nicht übervorsichtig. Das gefällt ihr. Sein schwarzer Bart sticht nicht. Das gefällt ihr auch. Als der Kuss vorbei ist, während sich ihre Gesichter immer noch ganz nah sind, beißt sie sich in die Lippe, schiebt die Vorderzähne leicht über die Unterlippe, langsam, beinahe lächelnd, um ihm zu zeigen, wie gut es ihr gefallen hat, und sie ist froh, dass sie nach demselben riechen, dass sie das Gleiche gegessen haben, und sie ist froh zu spüren, dass er wächst, das bedeutet, er reagiert normal. Vielen Dank für das herrliche Abendessen, sagt sie, gibt sich so süß, wie sie überhaupt nur kann. Lass uns gehen, sagt er und nimmt ihre Hand.

Vielleicht läuft alles nach Plan. Absichtlich und bewusst. Sie folgen bereits festgelegten Bewegungen, Spielregeln, die beide kennen und nach denen beide handeln. Ein einfacheres Skript gibt es nicht. Aber etwas stört sie jetzt. Etwas mit der Hand oder etwas mit den Händen. Sie gehen durch eine Straße, es ist spät, sie sind auf dem Weg nach Hause, sie hat es gewollt. Aber es gefällt ihr nicht, dass er sie bei der Hand nimmt. So ist es. Sie hat Unterhose und Zahnbürste in der Tasche, aber sie will nicht geführt werden. Nicht, dass er sie zu fest hält, das tut er nicht. Nur, dass er sie führt. Bedeutet, die Hand eines anderen zu halten, nicht eine Art Deklaration? Das letzte Mal, dass sie die Hand eines anderen gehalten hat, hat es sich jedenfalls so angefühlt. Das letzte Mal, dass sie sich halten ließ, tat es weh, loslassen zu müssen. Vielleicht zu weh. Und das ist nicht dasselbe. Es soll nicht wehtun. Es soll eher lindern. Aber seine Hand stört sie, das ist nicht zu übersehen. Vielleicht ist eine unsichtbare Hand im Weg, das ist möglich. Eine unsichtbare, verlorene Hand, die in ihrer wohnt. Sie will nicht, dass er es merkt. Doch als sie die Hand zurückzieht, merkt er es trotzdem.

Sie beschließen, einen Absacker zu nehmen. *Sie* beschließt, dass ihnen ein Drink guttun wird. Und natürlich begreift er, dass sie begonnen hat zu zögern, und ziemlich sicher frustriert ihn das. Bis zu diesem Moment hat er geglaubt, er habe die Kontrolle. Wer weiß, vielleicht hat er bis zu diesem Moment auch die Kontrolle gehabt, bis sie an einer Bar vorbeikommen und sie sagt, lass uns hier hineingehen. Denn so ist er nicht. Nicht nur hat er bereits genug Getränke gehabt, er ist auch nicht der Typ, der dazu neigt, einen Abstecher in willkürliche Lokale zu machen. Warte, lass mich nachdenken, sagt er und bleibt stehen, lässt ihre Hand los. Dort. Das ist gut für sie. Er schaut zu Boden und reibt sich die Schläfen. Ich weiß, wo wir einen Drink nehmen können, sagt er nach einer Weile, ich kenne ein Lokal ganz in der Nähe. Sie kann nicht sehen, was mit der Bar nicht stimmt, die sie vorgeschlagen hat, aber das spielt keine Rolle. Die Hauptsache ist, dass sie ein wenig Zeit gewinnt. Zeit, dieses unbestimmbare Gefühl loszuwerden, das in ihr aufgestiegen ist, sodass sie auf unbeschwerte Weise nach Hause gehen können. Zeit, die für ihn bedeutet, im Zeichen der Geduld auf einem Barhocker zu sitzen, das begreift sie natürlich, und sie versucht, das zu rechtfertigen, indem sie darauf besteht, für die Drinks zu bezahlen. Als würde sie sagen, du sollst zumindest nicht für deine eigene Langeweile bezahlen müssen. Aber er macht es ihr nicht leicht. Tatsächlich macht er es unnötig kompliziert, denkt sie und muss sich kontrollieren, um nicht verärgert zu klingen. Du hast den ganzen Abend bezahlt, das ist blöd, sagt sie und weiß, dass sie gewisse kulturelle Barrieren einreißt, kümmert sich aber nicht besonders darum. Man sollte sich nicht darum schlagen müssen, für sich selbst bezahlen zu können.

Und wahrscheinlich ist es ohnehin schon zu spät. Der kleine Zweifel hat sich bereits breitgemacht. Breit genug, damit sie jetzt einsieht, dass die Fortsetzung nicht nur aufgeschoben ist, sie ist abgesagt. Denn sie hat sich umentschieden. Nach diesem Moment wird nichts, was er sagt, sie dazu bringen können, mit ihm nach Hause zu gehen. Nicht heute Abend. Alles wurde zunichtegemacht, als er ihre Hand nahm.

Ihre Überlegungen erweisen sich jedoch als überflüssig. Sie hat die Szene vor sich gesehen, hat sich ausgedacht, was sie antworten wird – aber dann fragt er nicht. Sie verlassen die Bar zusammen. Sie stehen auf einer Straße, sie wohnen in verschiedenen Richtungen. Und ob er nur versucht, einfühlsam zu erscheinen, oder ob er einfühlsam *ist*, jedenfalls bittet er sie nicht, mit zu ihm zu kommen. Etwas muss sich verändert haben, denkt sie. Etwas in Verbindung mit dem Drink womöglich. Oder mit ihr. Etwas mit ihr, das sich auf ihn übertragen hat, auf sie beide. Vielleicht ist er aufmerksam genug, klug genug, um es zu sehen. Vielleicht will er ihr die Mühe ersparen, Nein zu sagen, oder sich selbst die Niederlage ersparen, sie weiß es nicht, aber er küsst sie ziemlich lange und sagt, dass er sich auf das nächste Mal freut. Das nächste Mal mache ich Abendessen für uns, sagt er, und sie nickt, streichelt ihm über die Wange, es war sehr nett, sagt sie, und jetzt küsst sie ihn, jetzt, wo geklärt ist, dass jeder zu sich nach Hause gehen wird, jetzt bedeutet es sowohl mehr als auch weniger, aber ihr ist wichtig, dass er weiß, und zwar ohne jeden Zweifel –, sie hat trotz allem Lust auf ihn.

Aus der Entfernung kann das gut nach Liebe aussehen. Zumindest nach etwas, das ihr ähnelt. Er empfängt sie mit Nähe, nahezu fahrlässiger Nähe, und lässt sie nicht ohne Umsicht los. Sei brav, scherzt er, als sie auseinandergehen. Er sieht sie neckend an, gewissermaßen ermahnend. Porta-te bem, wiederholt er und gibt ihr einen letzten Kuss. Einen ziemlich harten Kuss, bevor jeder in seine Richtung davongeht.

Bereits an der ersten Ecke, an der sie vorbeikommt, dreht sie sich um. Sie weiß nicht, wieso oder ob es berechtigt ist, aber sie dreht sich um, um zu sehen, ob er ihr folgt. Sie hat dieses Gefühl immer wieder, dass jemand ihr folgt. Vielleicht kann sie es auf ein angelerntes Verhaltensmuster schieben. Manchen Frauen geht es so. Ein Seitenblick, der immer wachsam ist.

Sie entscheidet sich, durch Bairro Alto zu gehen, die kleinen, engen Sträßchen, sie weiß, dass es dort vor Leuten wimmeln wird. Aber trotz des Gewimmels dreht sie sich immer noch um. Nicht an jeder Ecke, das wäre zu offensichtlich, aber alle eineinhalb Häuserblöcke, so ungefähr, bis sie ihre eigene Straße erreicht. Und an der Tür kontrolliert sie noch ein letztes Mal, ob sie allein ist, sie kann nichts dagegen tun. Muss sowohl die Straße hinauf als auch hinunter spähen, bevor sie die Tür aufschließt.

Sie setzt sich auf die Bettkante, behält die Schuhe an. Es dauert nicht lang, dann kommt eine Nachricht. Bist du gut zu Hause angekommen, fragt er. Diese männliche Fürsorge. Ja, antwortet sie und bedankt sich noch einmal für das Abendessen, unterstreicht, wie nett es war. Denn sie hat es ja nett gehabt. Tatsächlich hat sie weder an die Arbeit noch an ihre Studien gedacht, wie sie es sonst fast ständig tut. Jetzt fällt ihr auf, der Abend war annähernd perfekt. Und dass er sie führen wollte, was soll's? Was Hände tun können, ist wohl auch nicht viel mehr als Kultur? Natürlich nicht, denkt sie, natürlich nicht. Und als die nächste Nachricht hereinflattert, in der er erwidert, wie schön auch er es gehabt hat, und mit einem Kuss gute Nacht wünscht, fühlt sie sich ziemlich dumm und klein. Träum süß, schreibt er, und damit wird die Unruhe ersetzt durch eine wohlbekannte Form von Scham. Weiblicher Scham. Das Einzige, womit sie ins Bett geht, abgesehen von dem Gefühl neuer Lippen auf den Lippen, ist eine mädchenhafte Verlegenheit. Was stimmt nicht mit mir, fragt sie sich, und muss ein wenig über sich selbst lachen. Und als sie am nächsten Morgen aufwacht, ist bereits eine Nachricht von ihm da. Guten Morgen, Süße, schreibt er – wollte dir nur einen guten Tag wünschen und PS: Ich freue mich schon darauf, wenn wir uns wieder küssen können. So. Und sie kann mit einem verträumten Lächeln, einem kindlichen Lächeln unter die Bettdecke zurückschlüpfen. Jeglicher Zweifel, den sie eventuell gestern verspürt hat, ist damit ausgeräumt.

*

Sie rechnet damit, dass sie sich am Wochenende wiedersehen werden. Eine Woche ist passend, findet sie. Eigentlich könnte es gerne auch früher sein – da keiner von ihnen zu gewissen Zeiten in der Arbeit zu erscheinen braucht, aber es wirkt gewissermaßen natürlich, das Wiedersehen auf das Wochenende zu legen. Und außerdem will sie lieber zuerst ihre Tage hinter sich bringen.

Sie ertappt sich dabei, dass sie sich fragt, wie er wohnt, sie sieht ordentliche Flächen vor sich, Kunst an den Wänden, breite Bücherregale. So beschäftigt sie sich. Sie denkt an den Abend, den sie hatten, und sieht den nächsten Abend vor sich. Plötzlich kann sie sich an seine Hände erinnern. Plötzlich kann sie seinen Kuss spüren. Natürlich ist sie nicht verliebt, aber es kitzelt genug, um sie bei der Arbeit abzulenken, und es kitzelt genug, damit sie sich darüber nicht ärgert.

Er schickt kleine, lustige Nachrichten. Die Art und Weise des 21. Jahrhunderts, Interesse zu zeigen. Verworrene Mitteilungen ohne bedeutungsvollen Inhalt. Sie freut sich darüber. Er zeigt, dass er Sinn für Humor besitzt, wovon sie nicht allzu viel gemerkt hat, als sie zusammen aus waren. Jetzt zeigt er es, und sie findet es beruhigend. Ein Mann ohne Humor, was für eine Art Mann ist das? Nur ein Schwanz? Nur ein Blick? Auch wenn sie in keiner Weise nach einem Partner sucht, will sie keinen Liebhaber, mit dem sie nicht lachen kann. Sie braucht diese Nachrichten. Er weiß das vielleicht auch. Nichts zerstreut die Bedenken so sehr wie kleine Witze übers Telefon.

Und dann kommt die Nachricht, die kommen muss. Es ist mitten unter der Woche. Er wartet also nicht bis zum Wochenende. Wie wär's mit morgen? Und sie hat keine Pläne für den nächsten Tag, keine Ausrede außer ihren Tagen. Und sie kann sich nicht auf ihre Tage ausreden, dafür ist sie zu alt, das wäre zu blöd, obwohl sie gerade erst eingesetzt haben und jetzt am stärksten sind. Warum nicht, fragt sie zurück. Und es stimmt, dass sie sich freut.

Es kribbelt. Sie gestattet sich, es zu spüren. Das schwellende Kribbeln, das sich wohl nicht missdeuten lässt, so nah an der Grenze zum Unheimlichen, eine eigene Art von Adrenalin, von der manche abhängig sind. Isst du rotes Fleisch, fragt er, und sie antwortet, ja. Weißt du, wo ich wohne, fragt er weiter, und sie antwortet, eine Adresse wäre praktisch. Weißt du, wann du kommen sollst, fragt er dann, gefolgt von der Adresse. Sie spielen dieses Spiel. Sie lässt ihn dieses Spiel spielen. Sie sind erwachsen. Sie haben nicht viel mehr als die Sprache, um damit zu spielen.

Wieder nimmt sie die Mühe der weiblichen Vorbereitungen auf sich. Alles, was sie vor einigen Tagen getan hat, tut sie jetzt erneut. Alles muss seine Ordnung haben. Für sie gehört es einfach dazu. Außerdem wählt sie schönere Kleidung, ein wenig oberhalb des Alltäglichen angesiedelt, sodass sie mehr an ihn angepasst ist. Anpassung ist von großer Bedeutung, wenn man Erfolg haben will.

Er wohnt relativ zentral. Nicht im Zentrum, wo sie wohnt, aber zentral. Das Wetter ist schön, sie beschließt, zu Fuß zu gehen. Frische Luft wird ihr sicher guttun. Sie will mit klarem Kopf ankommen. Und als sie durch die Stadt geht, fühlt sie sich glücklich, fühlt sich geschärft.

Sie hat Wein und Schokolade dabei, ein Necessaire mit allem, was sie vielleicht brauchen kann, ihre ganze Trickkiste. Sie bemerkt, dass Männer sie bemerken, und sie ist nicht dagegen gefeit, sich geschmeichelt zu fühlen. Sie empfindet eine so große Wärme für diese Stadt, für das, woraus die Stadt gemacht ist. Diese langen, engen gepflasterten Straßen, die nicht Teil eines vorhersehbaren Musters sind, die sich nicht zur Quadratur eines Straßennetzes zusammenfügen lassen. Sie hat es gern, dem Bauchgefühl zu folgen, um sich zurechtzufinden, sie mag, dass die Stadt eher ästhetisch als logisch ist. Jedes Viertel hat seinen Charme, jede Nachbarschaft ihren Bäcker und Metzger, jede Ecke ihren Gemüsehändler. Und sie sieht vor sich, wie diese Straßen angelegt wurden, Stein für Stein, Jahr für Jahr – Stein über Jahr über Hände, wie in den Stein hineingesprengt, in die Arbeit. Sie geht die steilen Hügel hinauf und hinunter, gleichmäßig, sodass sie nicht zu sehr schwitzt. Als sie in die Gegend kommt, in der er wohnt, fragt sie sich bis zu seiner Straße durch. Sie verwendet seine Sprache. Es ist möglich, in einer anderen Sprache zu funktionieren. Eine andere Sprache bedeutet, weniger zu plaudern. Sie ist zehn Minuten zu spät, als sie läutet. Hoffentlich wird er das nicht kommentieren.

Der Geruch im Treppenhaus trägt das Gepräge eines gewissen Alters. Man kann so etwas spüren. Der Geruch nach Alten. Erwachsene ohne Kinder. Ein stilvoller, monotoner Durchgang. Echo. Breite, saubere Treppenstufen.

Da bist du, sagt er. Und da ist *er*.

Die Eröffnung ist eine Erinnerung. Sie hat vergessen, wie außergewöhnlich gut er aussieht, wie unwahrscheinlich schneidig er ist. Dass er aussieht wie ein Mann, der alle Männer repräsentieren könnte.

Die Wohnung ist irgendwie nicht so weit von dem entfernt, was sie sich vorgestellt hat. Eine große und saubere und ordentliche Wohnung, nur noch größer, kostspieliger, als sie gedacht hatte. Sie geht vor ihm. Er hat sie auf die Wangen geküsst, ihr über den Rücken gestreichelt, ihre Jacke aufgehängt. Tritt ein, hat er gesagt, und die Böden sind dunkel, knirschen.

Er führt sie durch einen langen, schmalen Gang. Sie geht voran, aber er geleitet sie. Die Wände sind dunkelgrau. Glatte Mauer, kantenfreie Höhe. Es ist so schön, dich zu sehen, sagt er dort hinter ihr, als wäre ihm soeben eingefallen, dass er vergessen hat, es zuvor zu sagen. Sie dreht sich um, lächelt, bemerkt, dass er Jeans anhat, dass die Anpassung auffallend gegenseitig ist.

Sie kommen in die Küche. Sie breitet die Arme aus. So schön hast du es, bricht es aus ihr heraus, auch wenn die Küche bei Weitem nicht ihr Geschmack ist. Weil es fast so aussieht, als ob er kürzlich renoviert hätte, sagt sie es. Weil alles neu wirkt, beinahe unbenutzt. Die Elektronik ist digital und der Stil minimalistisch, im Gegensatz zu allen anderen Küchen, die sie in diesem Land gesehen hat. Hier gibt es weder einen Gasherd noch ein Gewürzregal. Abgesehen von zwei Küchenkräutern im Fenster nur schwarze, blanke Oberflächen.

Eine ordentliche Männerküche hast du, sagt sie, und er weiß es. Er lächelt zurück, sieht stolz aus. Willst du den Rest der Wohnung sehen? Das will sie natürlich. Wie man wohnt, sagt etwas über einen aus. Und sie sieht. Er ist ein Mann, der allein auf beinahe zweihundert Quadratmetern wohnt. Zweihundert frisch renovierten Quadratmetern. Große leere Räume. Eine sonderbar stilvolle Leere. Bist du erst kürzlich eingezogen, fragt sie. Nein, sagt er, er ist vor sieben Jahren eingezogen, musste die gesamte Wohnung erst einmal vollkommen renovieren, neue Rohre und Leitungen legen, Wände einreißen, herausreißen. Das Einzige, was ich behalten habe, ist das, worauf du stehst. Die Böden, sind sie nicht herrlich?

Er hat ungewöhnlich wenige Dinge, und die Dinge, die er hat, sind ausschließlich nützlich. Nichts an den Wänden. Nichts in den Ecken. Das Wohnzimmer hallt sogar wider. An dem einen Ende: Sofa, Tisch und Flatscreen. Am anderen: Plattenspieler und Lautsprecher. Was willst du mit all dem Platz, fragt sie. Sie stehen mitten im Raum. Es sind mehrere Meter zur nächsten Wand. All dem Platz? Man muss doch atmen können, sagt er.

Auch das ist Maskulinität. In jedem Raum dieselbe Leere. Jeder Raum eine Art Protest. So liest sie es. Liegt nicht eine Stärke darin, auf Dinge zu verzichten? Er zeigt ihr das Esszimmer, das Bad, die Waschküche, das Schlafzimmer. Zeigt ihr, dass nichts, was er hat, überflüssig ist, dass alles, was er hat, gepflegt und gehegt ist. Das Bett ist sorgfältig gemacht. Wie im Hotel, denkt sie. Das Wäschewaschen ist organisiert. Die Handtücher sind ordentlich gefaltet. Sogar die sogenannte Rumpelkammer ist ordentlich, vielleicht sogar systematisiert. Sie glaubt zuerst, er sagt das im Spaß – *die Rumpelkammer* –, in ihrer Welt wäre es ein ganz gewöhnlicher Raum, mit Regalen an den Wänden, Büchern und LPs. Würde er ein Sofa hineinstellen, wäre es ein Wohnzimmer. Würde er einen Plattenspieler hineinstellen, sogar ein gemütliches. Was für eine Unordnung, scherzt sie. Und er nickt ernst, ja, ich habe keinen anderen Platz für die Dinge. Sie sehen einander mit großen Augen an, haben Probleme damit, wo sie ihre Arme hintun sollen. Um das Thema zu wechseln, fragt sie, surfst du? Die Frage ist offenkundig überflüssig, da zwei Surfbretter in der einen Ecke stehen. Schon bevor du geboren wurdest, antwortet er.

Gegenüber der Arbeitsplatte in der Küche, wo er Gemüse schneiden und Reis waschen wird, verläuft eine Theke. Hinter der Theke, die als Tisch fungiert, stehen zwei Barhocker. Eine riesige Küche mit nur zwei Sitzplätzen. Maximal und minimal. Hier, sagt er und legt ihr erneut die Hand ganz unten auf den Rücken, hier sollst du sitzen. Sie muss ein wenig kichern. Willst du keine Hilfe, fragt sie. Das will er nicht. Die Rolle des Gasts ist es, zu sitzen. Zu sitzen, zuzusehen und Wein zu trinken. Er merkt an, dass sie sich auf seinen Platz gesetzt hat, aber dass es in Ordnung ist, bis sie mit dem Essen beginnen. Könnte eine Methode sein. Ein spielerischer Weg zu Kontrolle oder das Gegenteil. Sie findet, er spricht auf eine flirtende Art und Weise. So macht er das, denkt sie. Sein Spiel. Sinnliche Rohstoffe, erfahrene Schneidetechnik, ein Gericht, das er sicher für zahllose Frauen vor ihr gekocht hat. Und das ist okay. Sie kann dasitzen, zusehen. Es ist nicht schwer, sich bedienen zu lassen. Wenn er will, darf er sie füttern.

Sie holt den Wein und die Schokolade. Das wäre doch nicht nötig gewesen, sagt er, aber danke. Sie setzt sich wieder. Er öffnet einen Wein, einen anderen als den, den sie mitgebracht hat. Er krempelt die Ärmel hoch, wäscht sich gründlich, holt ein Messer und ein Brett. Und dann beginnt die Vorstellung. Die Vorstellung von dem, was seine Hände tun können.

Er spricht, während er arbeitet, leicht und unangestrengt. Will es sicher so haben, dass es leicht aussieht – dass der Körper die Küche beherrscht, dass die Arme wissen, was sie zu tun haben. Er hat Käse und Brot vor sie hingestellt, Oliven und Sardinen. Einen reifen Rotschmierkäse. Geräucherte Babysardinen in Marinade. Das musst du mögen, sagt er. Etwas Besseres als das bekommst du nicht. Und auch er isst ein paar Happen – isst und trinkt Wein, schneidet Zwiebeln und Fleisch in Würfel. Was für eine erwachsene Verführung.

Es ist unmöglich, an seinen Händen vorbeizusehen. Alles, was er anfasst, sieht besser aus, nachdem er es in die Hand genommen hat. Auf alles, was er anfasst, bekommt sie Lust. Er hat die ziemlich seltene Fähigkeit, vielleicht jede beliebige Sache verlockend zu machen. Du hast so schöne Hände, sagt sie. Und man sieht, dass er es weiß.

Er kommt um die Bar herum, stellt sich zu ihr und steckt die Hand in die Schüssel mit Sardinen, sagt, hier, du musst das Öl von ganz unten mitnehmen – und mit nassen, fast tropfenden Fingern steckt er ihr einen Fisch in den Mund, ganz weit hinein und so langsam, dass sie seine Haut schmecken kann. Er weiß wahrscheinlich, dass das funktioniert. Die Haut macht sie sprachlos. Nach der Haut kann er tun, was er will. Und während sie auf diesem kleinen, rohen Fisch kaut, langsam, lässt er den Daumen über ihre Unterlippe gleiten, glatt, sodass das Öl sich darauf verschmiert. Sie schafft es nicht, zu schlucken, bevor er sie küsst. Bevor sie heruntergeschluckt hat, ist es bereits passiert. Ich mag dich, sagt er. Während er so dasteht, das Gesicht dicht an ihrem. Ich mag dich. Und als er zurückgeht und seine Arbeit wieder aufnimmt, ist er, falls überhaupt möglich, noch anziehender, oder es ist wahrer, wie attraktiv er ist.

Sie möchte gern helfen. Braucht vielleicht etwas zu tun, etwas anderes, als ihn anzusehen. Kann ich nicht etwas schneiden, während ich hier sitze, fragt sie. Vom Kuss zum Praktischen, genau wie er, wie erwachsene Menschen das tun. Erwachsene mit einem Sinn für Perfektion, für ein

Projekt. Sie sitzt, die Beine jetzt überkreuzt, hat das Kinn aufgestützt. Du bist Gast, habe ich gesagt. Er sagt es mit nachsichtiger Milde, doch mit untrüglicher Klarheit in der Stimme. Du sollst nichts in meiner Küche tun. Er zieht die Augenbrauen hoch, während er spricht, und hält sie hochgezogen, um seine Unbeirrbarkeit zu unterstreichen, sodass sie begreift, dass sie nicht noch einmal fragen soll. Das ist seine Art zu herrschen. Seine Art, sie zu verwöhnen.

Auf dem Klo registriert sie, dass sie leider immer noch stark blutet, und ärgert sich darüber, über dieses typische Pech. Aber selbst hier, im Bad, scheint er an sie gedacht zu haben. Es steht ein kleiner Mülleimer neben dem Klosett. Männer, die allein wohnen, haben so etwas für gewöhnlich nicht, denkt sie. Nicht wegen ihr, er kann eine Schwester haben, die oft zu Besuch ist, kann Freundinnen haben oder Geliebte, aber in jedem Fall ist die Tüte leer, und sie kann darin nichts anderes sehen als eine Geste, dass er eine neue, kleine Tüte in den Mülleimer getan hat, für niemand anderen als für sie. Wenn sie morgen von hier weggeht, wird alles in dieser Tüte von ihr sein. Das ist vielleicht ein wenig peinlich. Aber die Rohre sind nicht dafür gemacht, Tampons wegzuspülen, und sie ist froh, dass sie nicht den Mülleimer in der Küche benutzen muss, wo er steht und Essen kocht. Vielleicht ist er auch froh darüber, fällt ihr ein. Jedem Raum seine Sachen. Jeder Sache ihren Platz. Deutliche Ordnung und ein Plan. Vermutlich bis ins letzte Detail.

Alles gut mit dir, fragt er, als sie zurückkommt. Und auch wenn es ihr nicht gefällt, dass er fragt, als wäre sie krank oder würde schlecht aussehen, antwortet sie höflich, ja, danke, alles ist gut, und er lächelt – iss, sagt er –, die Sardinen müssen jetzt gegessen werden. Sie tut, was er sagt, sie will kein schwieriger Gast sein. Außerdem sind die Gläser frisch aufgefüllt, sie hat etwas zum Herunterspülen. Und es ist etwas an diesen Sardinen. Sie begreift, dass sie wichtig für ihn sind. Irgendetwas mit Kindheit und Jugend. Etwas mit Landschaft und Gerüchen. Jeder hat das Seine. Und er hat einen Onkel mit einem Sommerhaus am Strand. Es gab einmal einen Strand, sagt er verschmitzt. Bist du dort gewesen, auf der anderen Seite? Nein, das bist du wohl nicht.

Der Reis wird in ein Glas geschüttet, das in der Spüle unter einen gleichmäßig schwachen Strahl gestellt wird, das Wasser gleitet auf zähen Pfaden die Körner entlang. Das, was heraustrieft, ist gelb und trüb, *die Schlacke, die wir nicht haben wollen*, und er steckt zwei Finger in den Reis, so tief in das Glas, wie er kann, rührt in den Körnern, vorsichtig, ganz vorsichtig, damit sie nicht über die Kante schwappen, während er in Erinnerungen an die Sommer beim Onkel am Strand schwelgt, die Sommer auf der anderen Seite.

Wir aßen immer diese geräucherten Babysardinen, sagt er – das Wasser, das aus dem Glas trieft, ist so gelb, dass es braun aussieht –, das ist es, was ich mit dem Strand bei meinem Onkel verbinde, als ich klein war oder jünger oder jung. Wir waren eine Bande, die sich dort in den Schulferien traf. Jeden einzelnen Sommer. Von der Zeit, als wir Limonade tranken, bis zu der Zeit, als wir Schnaps tranken, von der Zeit, als wir Pot rauchten, bis zu der Zeit, als wir Crack rauchten, verstehst du – er sieht sie an –, wir wuchsen auf – welche Alternativen gibt es zum Aufwachsen? Wir wollten surfen. Wir hatten kein Geld für Bretter, aber wir wollten surfen. Und falls du es nicht weißt, der Atlantik ist kalt. Fürchterlich kalt. Und wir hatten auch kein Geld für

Neoprenanzüge. So war das. Aber – er schaut aus der Spüle auf – sieh her, übrigens, siehst du, dass das Wasser beginnt, klarer zu werden – am Strand gab es einen Touristen, fährt er fort, einen Gringo, der Jahr für Jahr wiederkam. Er kam aus deinem Land, er war steinreich, wir nannten ihn den Alten. Und das Braungelbe wird hellgelb, sie sieht, dass die dicke Flüssigkeit dünner wird. Es ist immer die Frage, wie man es sieht, sagt er. Und für uns war es so, die, die zu dem Alten nach Hause eingeladen wurden, die hatten Glück. Zu Hause bei dem Alten bekam man Essen, das Kinder sonst nicht essen dürfen. Zu Hause bei dem Alten bekam man Geld. Wir glaubten, wir hätten Glück, sagt er. Und du weißt es. Die, die glauben, dass sie Glück haben, *haben* Glück.

Er dreht ihr den Rücken zu, um den Reis in den Topf zu schütten. Alles wird zusammen gekocht. Wie er sagt, das ist ein Gericht, keine willkürliche Ansammlung zerstreuter Rohstoffe. Und der ganze Raum riecht nach seinen Fingern. Der ganze Raum schmeckt nach seinen Fingern. Und sie will ihn berühren, will spüren, ob er Widerstand leistet, ob es realer werden kann als das. Was passierte weiter, fragt sie. Was ist mit euch geschehen? Und er bekommt diesen verständnislosen, halb fernen Blick. Mit uns? Wir wollten ja nur surfen, sagt er, und wir surften, bis man uns erzählte, es wäre besser, es sein zu lassen. Bis wir eine Erwachsenensprache lernten. Bis wir sahen, dass Glück auch von Dingen abhing, die außerhalb von uns lagen. Er grinst ein wenig. Ein vielleicht beruhigendes Lachen. Was er sagen will, ist ungefährlich, sie versteht, was er sagen will, ist bereits gesagt. Und er legt die Hände auf die Küchenbank, zuverlässig, wohlmeinend, abschließend: Es endete, wie es das wohl immer tut – mit einem größeren Register, einem erweiterten Vokabular.

Jetzt musst du hinüberrücken, sagt er, als das Essen fertig ist. Er braucht seinen Sitzplatz, seinen gewohnten Blickwinkel. Das ist auch eine Gemeinsamkeit. Beim Essen müssen sie glücklicherweise nicht so viel plaudern. Es wird jetzt schnell gehen, erst das Essen, dann werden sie ins Bett gehen. Es ist abgemacht, sie haben keinen Grund, es in die Länge zu ziehen. Bei der Mahlzeit kann es um die Mahlzeit gehen. Beim letzten Glas auf dem Balkon um das letzte Glas auf dem Balkon. Aussicht, Himmel, Nachthimmel.

Geh und mach dich zurecht, sagt er. Er will keine Hilfe beim Abwaschen.

Sie muss sich so sauber machen, wie sie kann.

Die Dusche ist ein Raum für sich. Der Duschkopf, eine moderne Kreation, annähernd einen Meter im Durchmesser und mit ungewöhnlich gutem Wasserdruck für diese Stadt. Es ist, wie unter einem warmen Wasserfall zu stehen. Könnte für eine ganze Familie ausreichen.

Sie versucht zu vermeiden, dass ihre Haare nass werden. Versucht sich zu entspannen, nicht zu viel zu denken. Keiner seiner Hygieneartikel ist ein Produkt, das sie kennt, aber sie findet Seife, wäscht sich und genießt die Wärme. Auf dem Boden in der einen Ecke steht eine gelbe Quietscheente. Sie muss ein wenig darüber lachen, wie seltsam fehl am Platz sie ist. Alles, absolut alles in der ganzen Wohnung – das Mosaik und der Duschkopf, die Küchenmesser und Weingläser, die Farben und die Beleuchtung, alles ist mit derselben peniblen Exklusivität ausgeführt –, alles, abgesehen von diesem kleinen, sinnlosen Ding, das das Einzige in der ganzen Wohnung ohne funktionellen Wert sein muss. Und sie ist froh über sein süßes Badespielzeug. Dieser kleine Farbtupfer bietet eine gewisse Wärme. Zwar versteht sie, dass er viel zu präzise ist, um grundlos eine Quietscheente in der Dusche zu haben, und dass der Gegenstand wahrscheinlich genau dazu gedacht ist, der Frau, die seine Dusche benutzen muss, zu beweisen, dass er trotz allem ein gewöhnlicher Mann ist, dass es das Weiche gibt, den kleinen Mangel oder die Nachlässigkeit, auch in ihm. Sieh, ich bin süß. Oder sieh, ich habe Humor. Und es funktioniert exakt wie geplant. Die Perfektion liegt in der Ausnahme, im augenscheinlichen Versehen.

Als sie das Schlafzimmer betritt, steht er da und wartet in der undeutlichen Beleuchtung. Die Kleidung ordentlich auf der Kommode zusammengefaltet, die Gardinen zugezogen, ein schwarzer Bezug auf dem Bett, über der Tagesdecke. Eine süße Quietscheente hast du, neckt sie ihn und lässt das Handtuch auf den Boden gleiten, das er rasch aufhebt und auf einen Stuhl legt. Ja, nicht wahr, zwinkert er, als er sie in die Arme nimmt.

Er beginnt, wie die meisten Männer beginnen, er legt sie hin und küsst sie so innig, wie er vermag. Was kann sie anderes tun, als seine Küsse zu erwidern? Ziemlich lang küssen sie sich, wie Liebende, die Sehnsucht haben, Liebende, die die Sehnsucht nach einem anderen Ort lindern. Wenn sie die Augen schließt, kann sie vor sich den anderen Ort sehen, er hat ausreichend weiche Lippen dafür, einen richtigen Bart und einen richtigen Griff. Am Ende muss sie das Gesicht abwenden, um sich nicht zu vergessen. Sie will ihn nicht so nah vor Augen haben, seine dunkelbraunen Augen.

Weiter gleitet er über den Hals hinunter zu ihrer Kehle, zu den Brüsten, erst die eine, dann die andere, und er presst und streichelt und küsst und beißt und leckt und saugt. Sie weiß es zu schätzen, dass er ein abwechslungsreiches

Gleichgewicht hält, das verspricht Gutes, und es funktioniert. Und dieses Spiel mit den Brustwarzen ist wohl nicht nur dazu gedacht, sie vorzubereiten, sondern soll ihr auch einen Vorgeschmack auf das geben, was er weiter unten tun wird. Soll ihr sagen: Er will kosten. Denn natürlich will er das. Alle Männer wollen kosten. Alle Männer haben Gesichter, die sich hineinpressen, hinabtauchen und trinken wollen. Und um auf der sicheren Seite zu sein, als er sich nach unten bewegt, stützt sie sich auf ihre Ellenbogen und sagt, auch wenn sie damit rechnet, dass er es schon weiß, ich habe meine Tage, sagt sie, unleugbar mit einem albernen Klang, und er sieht zu ihr hinauf, sie glaubt, dass sie kurze Zeit Augenkontakt bekommen, während sein Bart ihren Nabel kitzelt, doch dann fährt er zu ihrer Beunruhigung und Besorgnis weiter fort.

Er kreist hinein. Das ist die Methode des Mannes. Männer, die angefleht werden wollen. Männer, die erhört werden wollen. Sie rechnet eher damit, dass er nur mit ihr spielen will. Weil sie blutet, dass er sie nur scharfmachen will, vielleicht vorsichtig ein bisschen ganz oben lecken. In jedem Fall will sie selbst nicht mehr. In jedem Fall glaubt sie selbst nicht, dass sie mehr will. Und sie schaut ihn an – es ist vergnüglich und seltsam, ein neues Gesicht dort unten zu sehen –, sie schaut ihn an, als wolle sie prüfen, ob er weiß, was er da tut, ob er weiß, was er will, aber als er sie mit der Zunge berührt, als er die ersten Bewegungen macht, ist es offensichtlich. Sie ärgert sich, dass sie keinen Tampon eingeführt hat, oder besser noch eine Menstruationstasse, aber jetzt ist es zu spät. Bald wird sie auch nicht mehr dazukommen, sich zu ärgern.

Er faltet sie auf und bohrt sich hinunter, steckt die Zunge mit einer Gewaltsamkeit in sie hinein, die sie nicht gewohnt ist. Ein hartes und sanftes und hungriges Tier. Es fällt ihr nicht ein, wann sie sich das letzte Mal auf Krankheiten hat untersuchen lassen, ob es sicher für ihn ist, ihr Blut zu schlucken, ob es ein Risiko bergen könnte. Vielleicht denkt sie, dass er erwachsen *ist*. Dass *alles* ein Risiko mit sich bringt. Und dass sie am liebsten an einem anderen Tag des Monats wäre, sie hält es nicht mehr aus, daran zu denken. Die Lust siegt immer über die Scham, das ist vielleicht genau das Wesentliche daran, und er genießt es auch, das hört man – das grobe Schnauben halberstickter Männer zwischen Frauenschenkeln –, er *will* es, vielleicht will er mehr als alles andere in seiner perfekten Existenz genau hierhin, und er stülpt den ganzen Mund über sie, unbändig und ungestüm, nuckelt und gluckert und zerrt und reißt und schlabbert und verwüstet alles, was er von ihr haben will, ihr nehmen will, all das Rote und das Glatte, er saugt es in sich auf, als gehöre es ihm, und hört nicht auf, bis er ein Pulsieren auf den Lippen spürt, ihren inneren Schlag gegen seine Zunge. So wie ein angeschossenes Tier nach der Flucht zusammenbricht, fällt er auf die Knie, sieht zu, dass er die letzten Tropfen in sich aufnimmt, die schweren Tropfen, jetzt vorsichtig, still und vorsichtig, bevor er seinen Bart umständlich mit dem Ende des Bezugs abtrocknet, auf dem sie liegt.

Komm mit ins Wohnzimmer, flüstert er. Er will sie in einem anderen Licht sehen, sie in einem anderen Winkel haben. Sie gehen nackt, zusammen, Seite an Seite. Das Geräusch bloßer Füße auf Holz. Auf dem Sofa liegt ein schwarzes Handtuch. Er setzt sich auf das Handtuch. Das Licht fällt von seitlichen Lampen herein. Setz dich auf mich, sagt er.

Der Singlemann in seinem modischen Heim. Sie sieht ihn jetzt. Diesen wartenden, ledigen Mann, der nach Erlösung verlangt. Seine Einsamkeit, und wie diese Einsamkeit sein Verlangen zu einer Not macht, und von dieser Not weiter, dass es nicht nur an ihr liegt, zu beurteilen, ob er bettelt oder befiehlt, sondern dass es an ihr ist, zu entscheiden. Sie weiß es, die Erniedrigung ist genauso relativ wie die Hingabe. Es ist nicht schwer, sich auf einen Schwanz zu setzen. Wahrscheinlich ist es schlimmer, es sein zu lassen. Wer hätte denn kein Heimweh?

Doch je näher er ist, desto schwieriger wird es für sie. Sein Geruch zum Beispiel oder wie sich sein Bart anfühlt, die Wärme seiner Brust – alles, das etwas ähnelt, an etwas erinnert, aber trotzdem etwas anderes ist, etwas Geringeres, sie erhebt sich schnell, die unergründliche Abweichung. Abrupt, ehe das Missverhältnis überhandnimmt, ehe es zu deutlich wird, ehe es vielleicht das Einzige wird an ihm, das sie wahrnimmt: der, der er nicht ist. Nimm mich von hinten, sagt sie und steigt von ihm ab. Sie geht auf alle viere, die Hände auf dem Tisch und die Knie ganz an der Kante des Sofas, um ihm Platz zu geben, sie macht es so einfach, wie sie nur kann, für beide, vermutlich. Von hinten ist die sicherste Stellung. Wenn man sich die Unannehmlichkeit des Küssens sparen will, sich vor einem Gesicht schützen will, das ein wenig zu nahe kommen kann. Wenn man das Risiko vermeiden will, in den Blick des anderen zu stürzen, oder die Möglichkeit aufrechterhalten, an einen anderen zu denken. Von hinten ist die einzige Art. Die ehrlichste Art, wenn nichts anderes. Und er nimmt den Raum in ihr ein, es geht jetzt von allein. Nach ziemlich kurzer Zeit muss er sich zurückziehen, um es hinauszuzögern. Er lockert den Griff um sie. Sie betrachtet den großen, leeren Raum, nimmt das Echo ihrer Geräusche in sich auf. Es gibt hier eine Einfachheit. Eine vollständig entkleidete Einfachheit. Eine Zeit vergeht, und dann ist er wieder da. Schwere Stöße. Gründliche Stöße. Acht, neun, zehn Mal, bevor er sich erneut schnell zurückzieht und auf ihrem Rücken kommt. Ganz leise. Fast schon seltsam leise. Das unbedeutende Ausatmen eines sterbenden Vogels. Geht es dir gut, fragt er. Sie versteht nicht, warum er das fragt.

Er bittet sie, sich nicht zu bewegen, während er Küchenpapier holt. Sie tut, was er ihr sagt, rührt sich nicht, bis er fertig damit ist, sie abzuwischen. Siehst du, ich kann deine Statue sein, sagt sie, und er lächelt ein wenig, fragt, ob es in Ordnung ist, wenn er zuerst ins Bad geht. Du wirst wohl auch duschen wollen? Hier – er legt ein dick zusammengefaltetes Kissen aus Papier zwischen ihre Beine –, du kannst so lange hier sitzen bleiben, sagt er und dirigiert sie mit einem behutsamen Druck gegen die Schulter auf das Handtuch. Geht es dir gut? Er fragt wieder nach. Ich werde ein neues Handtuch für dich holen, betont er.

All diese Höflichkeit, diese Genauigkeit, sie denkt darüber nach, während er im Bad ist. Sie sitzt alleine in seinem kolossalen Wohnzimmer, auf einem kolossalen Sofa, eine nackte Frau mit Küchenpapier zwischen den Beinen. Auf eine gewisse Weise ist sie beeindruckt von dem Respektvollen an ihm, der freundlichen Kontrolle. Aber vor allem ist sie verwundert. Es fällt ihr auf, dass es im Grunde eigenartig ist, dass er sich zurückgezogen hat – dass er sie lecken wollte, während sie blutet, aber nicht in ihr kommen wollte –, weiß er nicht, dass man nicht schwanger werden kann, während man seine Tage hat, fragt sie sich.

Als sie im Bad fertig ist und ins Schlafzimmer kommt, hat er sich einen Pyjama angezogen. Er ist dunkelgrau mit silbernen Knöpfen und schwarzem Seidensaum, sieht aus wie aus einer anderen Zeit. Ich habe das Bett für uns gemacht, sagt er. Er steht neben dem Bett und wartet auf sie, damit sie sich zusammen hinlegen können, gleichzeitig. Alles ist aufgeräumt. Der schwarze Bezug ist entfernt worden und das Bett frisch gemacht. Die Vorhänge sind immer noch zugezogen.

Hast du kein Nachthemd mitgenommen, fragt er. In einem kurzen, flüchtigen Augenblick fragt sie sich, ob er scherzt, ob das eine Art ist, nett zu erscheinen, genau wie mit der Quietscheente in der Dusche. Aber er scherzt nicht. Sein Ernst ist nicht ironisch und auch nichts, worüber man sich lustig macht. Ich schlafe nackt, sagt sie. Und jetzt ist er es, der sich fragt, ob sie scherzt. Als hätte sie gerade etwas ziemlich Radikales gesagt. In jedem Fall sieht er verlegen aus. Verlegen, aber immer noch höflich. Du kannst etwas zum Anziehen von mir haben, sagt er. Sie blickt ihn verstohlen an. Nein, aber trotzdem danke, lächelt sie und geht auf die andere Seite des Betts, greift nach dem strammen Bettbezug, zerrt daran, um ihn zu lockern. Nein, nicht so, ruft er und kommt auf ihre Seite, um ihr zu helfen, es ihr zu zeigen. Er hat eine Technik. Er weiß, wie es gemacht wird. So. Und dann kann sie sich hinlegen. Und dann kann er auf seine Seite zurückgehen und die Schichten des Bettzeugs auf genau dieselbe Weise zurückschlagen, wie er es gerade für sie getan hat. Wie eine Wiederholung. Eine lehrreiche Wiederholung. Er legt sich hin und schaltet die Nachttischlampe aus. Es wird vollkommen dunkel. Ganz schwarz, bevor er zu ihr unter die Decke kriecht. Bist du sicher, dass du nichts anziehen willst, fragt er wieder, und diesmal bemerkt sie noch etwas anderes in der Frage. Willst *du*, dass ich etwas anziehe, fragt sie zurück.

Und er stutzt leicht, stottert, nein, nicht so, ich wollte nur, also, ich meinte, ist dir nicht kalt? Aber ihr ist nicht kalt. Er wird ihre Nacktheit tolerieren müssen. So denkt sie. Er trinkt mein Blut, er wird mit meiner Haut fertigwerden müssen. Aber sie mag es nicht, ihn so dicht bei sich zu haben. Sie hat das Gefühl, dass er es auch nicht mag. Und sie hat es nicht gern so dunkel, aber sie spürt, dass er es vielleicht so braucht.

Nach fünf Minuten gibt sie auf. Darf ich bitte die Vorhänge ein wenig öffnen, fragt sie, ist es okay, wenn wir mit einem kleinen Spalt schlafen? Er setzt sich abrupt auf, legt eine Hand auf sie, um zu unterstreichen, dass sie liegenbleiben soll. Möchtest du lieber einen Spalt haben? Sehr gerne, antwortet sie. Und, okay, sagt er da – du brauchst Licht, das ist in Ordnung. Er steht auf und geht zum Fenster. Zieht die Vorhänge einen Zentimeter auf. Vielleicht ist dieser minimale Zentimeter ein weitaus größeres Geschenk, als es scheinen mag. Sie versteht das, und sie bittet nicht um mehr.

Sie legen sich wieder hin. Wie Kinder. Erwachsene Kinder. Sie haben eine Sprache. Sie sagen Gute Nacht in dieser Sprache. Und keiner von ihnen streichelt den anderen, aber sie halten einander, still, enger, als sie es eigentlich wollen. Es gelingt ihnen, so einzuschlafen. Sie wissen genau, wonach das aussieht, und es gelingt ihnen, so einzuschlafen. Die ganze Nacht über stellen sich die Körper vor, wie das aussieht. Solange, bis der Spalt, um den sie gebeten hat, dafür sorgt, die andere Wirklichkeit hereinzulassen. Erst da wagt er es, sie zu streicheln.

*

Guten Morgen, sagt er, ohne dass seine Stimme von der Nacht belegt ist, ohne den Wunsch, zu flüstern. Bom dia.

Stell dir vor, das ist der erste Morgen, an dem wir gemeinsam aufwachen.

Mit zwei Fingern streicht er ihr über den nackten Rücken. Vorsichtige, federleichte Finger. Ringsumher, auf und ab, vom Kreuz bis in den Nacken, vom Nacken in die Achselhöhle und weiter den Arm entlang bis zum Ellenbogen hinunter. Das kitzelt, sagt sie. Da legt er die Hand auf ihren Kopf.

Wie jeder Morgen in jedem beliebigen kleinen Menschenleben beginnt der Tag mit einer Reihe von guten und schlechten Gewohnheiten. Natürlich ist es immer noch ungewiss, inwieweit sie das eine oder das andere füreinander sein werden, oder ob sie überhaupt noch einmal miteinander aufwachen werden. Höchstwahrscheinlich werden sie einander nie gut genug kennenlernen, um die guten von den schlechten Gewohnheiten unterscheiden zu können. So läuft das üblicherweise. So sieht sie vor sich, dass es sein wird. Sie dreht sich zu ihm um. Beide versuchen, einander anzulächeln. Er reibt sich den Schlaf aus den Augen. Sie schaut auf seine Hände. Bom dia, wiederholt sie. Und er: Du sprichst es fast ganz richtig aus.

Sie merkt, wie auffällig neu sie für ihn ist, jetzt, in weitaus größerem Ausmaß als gestern Abend. Als würde er damit kämpfen, sich zu orientieren, als wüsste er nicht richtig, was er mit diesem neuen Körper anfangen soll, neben dem er aufgewacht ist, und ob er überhaupt etwas tun soll. Es ist nicht ganz klar, womit er beschäftigt ist, ob er sich windet oder reibt, aber es ist Morgen, er ist ein Mann, und sein Bedürfnis ist ziemlich offensichtlich. Und sie ist Gast, ein unkomplizierter Gast, also holt sie ihm einen runter. Sie will sich die Mühe ersparen, den Tampon herauszunehmen, und die Kleckerei, die das verursachen würde. Vielleicht will sie sich auch die Mühe ersparen, ein Gespräch führen zu müssen, so früh am Morgen.

Sie hat es immer schön gefunden zu sehen, wie sich das Gesicht auflöst. Den Übergang von einer kontrollierten Mimik, vom Denken, zu dem anderen, zum Gesicht selbst. Aber mit ihm ist es anders. Es gelingt ihm nicht, das Denken loszulassen. Ständig sieht er an sich selbst hinunter und darauf, was sie mit ihm tut, und ständig lässt er sich vom Bettzeug ablenken, faltet es hierhin, dorthin, kann sich nicht entscheiden, wie er es haben will. Vielleicht als hätte er Todesangst davor, zu kleckern. Ihr fällt auf, dass er Todesangst davor *hat*, zu kleckern. Ja, jeder hat so seine Probleme. Entspann dich, flüstert sie, schließ einfach die Augen und entspann dich, und das hilft ein wenig. Sie nimmt ihn in den Mund, und das hilft mehr. Es gefällt ihr nicht, dass er nach Seife schmeckt, sie lässt sich aber trotzdem nicht von ihrem Vorhaben abbringen, und für eine ganze Weile scheint es, als würde er seine Befürchtungen vergessen, solange, bis er kurz davor ist zu kommen. Mit ängstlicher Miene und bebendem Körper richtet er sich halb im Bett auf, liegt so da und zittert in den letzten Sekunden, wie eine Art gekrümmtes Bananenwesen, sie muss aufpassen, dass sie nicht kichert, und er presst seine Hände dazwischen und formt ein Dach, um es aufzufangen, er rechnet augenscheinlich nicht damit, dass sie schlucken wird – tatsächlich verhindert er es, kommt lieber in seine eigenen Handflächen.

Danach wirkt es, als wüsste er nicht recht, was er mit seinen Händen anfangen soll. Mit fest zusammengepressten Schenkeln und einem erstarrten Riss im Gesicht liegt er da und schaut an die Decke. Soll ich Papier holen, fragt sie. Ja, danke, antwortet er. Keiner von ihnen kann es erwarten, den Tag zu beginnen.

Die Morgenrituale gehen so: Das Erste, was er tut, ist immer dasselbe. Er kocht Wasser, das er in eine Tasse gießt, presst den Saft einer Zitrone in die Tasse, und dann trinkt er es. Jeden Tag. Bevor er was auch immer anderes in den Mund nimmt, geht es um eine Tasse heißes Zitronenwasser. Danach isst er eine Frucht, meist einen Apfel oder eine Birne oder Nektarine, bevor er trainiert. Das Fitnessstudio liegt etwa fünf Minuten von der Wohnung, und da er durchschnittlich fünfzig Minuten lang trainiert, bedeutet das, dass er ungefähr eine Stunde braucht, bevor er zurück ist und im Café an der Ecke frühstücken kann. Immer das Gleiche: ein Croissant mit Käse, eine Pastel de Nata, ein Glas Orangensaft und zwei Tassen Kaffee. Zurück in der Wohnung, wirft er die schmutzige Kleidung in den Korb neben der Waschmaschine, macht das Bett, legt sich Kleidung für den Tag raus, geht aufs Klo, putzt sich die Zähne und duscht. Danach schaltet er das Radio ein, ein festes Programm, während er Bart und Haare in Ordnung bringt, Eau de Toilette auflegt und sich anzieht. Er hat keine genaue Uhrzeit, zu der er in die Arbeit geht, aber er verlässt die Wohnung in der Regel zwischen 9:30 und 9:45 Uhr, lange bevor die Putzfrau kommt. Er will am liebsten keine genaue Vorstellung von seiner Putzfrau haben, sagt er. Sie ist ja jeden Tag hier. Das wäre sonst wie eine Beziehung.

Bitteschön. Er stellt eine Tasse vor sie hin. Man muss es trinken, solange es heiß ist, sagt er, wenn nicht, hat es nicht denselben Effekt. Das hat bestimmt etwas mit Reinigung zu tun. Heute hat er also zwei Tassen gemacht, und er nimmt es genau damit, das zu unterstreichen. Sie ist auf dem Weg in die Dusche. Deshalb präzisiert er, dass sie das Zitronenwasser trinken muss, bevor es kalt wird, und deshalb erzählt er ihr von seinem Ablauf – weil er ja für gewöhnlich nach dem Frühstück duscht, nicht davor. Und auch wenn er heute nicht trainieren wird, will er trotzdem danach duschen, denn so ist er es gewohnt. Und er wiederholt: Er wird heute nicht trainieren, da sie zu Besuch ist. Er verzichtet auf sein tägliches Fitnesstraining, einzig und allein ihretwegen. Und er will, dass sie das weiß. Er sagt es mit Charme und Wärme. Weil du hier bist, lächelt er, *nur deinetwegen.* Und sie trinkt das Zitronenwasser, das er ihr hingestellt hat, ziemlich schnell, weil er wartet. Denn er will ja hinunter ins Café, um zu frühstücken. Er hat die Kleidung von gestern angezogen und ist bereit zu gehen. Willst du nicht auch nachher duschen, fragt er. Aber das will sie nicht, sie will jetzt duschen. Was ist der Witz daran, sich zweimal anzuziehen, fragt sie. Und darauf hat er keine Antwort, aber so will er es machen. Und so wird es gemacht. Er muss auf sie warten, während sie duscht. Er hat nichts zu tun, aber er muss warten. Das ist ein Opfer für ihn, sie kann es sehen und verzichtet darauf, sich zu schminken, um nicht noch mehr Zeit zu brauchen. Sie kann sich später zurechtmachen, während er duscht, denkt sie. Ein Kompromiss, der sich unbestreitbar erzwungen anfühlt.

Alle kennen ihn. Alle wissen, was er nimmt. Magst du Croissants, fragt er. Magst du Vanillecreme? Sie haben sehr gute Backwaren hier. Alle Bäcker in der Stadt behaupten, die beste Pastel de Nata zu haben, aber hier ist sie fantastisch. Willst du das Gleiche wie ich? Ja, gern, antwortet sie. Sie will nicht kompliziert wirken. Und er macht dem Kellner ein Zeichen, streckt zwei Finger in die Luft. Sie nicken einander zu, tauschen ein wissendes Lächeln, haben dieses Zeichen auch schon früher verwendet. Es kümmert sie nicht, was das zu bedeuten hat. Sie setzen sich an einen Tisch ganz hinten im Lokal. Seinen Tisch. Seinen Fensterplatz mit Aussicht. Ich fühle mich hier wohl, sagt er, ich komme seit dem Tag, an dem ich eingezogen bin, hierher. Kurz darauf wird der Kaffee gebracht. Der Kaffee ist ungewöhnlich gut. Ihr Haar, tropfend über der Tischdecke.

Glaubst du an Gott, fragt sie. Es kommt auch für sie selbst überraschend, dass sie danach fragt. Sie macht sich nicht allzu viel aus Gott. Sie grübelt jedenfalls nicht mehr besonders über religiöse Fragen nach, damit ist sie fertig. Er hingegen sieht nicht so aus, als ließe er sich überraschen. Vielleicht ist er eher erleichtert darüber, ein Thema serviert zu bekommen. Nein, sagt er. Ich habe kein Bedürfnis, an was auch immer zu glauben. Ich weiß, oder ich weiß nicht. Und das war's. Das reicht mir. Und das Essen kommt. Sie essen eine Zeit lang schweigend. Sie bedenkt das Vanillecremetörtchen mit Komplimenten. Er überlegt, sieht ernst aus. Dann fährt er fort: Wenn es einen Gott gibt, lebt er im Meer, nicht im Himmel. Und der Blick, den er ihr zuwirft, ist unverhältnismäßig insistierend. Bist du auf dem Meer gewesen? Nachts? Ich bin es. Ich war auf dem Meer draußen, nachts, und ich weiß, dass es nichts Göttlicheres gibt, als allein zu sein mit dem schwarzen Horizont unter den Sternen. Ein Tosen unsichtbarer Wellen. Die unendliche Traurigkeit dort draußen. Sie kann hören, dass er all das schon öfter gesagt hat, aber auch, dass eine Pause in ihm entsteht, ein winzig kleiner Riss, vielleicht. Ich und Gott sind fertig miteinander, sagt er. Keine Freunde, keine Feinde, ganz einfach fertig. Warum sollte ich an ihn glauben? Wozu sollte ich diesen Glauben brauchen? Er trinkt das ganze Glas Orangensaft in zusammenhängenden Schlucken. Es gibt eine Gier in ihm, die keine Rechtfertigung braucht. Und du? Was ist mit dir? Für mich ist es das Gegenteil, sagt sie. Ich würde mir wünschen, glauben zu können, schaffe es aber nicht. Und er bemerkt nicht, dass ihre Augen ein wenig glänzen, und er weiß nicht, dass sie den Kaffee schneller trinkt, als sie es sonst tut, um einen Kloß im Hals herunterzuschlucken. Sie trinkt ihn wie einen Espresso, so wie man es hierzulande macht, woraufhin er dem Ober zunickt, damit er einen weiteren bringt. Warum willst du glauben, fragt er, woran willst du glauben? Als müsste es offensichtlich sein. Als wäre die einfache Antwort immer die ehrlichste. Aber sie hat keine Antwort. Versucht eher, die Croissantkrümel vom Tischtuch aufzusammeln. Weiß, dass alles, was man laut sagt, wahrer wird.

Als sie das Café verlassen, legt er ihr die Hand auf den Rücken. Er hält ihr die Tür auf, so wie er es immer macht. Sie soll zuerst gehen, so funktioniert das in seiner Welt. Aber trotzdem, sie hat das Gefühl, dass er jetzt mehr will, seine Hand will stützen oder trösten oder halten. Und das ist es. Hier ist es. Vielleicht will sie *daran* glauben.

Während er duscht, benutzt sie den Spiegel. Er hat nichts dagegen, dass sie gleichzeitig im Bad sind, und sie auch nicht. Die Konturen eines Männerkörpers durch taunasses Glas im Augenwinkel zu sehen, ist ein so schönes Bild. Vielleicht sonderbar schön. Sie ist der Typ, der die

Nostalgie spürt, unabhängig davon, ob sie eigentlich da ist. Hast du einen Föhn, fragt sie. Warum sollte ich einen Föhn haben, fragt er zurück.

Jetzt siehst du hübsch aus, sagt er, als er aus der Dusche kommt und sie fertiggeschminkt ist. Er gibt ihr einen Kuss. Einen guten Kuss. Es hat keinen Zweck, sich an der Bedeutung von dem aufzuhängen, was er soeben gesagt hat. Du siehst auch nicht schlecht aus, sagt sie, und er streckt die Arme von sich, gleichsam schockiert, verständnislos – ich bin doch nackt, ruft er aus.

Sie beschließen, zu Fuß zu gehen. Die Sonne scheint. Sie haben Zeit. Sie hat eigentlich gedacht, sie würde allein gehen, antwortet aber natürlich ja, als er fragt, ob er sie begleiten soll. Was soll sie sonst sagen? Er arbeitet im Zentrum, nicht weit von da, wo sie wohnt. Sie können in jedem Fall ein gutes Stück des Weges gemeinsam gehen.

Für sie ist es immer so, nach einem längeren Zusammensein, in diesem Fall mehr als einen halben Tag, fühlt sie sich erschöpft. Das hat nichts mit ihm zu tun. Es liegt etwas Kräftezehrendes darin, auf andere Rücksicht nehmen zu müssen. Sie kann nichts dagegen tun, und sie weiß nicht, was es bedeutet, aber sie weiß, dass es den wenigsten so geht wie ihr. Dass andere es im Großen und Ganzen verstehen können, ja, aber nicht das Ausmaß, in dem sie das Bedürfnis haben kann, *niemanden* an ihrer Seite zu haben.

Erschreckend selten hat sie jemanden getroffen, mit dem zusammen zu sein sie nicht ermüdete. Noch erschreckender: Es hat sich gezeigt, dass sie mit den wenigen, mit denen sie es ausgehalten hat, trotzdem nicht lange zusammengeblieben ist. Und weiter? Sie kann genauso gut hier Seite an Seite mit diesem neuen Fremden gehen, wie sie es sein lassen kann. Sie können sich Häuser anschauen, sich für Autos oder Bäume interessieren. Sie können durch einen Park gehen und über den Park sprechen, oder sie können an dem Park vorbeigehen und darüber sprechen, dass sie an einem Park vorbeigehen. So einfach ist das. Danach werden beide ohnehin darin übereinstimmen, dass sie es gut gehabt haben und dass dieser Spaziergang angenehm war. Auch sie. Höchstwahrscheinlich wird sie vergessen haben, dass sie sich ursprünglich schon vor einer halben Stunde verabschieden wollte.

Aber er spricht weder über Autos noch über Bäume. Er interessiert sich nicht für willkürliche Elemente. Hast du noch etwas von dem Typen gehört, mit dem du zusammen warst, fragt er. Sie läuft beinahe gegen einen Pfosten. Er lacht nicht darüber. Nein, antwortet sie. Sie ist sich nicht sicher, auf wen er sich bezieht – *der Typ, mit dem du zusammen warst?* –, aber sie antwortet klar und eindeutig, er soll nicht darüber spekulieren, ob es noch andere Antworten gibt. Aber findest du nicht, es ist merkwürdig, dass er nichts von sich hat hören lassen, fragt er weiter, hattet ihr es nicht schön? Sie zuckt die Achseln, versucht sich zu erinnern, was sie ihm erzählt haben könnte. Manchmal ist es, als wären ganze Erinnerungen ausradiert.

Wenn man es schön mit jemandem hat, dann will man sich doch wiedersehen, oder nicht? Und es liegt eine künstliche Glut in seiner Stimme, die ihr nicht gefällt. Sie muss schlucken. Muss sich vorbereiten. Jede Abfolge von Treffen zwischen Menschen, die sich zueinander hingezogen fühlen, wird früher oder später den Moment erreichen, in dem eine der Parteien die Vergangenheit ins Gespräch hineinzieht, sie weiß es, der, der eine Zukunft vor sich sieht, ist der, der zuerst in die Vergangenheit will – alle, die mit der Gegenwart nicht zurechtkommen, suchen Halt in anderen Räumen –, aber sie hätte nicht gedacht, dass er einer von denen ist.

Ich weiß nicht, sagt sie. Was soll sie sagen? Ich habe nichts mehr von ihm gehört, es gibt ihn nicht mehr. Und es vergeht eine Weile in Schweigen. Sie weiß, es kommt mehr, merkt, dass er immer noch grübelt. Und dann kommt es, nachdem sie eine Taube auf dem Gehsteig kommentiert hat, der ein Bein fehlt: Aber, also – und er sieht ziemlich erstaunt aus, während er spricht – nur, weil du meintest, es sei ein schlechtes Date, ist ja nicht gesagt, dass er dasselbe dachte – für mich sah es tatsächlich so aus, als hättet ihr es ziemlich nett! Und endlich begreift sie, wovon er spricht oder von wem. Und egal, wie albern es ist, dass er das immer noch nicht gut sein lassen kann, sie ist erleichtert. Ohne dass er es merkt. So erleichtert, dass sie sich richtig glücklich fühlt.

Es ist offensichtlich wichtig für ihn, der Sache auf den Grund zu gehen, noch einmal; wichtig für ihn, bestätigt zu bekommen, dass es keine Konkurrenten gibt. Also tut sie, was sie am besten kann. Worte. Es ist nie sonderlich schwierig, einen glaubwürdigen Rahmen für eine Erzählung zu finden. Ist die Wahrheit nicht stark genug, sind Details alles, was es braucht. Details sind das, was Menschen mit wenig Fantasie überzeugt. Details sind das, was die Misstrauischen dazu bringt, sich zu entspannen. Und so, vielleicht sogar ohne zu lügen, fegt sie das Ganze mit einem schlichten, aber abwechslungsreichen Bericht über eine Reihe von Standard-SMS unserer Zeit hinweg; ein typisches Angebot von einem Mann, eine typische Absage von einer Frau und der umständliche Kodex rund um die Sache. Wer würde das nicht glauben? Er glaubt es. Er ist zwar kein Mann, der akzeptiert, dass andere Männer Frauen so ohne Weiteres ziehen lassen. Doch jetzt, wo er Einsicht in das segmentierte Flickwerk der Kausalitäten bekommen hat, atmet er wieder normal. Und noch einmal lachen sie über den kleinen Mann mit dem großen Auto. Er ist derjenige, der es wiederholt. Sie versteht, dass er es wiederholt, um zu sehen, ob sie es noch immer lustig findet.

Sie geht mit den Händen in den Taschen. Es ist nicht kalt, aber sie findet es am besten, sie dort zu haben. Bis jetzt ist eigentlich nichts verkehrt gewesen. Der Tag ist ungewöhnlich warm für die Jahreszeit, das Licht beinahe sommerlich. Sie schlendern beide unbeschwert, im Gespräch über die Seele und Besonderheit der Stadt. Lass mich dich nach Hause begleiten, sagt er, als sie sich der Gabelung nähern. Und vielleicht wäre das etwas gewesen, das sie gefreut hätte, an einem anderen Ort, bei einem anderen Anlass – vielleicht *sollte* das etwas sein, das sie freut –, aber sie freut sich nicht über die Frage, ihr Widerwille meldet sich sofort. Das brauchst du wirklich nicht, sagt sie, du musst doch zur Arbeit. Trotzdem danke. Aber natürlich gibt er nicht auf. Es ist mir ein Vergnügen, beharrt er, und außerdem habe ich Zeit genug. Er sieht sie mit einer entweder skeptischen oder besorgten Miene an. Kennst du den Weg nach Hause von hier aus? Sie sagt, dass sie den Weg nach Hause von überall findet.

Sie weichen, jeder zu seiner Seite, einer älteren Dame aus, die ihnen entgegenkommt. Ich fühle mich wohl, wenn ich gehe, stellt sie fest. Und um den Zweifel auszuräumen, der sich möglicherweise gemeldet hat – damit er nicht glaubt, dass sie versucht, ihn loszuwerden –, ich könnte stattdessen dich zur Arbeit begleiten, sagt sie. Mit Freuden. Das wäre mir ein Vergnügen. Und so stehen sie da, an der Kreuzung. Zwei verwirrte Menschen, die soeben zum ersten Mal die Haut des anderen gespürt haben. Zwei Furchtlose mit Todesangst, die einander, ohne es vielleicht so zu meinen, Paroli bieten. Womöglich haben sie mehr gemeinsam, als sie ahnen. Beide wollen begleiten, aber keiner will begleitet werden. So einigen sie sich auf den Abschied. Und wie eine vorgefertigte Reprise wiederholt er, was er das letzte Mal gesagt hat, als sie sich verabschiedeten. Sei brav, sagt er. Mit genau dem gleichen neckenden Blick, als würde er es nicht meinen, und streicht ihr mit den Fingern durchs Haar, behutsam und zärtlich. Bevor sie einander schließlich den Rücken kehren, fühlt sie sich von so viel Charme geschmeichelt, es braucht einen größeren Abstand, ungeahnte Häuserblöcke, um das loszuwerden.

Sie fühlt sich jetzt leicht, beinahe schwerelos. Ein unbelastetes Schweben, in dem sie sich bewegen kann, dies. Eine Art Abdruck in ihr, ein Beweis. Als gäbe es wirklich eine Freude an der Vergänglichkeit. Sie macht einen Umweg, um das Gefühl zu verlängern. Dass sie sich an den Ecken umsieht, dass sie die Straße überblickt, bevor sie die Tür aufschließt, verringert die Freude nicht.

Die Leichtigkeit wird zur Arbeit mitgenommen. Das Gewicht der Leichtigkeit; das Unverbindliche an Sprache. Neue Wörter stehen ohne Fazit da. Neue Wörter können ohne Vorbehalt zu Herzen gehen. Das Herz kann getroffen werden, frei von Relevanz.

Am Nachmittag schickt sie ihm eine Nachricht. Sie bedankt sich für das Abendessen und das Beisammensein, schreibt, dass es sowohl gemütlich als auch schön war. Sie denkt kaum darüber nach, was sie damit erzielen will, sich so zu zeigen, süß und dankbar, höchstwahrscheinlich hat sich das System in ihr festgesetzt, vorbei an jedem Fragezeichen. Er antwortet sofort. Ich habe zu danken, schreibt er. Und als sie ins Bett geht, ist sie immer noch wärmer, als sie es für gewöhnlich ist.

*

Der nächste Morgen kommt mit einem Versprechen. Alles, was eintreffen kann, wird eintreffen. Wenn auch nur in seiner trivialen Bedeutung, seiner irdischen Zerbrechlichkeit.

Sie hat ein wenig länger geschlafen als sonst und ist in einem kühlen und ruhigen Gemütszustand aufgewacht. Sie steht in der Küche, hat eine Zitrone in zwei Hälften geschnitten und ihren Saft in einen Becher gepresst. Das Wasser ist dabei zu kochen. In dem Moment, als sie das Gas am Herd abdreht, hört sie das Piepen des Telefons. Sie freut sich, als sie seinen Namen sieht. Die Freude hält an durch das, was er schreibt. Doch dann geht sie über in eine Art Gefühllosigkeit, einen Schauder, der sich im Rückenmark verankert und der die Härchen auf dem Arm dazu bringt, sich aufzurichten. Hast du heute an dein Zitronenwasser gedacht? Und sie weiß nicht, was sie darauf antworten soll oder wie sie das sehen soll, sowohl, dass er fragt, als auch, dass sie ja hier steht, mitten in dem säuerlichen Zitronenduft – dass sie gestern Zitronen gekauft hat, eine große Glasschale mit Zitronen gefüllt hat, dass diese Schale zu einer dekorativen Ergänzung ihrer Küche geworden ist, dass ihr Anblick sie mit etwas Süßem, beinahe Innigem erfüllt hat, so innig, dass sie sich tatsächlich genau jetzt darauf freut, den ersten Schluck zu nehmen. Sie weiß nicht, was sie antworten soll, also schiebt sie es auf. Sie gießt das heiße Wasser in die Tasse und setzt sich an den Küchentisch, die Tasse vor sich. Sie bläst ziemlich lang hinein, bevor sie es wagt, zu kosten. Als sie ausgetrunken hat, antwortet sie, ja. Unmittelbar darauf antwortet er, tüchtiges Mädchen.

Es vergeht ein Tag. Es vergeht noch einer. Sie rechnet damit, dass er sie am Wochenende treffen will, dass er eine Nachricht senden wird, um sich zu verabreden. Sie rechnet damit, wie die meisten Frauen dazu neigen, etwas anzunehmen, zu veranschlagen, festzustellen. Aber er schlägt nicht vor, sich zu treffen. Er schickt ihr andere Arten von Nachrichten; guten Morgen, hab einen schönen Tag, schlaf gut – bestätigende Nachrichten, aber keine echte Bestätigung. Vielleicht erwartet er, dass sie die Initiative ergreift, dass sie jetzt an der Reihe ist? Als der Freitag kommt, beschließt sie, dass es so sein muss. Sie fragt, ob er sie auf ein Glas treffen will. Hier oder da, schreibt sie. Um zu betonen, dass die Gesellschaft zählt, nicht der Ort oder das Essen. Sie will es ihm leicht machen, sodass es einfach ist, mit Ja zu antworten. Aber er antwortet nicht. Der ganze Tag vergeht, und er antwortet nicht. Erst am Samstagvormittag lässt er von sich hören. Es tut mir leid, dass ich so lange gebraucht habe, um zu antworten, es war so hektisch in der Arbeit. Ich bin gezwungen, geschäftlich zu verreisen – bin in einer Woche zurück, schreibt er, aber treffe mich sehr gern nächstes Wochenende mit dir. Und was soll sie dazu sagen? Niemand ist so beschäftigt, dass er einen ganzen Tag lang nicht auf eine Nachricht antworten kann, und sie findet auch diese dringende Reise ein wenig merkwürdig, aber was soll's? Die Sache ist die, es kümmert sie nicht. Und sie denkt darüber nach. Sie erforscht sich selbst, um sich zu vergewissern, dass es wahr ist. Und es ist wahr. Es ist ihr gleichgültig, was er tut oder nicht tut, wenn sie nicht zusammen sind. In Ordnung, antwortet sie. Gute Reise! Er soll nicht glauben, dass sie auf irgendeine Weise der anspruchsvolle, komplizierte Typ ist. Komplikationen und Ansprüche sind das Letzte, was sie braucht.

Die Woche vergeht. Sie arbeitet drinnen, obwohl die Sonne scheint. Sie trinkt weiterhin jeden Morgen heißes Wasser mit Zitrone, kauft noch mehr Zitronen und füllt die große Glasschüssel wieder auf. Die frische, gelbe Farbe macht sich so gut in der Küche, denkt sie.

Sie wohnt in dem alten Sklavenviertel, wo die Häuser klein, schief und eng beisammen sind und wo die Ortsnamen *Negerplatz* oder *Straße der Schwarzen* lauten. Eine der reizendsten Gegenden der Stadt, ohne Zweifel, wo – wie in so vielen Städten Europas – das, was einmal arm und kümmerlich war, schick und begehrt geworden ist. Ganz oben auf dem Hügel liegt der ihrer Meinung nach schönste Aussichtspunkt der Stadt, Adamastor, mit Aussicht auf den großen Fluss, auf die Brücke des 25. April, einer Kopie der Golden Gate Bridge, und die riesige Jesusstatue auf der anderen Seite. Hierher kommt sie für gewöhnlich, wenn sie bei der Arbeit eine Pause macht. Sie bekommt nie genug von der einzigartigen Aussicht. Davon, auf die roten Hausdächer hinunterzuschauen, den Wind zu spüren. Außerdem haben sie sympathische Bierpreise hier oben. Der Mann, der den Kiosk betreibt, hat es sich zur Ehrensache gemacht; solange er lebt, wird ein Imperial nie mehr als einen Euro kosten.

Den Strand auf der anderen Seite kann man auch von hier aus nicht sehen, aber sie denkt daran und an ihn. Wie viele Sommer man auf der entgegengesetzten Seite von da, wo man sonst wohnt, verbringen kann – wie viel oder wenig es braucht, bis man die Heimatseite nicht mehr von der anderen unterscheidet.

Einen ganzen Nachmittag verwendet sie darauf, den Erzählband zu finden, über den er gesprochen hat, seine Lieblingsschriftstellerin. Sie muss in mehrere Buchhandlungen gehen, bevor sie ihn in der richtigen Sprache findet, stört sich aber nicht an der Zeit, die sie dafür braucht. Sie ist froh, dass sie ihn bekommen hat. Sobald sie nach Hause kommt, liest sie die Novelle, die er nacherzählt hat, erkennt aber schnell, dass er die Titel durcheinandergebracht hat – jedenfalls unterscheidet sie sich sehr davon, wie er sie wiedergegeben hat. Sie handelt von einer Familie, die auf eine Autofahrt geht, aber dann eine Panne hat. Sie sitzen am Straßenrand und warten in der glühenden Sommerhitze auf Hilfe, Mutter und Vater, zwei Kinder und ein kleines Baby. Ein Auto hält an, anscheinend um ihnen zu helfen. Es steigen drei Männer mit Messern aus, und nach relativ kurzer Zeit ist die Familie abgeschlachtet. Sie liest noch eine, um zu sehen, ob sie jetzt die richtige findet. Sie handelt von einer Großmutter, die auf ihre Enkelkinder aufpasst. Sie bäckt Brötchen und schmiert sie als Proviant, während sie mit der Radiomusik in der Küche mitsummt. Dann nimmt sie die Kinder mit auf den Spielplatz, wo es andere Kinder gibt, mit denen sie spielen können. Und während die Kinder auf den Schaukeln schaukeln und im Sandkasten buddeln, während die Großmutter mit einer anderen Großmutter schwatzt, kommt ein Mann aus dem

Haus direkt daneben, ein Mann mit einem Maschinengewehr in Händen. Den Schluss zu lesen bringt sie nicht die Kraft auf.

Sie geht aus und betrinkt sich mit einem Freund. Mangels Impulskontrolle schickt sie ihm spät in der Nacht eine Nachricht, von der sie in dem Moment glaubt, er würde sich darüber freuen. Früh am nächsten Morgen antwortet er: Es ist gestern spät geworden, wie ich sehe … mit wem warst du aus? Sie antwortet, dass sie mit einer Freundin aus war. Bist du nach Hause gekommen, fragt er da. Es ist nicht leicht zu begreifen, warum er danach fragt. Selbstverständlich, antwortet sie, was meinst du damit? Aber er macht nur Spaß. Ich nehme dich nur auf den Arm, schreibt er. Und fünf Minuten später: Ihr aus dem Norden seid ja bekannt für eure Trinkkultur :-) Da. Der erste Smiley.

*

Er lädt sie am Samstag zu sich nach Hause ein. Er will wieder für sie kochen. Ich habe mich darauf gefreut, dich zu sehen, sagt er, als sie kommt. Ich auch, antwortet sie. Es sind zehn Tage seit dem letzten Mal vergangen. Zehn Tage sind viele Tage, wenn zwei gerade dabei sind, einander kennenzulernen. Genug, um zu vergessen, wie der andere sich anfühlt. Genug, damit deutlich wird, wie fremd sie sich eigentlich sind. Sie müssen einander jetzt erneut erobern. Müssen einander lang umarmen, um zu verbergen, dass sie nicht wissen, wie sie dreinschauen sollen. Und sie stehen so da, im Flur, fummelnd, funkelnd, klammernd, bis sie beginnt zu kichern. Was ist los, warum lachst du, fragt er da, sodass sie sich zusammennimmt, sie will nicht kindisch sein.

Sie hat Bier und Erdbeeren dabei. Warum bringst du Sachen hierher mit, fragt er, wartet aber nicht auf Antwort. Sie folgt ihm in die Küche, sie geht hinter ihm durch den langen, schmalen Gang, und sie ist gerade dabei, ihn in den Hintern zu kneifen, oder sie denkt sich, es wäre lustig, ihn in den Hintern zu kneifen, ertappt sich aber dabei, wie unnatürlich sich das anfühlen würde.

Er bleibt am Ende des Ganges stehen, um sie vorzulassen, streckt einen Arm aus, um sie willkommen zu heißen. Nach dir, sagt er. Auf der Arbeitsplatte wartet eine große Schüssel mit Meeresfrüchten, zwei funkelnde Champagnergläser in einer Beleuchtung, die mehr als richtig ist, und auf ihrem Platz: ein kleines Handtuch mit einer muschelförmigen Seife darin. Du willst dir sicher die Hände waschen, bevor wir anfangen?

Und das alles, diese kunstvollen Vorbereitungen, diese reizenden Details, der Aufwand, die Übertreibung, damit will er *etwas* sagen, er will *etwas* demonstrieren, und sie kann es nicht anders auffassen denn als süß, kann sich nicht anders fühlen als geschmeichelt. Du weißt, sagt sie mit dem flirtenden Lächeln, du könntest es dir viel einfacher machen. Ja, das weiß ich, antwortet er. Und sie setzt sich auf ihren Platz, betrachtet ihn, während er den Wein einschenkt. Seine Hände. Wieder. Wie diese so unglaublich schönen Hände etwas beinahe Göttliches in diese sonst völlig banale Geste bringen.

Sie ist erwachsen. Hat einen Blick, eine Sprache für die verworrene Vieldeutigkeit von Situationen. Sie ist nicht eindimensional, auch nicht leicht zu überzeugen. Sie *sieht* diese

Szene. In dem Land, aus dem sie kommt, weiter im Norden, näher an zu Hause, hätte sie wahrscheinlich über so eine Verabredung gelacht. Sie lässt sich nicht überzeugen, nicht ganz. Sie lässt sich nicht blenden. Aber es liegt unbestreitbar etwas Verlockendes darin, vielleicht gerade in dem Szenischen. Ohne Ironie. Ohne Parodie. Die vorbildliche Ausführung. Und egal, wovon sie überzeugt werden soll oder wogegen oder wozu – *er* ist jedenfalls überzeugend genug. Warum sollte sie das kaputtmachen wollen? Er kostet den Wein, belüftet ihn im Glas mit kreisenden Bewegungen, nimmt einen kräftigen Schluck, den er eine ganze Weile im Mund behält, mit dem er den Mund nahezu ausspült, bevor er das Glas abstellt. Den wirst du lieben, sagt er. Und er hat völlig recht damit. Den wird sie brauchen. Sie werden mit rohen Austern beginnen.

Du weißt, was man über Austern sagt, lächelt er. Er hält die raue Muschel wie einen Becher vor sich. Und dieses Lächeln. Er merkt es vielleicht nicht, aber sie arbeitet außergewöhnlich hart daran, die Szenographie nicht zu beschädigen. Ja, antwortet sie, ich weiß, was man über Austern *sagt*. Er sieht sie fragend an, wartend. Und? Sie atmet, nimmt einen Schluck aus dem Glas. Ich glaube, der Placeboeffekt ist unbezahlbar, sagt sie. Wenn es hier ein Aphrodisiakum gibt – und sie stochert mit dem Finger in dem Weichtier, das sie vor sich hat, herum, während sie ihn mit kleinen Zungenbewegungen neckt – er lacht – es ist das zweite Mal, dass sie ihn lachen hört – sein merkwürdiges, einatmendes Lachen –, wenn es hier ein Aphrodisiakum gibt, wiederholt sie, dann liegt es im Anblick der Auster oder im Zuschauen, wie die Auster gegessen wird. Es gibt keine Wunderzutat. Woher weißt du das, fragt er weiter. Weil niemand Austern allein isst, antwortet sie – nicht einmal du.

In der Stille, die folgt, liegt eine Unruhe, die ziemlich deutlich über sein Gesicht gleitet und die es ihr, bis sie vorüber ist, unmöglich macht, das, was sie soeben gesagt hat, nicht noch einmal zu bewerten. Sehr gut möglich, dass sie den ganzen Abend zerstört hat. Ihre unnötige Spitzfindigkeit. Sehr gut möglich, dass es einfacher gewesen wäre, ein Glas zu zerbrechen. Aber dann geht es vorüber. Ganz plötzlich, nach einer Pause, die sich natürlich länger angefühlt hat, als sie eigentlich gedauert hat, plötzlich ist die kleine Unruhe vorbei, und er lehnt sich zurück, nickend, zufrieden. Cleveres Mädchen, sagt er. Er wirft ihr einen nahezu triumphierenden Blick zu. Du hast Austern nicht so gern, nicht wahr? Und der Rollenwechsel ist wie für ein Kammerspiel geschrieben. Akt zwei jetzt. Man kann sehen, dass sie verlegen ist.

Ich bin ein wenig skeptisch, gesteht sie. Ein scheinbar unbedeutendes Geständnis. Skeptisch? Er scheint ganz kurz davor zu sein, wieder zu lachen. Vielleicht hat er damit völlig recht. Ja, sagt sie, das Meer ist doch verschmutzt, man kann sehr, sehr krank davon werden, wenn man Austern isst. Aber er lacht nicht. Er hat jetzt genug. Vertraust du mir nicht, fragt er. Glaubst du, ich würde dir etwas geben, das dich krank machen könnte? Und er macht eine Geste mit dem Arm, mit der Hand, in der er die Auster hält, zeigt auf das schicke Essen vor ihnen – glaubst du wirklich, ich will dir etwas Böses? Eine höhere Tonlage jetzt, Kränkung in der Stimme. Nein, natürlich glaubt sie das nicht. Tut mir leid, sagt sie, so habe ich das nicht gemeint. Und es gibt nur eines, was sie tun kann, um ihm ihr Vertrauen zu zeigen, um das Gleichgewicht wiederherzustellen. Sie weiß es, und er weiß es. Er rührt flink mit einer kleinen Gabel in der Muschel, bevor er die Hand auf ihren Mund legt. Es liegt etwas Sinnliches in der Nötigung. Es liegt vielleicht in allem etwas Sinnliches. Du hast noch viel zu lernen, sagt er. Und langsam, mit zwei Fingern zwischen ihren Lippen, zwischen ihren Zähnen, drückt er ihren Mund auf. So, ja. Jeder drei. Zwischendurch Champagner. Zitrone, um zu betäuben.

Danach geht es erheblich leichter. Als sie sich zu festerer Konsistenz vorarbeiten, entspannt sie sich. Die Kammmuscheln sind gebraten, die Schalentiere gekocht, und jetzt gibt es Brot und ein wenig Gemüse. Sie nimmt es genau damit, alles, was er zustande gebracht hat, zu loben. Sie sieht, dass ihm das gefällt. Er bittet sie nicht, damit aufzuhören. Bei jedem neuen Geschmack, den sie im Mund hat, macht sie ihm Komplimente. Der Hummer ist hervorragend, sagt sie, und er weist sie zurecht, unterstreicht aber auch das, was sie sagt – ja, die Languste ist ausgezeichnet –, und so sitzen sie da, auf Barhockern in einer riesigen Küche, nebeneinander, vor einem Festschmaus. Es geht immer um Geschmack. Es geht immer um Sprache. Ich habe einige Novellen der Schriftstellerin gelesen, von der du erzählt hast, sagt sie. Und er macht eine kleine, nickende Bewegung mit dem Kopf. Ach so, hast du? Er füllt die Gläser, lehnt sich zurück. Was hältst du davon, fragt er. Und sie antwortet, dass sie nicht richtig weiß, was sie davon halten soll. Sie sind so brutal, sagt sie. Brutal auf eine etwas unmotivierte Art. Er sieht sie verständnislos an. Also, man versteht nicht, warum diese Menschen umgebracht werden, fährt sie fort – es ergibt keinen Sinn –, sie sind freundlich, sie sind gewöhnlich, sie tun friedliche Dinge, und dann werden sie umgebracht. Ich verstehe, dass das sicher der Punkt ist, fügt sie hinzu, jetzt tastend, auf der Suche nach einer Schlussfolgerung –, aber es fällt mir schwer, an die Täter zu glauben. Das Ganze ist so inszeniert, stellt sie fest, es ist etwas Künstliches an dieser Gewalt. Er rümpft die Nase, wie ein Kind, wiederholt ihre Worte, *etwas Künstliches an dieser Gewalt?* Er wischt sich den Mund mit der Serviette ab, bevor er sie auf den Teller legt, um zu zeigen, dass er eine Pause beim Essen einlegt. Es ist doch wohl nicht künstlich, bloß weil *du* es nicht verstehst? Er zieht die Augenbrauen hoch. Du bist doch genau wie alle anderen, sagt er. Du glaubst, niemand will dir etwas Böses, nur weil du selbst nicht den Wunsch verspürst, Schlechtes zu tun. Aber die, die Schlechtes tun, die denken ganz genau so, nur umgekehrt. Jeder geht in Gedanken von sich selbst aus. Verstehst du? Unmotivierte Gewalt gibt es nicht. Und jetzt sehen sie einander an. Lange, jeder in seiner Inständigkeit. Sie versteht nicht. Er sieht, dass sie nicht versteht. Geht es darum, dass sich die Gesellschaft in Auflösung befindet? Nicht notwendigerweise, antwortet er – man glaubt ja zu allen Zeiten, dass die Gesellschaft im Begriff ist, sich aufzulösen, und zu allen Zeiten ist die Gewalt trotzdem ein ziemlich stabiles Element – und er bricht den Blickkontakt nicht ab, bis er sich einen Babyfisch in den Mund steckt, dieselben kleinen Sardinen wie letztes Mal. Das Öl bringt seine Lippen zum Glänzen.

Sobald sie mit dem Essen fertig sind, beginnt er abzuräumen. Bist du satt? Ja. Und es ist klar, dass sie den Moment nicht mit noch mehr Essen und Plaudern hinauszögern wollen, und er will auch keine Hilfe beim Aufräumen. Lass mich den Abwasch machen, sagt sie, aber er will davon nichts wissen. Es heißt nicht Abwasch, wenn man einen Geschirrspüler hat, macht er sie aufmerksam, und als sie um die Theke herumkommt, um die Maschine einzuräumen, hält er sie auf. Ich meine das so, sagt er, *ich* mache hier Ordnung. Und plötzlich begreift sie – die nachdrückliche Art, mit der er spricht, die Schwere des Griffs um ihre Schultern ist nicht nur eine Mitteilung, sondern eine Warnung. Plötzlich wird es sehr deutlich; dass sie ihm nicht in der Küche helfen darf, liegt nicht nur daran, dass er höflich ist. Er ist jetzt in seinem Bereich, und er will sie dort nicht haben. Geh und mach dich zurecht, sagt er, so sanft er kann. Geh ins Bad und zieh dich aus. Ich sage Bescheid, wenn alles bereit ist.

Ob sie nun findet, dass es spannend oder unangenehm ist – ob ihr die Unruhe weh- oder guttut, so gibt es doch einen Funken darin, einen Funken, der sie dazu bringt, zu gehorchen. Über eine halbe Stunde lang wartet sie auf ihn. Sie hört, wie er in der Küche hantiert. Dass die Geschirrspülmaschine eingeräumt wird, dass das Essen in den Kühlschrank gestellt wird, die Oberflächen gereinigt werden. Sie hört ihn draußen vorbeigehen. Dass er ins Schlafzimmer geht und in die Rumpelkammer, dass er Schränke öffnet und Schubladen herauszieht. Estás boa, ruft er von dort drinnen. Sie sitzt in Unterwäsche auf seinem Klodeckel. Ja, antwortet sie, es geht mir gut. Und so geht es weiter, bis er endlich an die Tür klopft. Bist du bereit, fragt er. Sie denkt sich, wie soll ich das wissen.

Er nimmt sie mit ins Wohnzimmer. Komm, sagt er und schiebt sie vor sich her. Immer diese Hand ganz unten am Rücken, auch jetzt, mit bloßen Füßen über den Boden. Lass mich dich ausziehen. Lass mich dir das Letzte ausziehen. Und augenblicklich macht der dunkle Raum sie zu etwas Wiedererkennbarem. Er zieht ihr die Unterwäsche aus, fährt ihr mit den Fingern durchs Haar wie mit einem Kamm. Setz dich her, sagt er und geleitet sie zum Sofa, wo das schwarze Handtuch bereitliegt. Sie setzt sich und sieht ihm beim Ausziehen zu. Ein Mann, der sich in einem dunklen und leeren Wohnzimmer nackt auszieht, der seine Wäsche penibel faltet, die Kleider als Stoß auf einen Stuhl legt, der sonst ins Esszimmer gehört. Das ist alles, was sie sieht. Alles, was sie sehen will. Ein großer und durchtrainierter Mann mit breiten Schultern, goldener Haut. Umrisse und Konturen. Skizzen, die sie ausmalen kann, wie sie will. Er ist so schön, denkt sie. Du bist so schön, sagt er. Und sie kommt nicht umhin zu erkennen, wie dunkel es ist. Dass die Beleuchtung anders ist als das letzte Mal.

Sie küssen sich eine Weile, berühren einander, bereiten einander vor. Stell dich hin, sagt er, als sie lang genug gespielt haben – ich will dich wie letztes Mal. Und sie ist froh darüber, erleichtert, dass er nicht irgendetwas anderes will, was es auch sein mag, das sie sich nicht vorzustellen gewagt hat. Sie bringt sich in Position, die Knie auf der Sofakante und die Handflächen auf dem Tisch vor ihnen, genau wie beim letzten Mal, eine reine Wiederholung, während sie darauf wartet, dass er sie ausfüllt. Wenn sie überhaupt denkt, ist das das Einzige, woran sie denkt. Sie will, dass er Raum in ihr einnimmt. Will in diesem Raum verschwinden.

Er beginnt ruhig. Zuerst, als würde er sich nur vortasten oder nach etwas suchen. Als würde er untersuchen, ob alles noch so ist, wie es vor zehn Tagen war. Er dringt sachte ein, zieht sich sachte zurück, langsam, wieder und wieder. Er weiß natürlich, dass sie das ungeduldig macht, und will wahrscheinlich, dass diese Macht, die er hat, die er damit demonstriert, sie dazu bringt, zu betteln. Wie bei den meisten beruht ein großer Teil seines Selbstvertrauens auf dem Wunsch, begehrt zu werden. Dem Wunsch, dass jemand ihn braucht. Nicht auf eine geschickte, schlaue oder nette Art, sondern nur ihn – dass ein Bedürfnis nach *ihm* besteht. Alle Männer – wie weit sie im Verzicht auch gehen, unabhängig davon, ob sie mit dem Kopf oder dem Herzen argumentieren, und unabhängig davon, ob sie es zugeben wollen oder nicht –, tief drinnen wissen sie irritierend genau: Nächte jenseits der Begierde haben unweigerlich ihr Ablaufdatum. Wissen Frauen das nicht vielleicht auch? Welcher Mann mit intakter Selbstachtung kann auf Dauer seine Rolle als Hausmeister der Familie ertragen? Und er, der jetzt begonnen hat, sie damit zu reizen, dass er sie abwechselnd schneller nimmt, um dann wieder nachzulassen, er hat sich das erspart – das hat sie sich schon lange gedacht – deshalb lebt er allein, hat sie sich gedacht –, weil er sich nicht beherrschen lassen will. Und deshalb mag sie ihn, ist es nicht so – weil das Alleinsein selbstgewählt ist? Fick mich, sagt sie, flehend, so wie sie annimmt, dass er es hören will. Er antwortet, bald. Ich werde dich gleich nehmen, sagt er, ich werde nur erst einen Film einlegen.

Er zieht sich zurück und beugt sich vor zur Fernbedienung am Rand des Tischs. Sie hat keine besonderen Erwartungen an den Film. Solange es nicht gewalttätig ist, solange es nicht allzu grob ist, kann er sich ihretwegen alles anschauen. Er drückt auf Play und dringt wieder in sie ein. Die Mattscheibe vor ihnen wird von einem schwarz-weißen Bild erleuchtet. Zwei nackte Menschen vor einer nackten Wand in einem Wohnzimmer, das diesem ganz ähnlich ist. Ihr Gesicht ist dem kolossalen Bildschirm zugewandt. Er ist hinter ihr und in ihr, sie hört ihre eigenen Geräusche von außen. Echo. Und dann sieht sie es – das sind sie.

Wie durch einen Spiegel aus Licht, so realistisch, dass es surreal erscheint. Gleichzeitigkeit, gegen die es keinen Schutz gibt. Denn er filmt sie, jetzt, während er sie nimmt, sieht sie sich selbst, wie sie genommen wird. Und wie fremd das Ganze ist. Oder wie erschreckend. Als würde es eigentlich nicht hier passieren, sondern dort, auf dem Schirm. Er füllt sie jetzt gut aus, stößt sie von sich, greift nach ihr. Die Geräusche sind sowohl hier als auch dort. Jede Bewegung wie eine beschleunigte Wiederholung; gleich, aber nicht völlig synchron, nicht völlig im Takt. Und das Asynchrone macht es schwierig. Sie will sich nicht irritieren lassen, aber sie ist trotzdem irritiert. Wie wenn die Stimmen im Fernsehen den Menschen, die sprechen, vorauseilen oder ihnen hinterherlaufen. Mehr braucht es nicht, um ein Ungleichgewicht im Sinnlichen zu schaffen. Ein Ungleichgewicht in der Zeit, ein Ungleichgewicht im Rhythmus. Sie kommt jetzt aus dem Rhythmus. Was vorher wie von selbst ging, beginnt jetzt zu stocken, beginnt, zögerlich zu werden. Als würde der Film, und ihre Lebendigkeit im Film, sie in der Wirklichkeit kleiner machen. Und da. Jetzt geht ihr ein Licht auf – als sie ihr eigenes Gesicht betrachtet, als sie auf den Schirm starrt und sich selbst wieder mit den eigenen Augen sieht –, was sie sieht, geschieht nicht jetzt. Was sie sieht, ist nicht einmal gegenwärtig.

Glashart verschiebt sich alles. Davon, dass sie ihre eigenen geschlossenen Augen sieht, zu etwas anderem, dem anderen. Sie sieht auf dem Bildschirm, dass er sich zurückzieht. Er ist immer noch da, gleitet in sie hinein und aus ihr hinaus, aber sie sieht, dass er sich zurückzieht. Und jetzt geht er sachte vor, die Hände hart an ihre Hüften gelegt, langsame, kreisende Bewegungen. Sie sieht auf dem Bildschirm, dass er etwas vom Fensterpfosten hinter dem Sofa holt. Ein Seil oder eine Schnur oder irgendeine Art von Band. Er hat die Hände immer noch auf ihr, aber sie sieht, wie er dieses Seil packt, dass er es hochhebt und in einer straffen horizontalen Linie über sie hält. Wie eine Statue steht er über ihr mit dem straffen Seil, während sie sich nicht bewegt und darauf wartet, dass er wieder tiefer eindringt. Er ist immer noch in ihr, aber sie wartet darauf, dass er wieder tiefer eindringt. Sie sieht auf dem Bildschirm, dass sie jetzt die Augen geöffnet hat. In einem durchsichtigen Augenblick glaubt sie, sie hätten Kontakt. Aber dann macht sie weiter, sie auf dem Bildschirm wendet den Blick ab, hin zu etwas anderem, schaut in die Ecke des großen, leeren Raums. Und er steht immer noch über ihr. Und er hält immer noch das Seil gerade und gespannt. Ruhig, still, geduldig. Er kann tun, was er will, denkt sie. Er kann alles Mögliche tun. Und etwas in diesem unergründlichen Gedanken, etwas in diesem *alles Mögliche* bringt sie dazu, sich umzudrehen. Sie *muss* sich umdrehen. Er hat es so gewollt. Dass sie ihn ansehen soll mit *diesem* Blick. Dem ganz fundamentalen, farblosen Blick.

Zuerst eine Möglichkeit der Überschreitung. Dann eine Wahl. Eine Nicht-Wahl. Und die Überschreitung. Ist sie immer noch dieselbe? Ist er es? Selbstverständlich sind sie es. Gleichwohl nicht überschreitend. Dort, wo alle Menschen wohnen.

Du bist sicher, sagt er. Das konzentrierte Gesicht beschenkt sie mit einem Blick. Und es gibt kein Seil mehr. Nicht hier. Er hat die Hände auf ihr, wo sie die ganze Zeit über waren. Aber er umklammert sie jetzt hart, sie soll es wirklich spüren. *Ich bin hier*. Es gibt nichts außerhalb deines eigenen Raums. Schau, sagt er. Und sie dreht sich wieder zum Bildschirm um.

Sie sieht, wie er das Seil weglegt. Sieht ihn wieder in sie eindringen, spürt, dass er davon härter wird, sich selbst hineingleiten zu sehen. Und so, mit kaum einem gedanklichen Übergang, sind sie zurück in der Gleichzeitigkeit oder dem Gefühl von Gleichzeitigkeit. Es ist jetzt leichter, vielleicht besser. Schwere Stöße. Gründliche Stöße. Stöße, die sich einfach zu einer lebendigen Wiederholung synchronisieren lassen. Acht, neun, zehn Mal, bevor er sich schnell zurückzieht und auf ihren Rücken kommt. Merkwürdige Stille. Genauso still wie beim letzten Mal.

Und jetzt? Sie weiß nicht, was sie sagen soll, was sie fühlen soll. Vielleicht fühlt sie annähernd nichts. Vielleicht kennt sie die Worte für diese Art von Sprachlosigkeit nicht? Geht es ihr gut? Er fragt nicht danach.

Er bittet sie, sich nicht zu bewegen, geht, um Papier zu holen, kommt zurück, um sie abzuwischen. Alles ist genau wie beim letzten Mal. *Fast* wie beim letzten Mal. Sie sitzen zusammen auf dem großen, schwarzen Handtuch auf dem Sofa. Auf dem Bildschirm sitzt sie allein. Eine nackte Frau in einem großen, leeren Wohnzimmer. Das Gesicht völlig ausdruckslos. Warum hast du mich gefilmt, fragt sie. Und er antwortet: Damit du siehst, wie gut ich zu dir bin. Er legt eine Hand auf ihren Schenkel. Er räuspert sich. Damit du siehst, dass ich dir nichts Böses will.

Ich sollte gehen. Sie denkt es. Ich sollte gehen, aber sie bleibt. Manchmal ist es so; nur zu bleiben, ist mehr als genug. Und der Film ist lang, es dauert lang, bis sie aufsteht. Sie sitzt ziemlich still mit ihm da und sieht, wie sie ziemlich still alleine dasitzt. Sie weiß nicht, warum sie dort sitzt oder warum sie hier sitzt, aber nach einer Weile kommt er zu ihr. Er sagt etwas. Und sie steht auf.

Der Bildschirm wird für einige Sekunden schwarz. Die schwarzen Sekunden machen den Raum noch schwärzer. Er berührt sie, während dieser Sekunden. Eine Hand auf der Brust und eine am Hals. Dann kommt die nächste Szene. Sie steigt jetzt in die Dusche. Er nimmt seine Hände zu sich. Sie sieht ihn an. Kann nicht begreifen, dass er das gefilmt hat. Weder wie noch warum. Sie sieht ihn an und er blickt zurück, und sie kann nicht begreifen, dass sie nicht wütend ist. Sie sollte wütend sein, denkt sie, aber sie ist es nicht. Sie sitzt auf dem schwarzen Handtuch auf dem großen, schwarzen Sofa in einem Wohnzimmer, das widerhallt. Es ist kein Raum für Wut in der Leere. Vielleicht auch kein Raum für Furcht. Schau, sagt er. Und sie sieht, dass sie sich in der Dusche einschließt, dass sie das Wasser anstellt und die Temperatur justiert. Sie sieht, dass ein Streifen Blut auf der Innenseite ihres Schenkels hinunterläuft. Das Dunkle in Schwarz-Weiß-Filmen ist fast immer Blut. Und es ist von unten gefilmt, aus der Eckdusche. Sie sieht auf diese Weise groß aus. Hat sich selbst noch nie so groß gesehen. Und das Dunkle läuft ihr Bein hinunter, über den Fuß, in die Dusche. Das Dunkle wird weggespült und verschwindet im Abfluss. Sie sieht, dass sie die Augen unter dem Wasserstrahl schließt. Man hört es draußen im Wohnzimmer, wo sie jetzt sitzen. Das Geräusch von fließendem Wasser. Das Geräusch von Wasser, das aufhört zu fließen. Er bringt das Handtuch in Ordnung. Er ändert seine Sitzposition und vergewissert sich, dass das Handtuch ausreichend viel unter ihnen beiden abdeckt. So. Und er legt den Arm um sie, in einem Bogen, mit der Hand in ihrem Nacken. Sie soll wohl bemerken, was im Begriff ist zu geschehen? Aber sie sieht sich selbst nach der Seife tasten, sie sieht, dass sie nicht richtig weiß, womit sie sich waschen kann, aber dass sie etwas findet, von dem sie glaubt, es verwenden zu können. Sie kann nicht sehen, ob sie schon weiß, was kommen wird. Die geplante Tat ist nicht zu sehen. Aber jetzt *weiß* sie es. Es brennt in seiner großen Faust. Und dann kommt es.

Sie sieht sich selbst zusammenbrechen. Sie sitzt gelähmt auf einem Sofa und sieht sich selbst in einer Dusche kauern. Die Hände im Schoß beim Anblick von Händen über dem Gesicht. Mit zusammengebissenen Zähnen beim Geräusch von halb ersticktem Schluchzen.

Und er, was weiß sie eigentlich über ihn? Was gibt es, das es wert wäre, gewusst zu werden? Es steht ein Fragezeichen hinter beinahe allem, was sie weiß. Allem außer diesem: Morgen steigt die Sonne über die Stadt, über die Städte. Morgen wird mit einem Licht bedeckt sein, das alles verbirgt. Egal, was gestern passiert ist und was jetzt passiert – sie ist unsicher, was er ihr antut, ob sie es annimmt oder ob sie es zurückweist –, morgen werden die Städte von einem Licht erfüllt sein, das dem Licht gleicht, das heute leuchtet. Ein ganz unbedeutendes Licht. Ein ganz unbedeutender Widerschein. Menschen werden aufwachen, aufstehen, vom Gefühl der Dauerhaftigkeit geblendet sein. Alle mit Sprache. Alle mit Gesichtern.

Du kannst dich entspannen, sagt er. Der Film ist zu Ende, der Bildschirm ist schwarz. Sein Körper kann nichts von seiner eigenen Wärme wissen. Es ist nicht gefährlich, sagt er, schließ einfach die Augen und entspann dich. Und er lehnt sich zu ihr hinüber. Sachte. Schonend. Von der Seite, mit dem Gesicht gegen ihren Hals. Er drückt ihr seine Nase in den Hals, presst die Stirn gegen ihren Kieferknochen. Das geht vorbei, flüstert er. Und seine Lippen sind nass, sein Gesicht ist nass. Das geht vorbei. Lass zu, dass ich mich um dich kümmere.

*Love is a shadow.*
*How you lie and cry after it.*
*Listen: these are its hooves: it has gone off, like a horse.*

Sylvia Plath

# II.

Du kannst bleiben, solange du willst, sagt Kimmy. Sie gießt Wasser aus dem Topf in die Teetasse und rührt Honig hinein, während sie die Zeitung überfliegt, die vor ihr auf der Arbeitsplatte liegt. Man kann sich nur schwer eine souveränere Form von Neutralität vorstellen. Wie viel sie kostet, diese Einladung, ob sie überhaupt etwas kostet und wenn, dann wen.

Meinst du das ernst?

Sie dreht sich ohne ein Zögern in ihren Bewegungen um, mit großen, sanften Augen. Natürlich meine ich das ernst! Du kannst bleiben, solange du willst, wiederholt sie. Und für einen Fremden wäre es unmöglich zu wissen, in welch hohem Grad sie sich ähnlich sind, diese beiden – dass beide schon längst die haarfeine, bleischwere Grenze zwischen dem, was Freiheit ist, und dem, was nur frei von Bedeutung ist, ausradiert haben.

*

Sie ist gekommen, um zu helfen, auf ihre Weise. Um zu bezeugen. *Teilzunehmen.* Die Leute stehen Schlange und drängen sich. Diejenigen, die konnten und wollten – entweder aus Nächstenliebe oder um noch mehr Chaos zu verhindern –, haben sich von ihrem gewohnten Leben freigenommen, um zur Organisation beizutragen. Und hier treffen sie sich, über der endlosen Kleidersortierung, in einer freiwilligen oder auferlegten Pflicht.

Sie geht durch die Lagerhalle, nimmt sich ausreichend Zeit, um zu betrachten, beinahe zu glotzen, vielleicht ohne sich über ihre eigene Sichtbarkeit vollständig im Klaren zu sein. Notizen ohne Stift. Memorieren der Bilder. Sie geht immer weiter durch das stillgelegte Fabrikgebäude, vorbei an Massen von Leuten, Paletten und Schachteln, Türmen von Waren, während sie nach etwas sucht, das sie dazu bringen könnte, anzuhalten. Sie geht und geht, vorbei an der Suppenküche und der Kaffeebude, vorbei an den Grüppchen bei den Fahrrädern, vorbei an den Stapeln mit Puzzles und Spielen, bis sie ans andere Ende kommt, zum Bereich für Kinderbekleidung, und sie sieht.

Welche Größe brauchst du, fragt Kimmy. Die Fremde könnte eine von denen sein, denen ein Kleidungsstück oder eine ganze Garderobe fehlt, das ist nicht leicht zu sagen. Sie kann irgendjemand sein, bloß nicht der Gedanke an eine gemeinsame Zukunft. Aber dann hebt die Fremde den Kopf, dann hebt sie das Gesicht, und die beiden sehen einander an – so wie jede gewöhnliche Abfolge menschlicher Begegnungen früher oder später von etwas unterbrochen wird, was außerhalb der Konventionen steht –, sie sehen einander blinzelnd an, als würden sie einander möglicherweise von früher kennen –, Frauen aus ganz verschiedenen Teilen der Welt, aber mit demselben strahlenden Licht in den Augen. Trippelnd, blinzelnd, wartend. Schließlich fragt Kimmy weiter, hast du einen Jungen oder ein Mädchen? So sanft und umsichtig, ihre weiche Stimme. Die Fremde schafft es endlich zu antworten. Ich brauche keine Kleider. Ich bin hier, um zu helfen.

Sie weiß nicht, warum sie das sagt. Sie ist gekommen, um eine Reportage zu machen, nicht um aufzuräumen und zu sortieren. Aber etwas an Kimmy, der Blick oder die Haltung, lässt sie noch damit warten, es zu erzählen. Bringt sie dazu, in einem konkreteren Sinne beitragen zu wollen, hier zu stehen, mit ihr, auf derselben Linie mit den anderen, die helfen wollen. Vielleicht kann sie sich nicht daran erinnern, wann sie zuletzt die Möglichkeit bekommen hat, sich tatsächlich nützlich zu machen, oder wann jemand zuletzt dankbar war, ihre Hilfe entgegenzunehmen. Denn die Freude strahlt aus ihr. Beinahe herzzerreißend ist es. Als wäre die Hilfe ihr ein privates Anliegen, wegen der anderen. Wir brauchen jede Hand, die sich anbietet, sagt Kimmy. *Wir*. Und sie beugen sich über das Meer von Kinderbekleidung, für das Kimmy verantwortlich ist. Alles soll nach Größe und Geschlecht sortiert werden, von Kleidung für Teenager bis hinunter zu den kleinsten Babyklamotten. Alles soll gefaltet und gestapelt und in Schachteln auf die richtige Palette gelegt werden. Kolossale Mengen von Kleidung sind gespendet worden, und es werden noch regelmäßig Ladungen entgegengenommen. Die Busse draußen erzeugen ein kontinuierliches Echo. Ein Dröhnen, das so gleichmäßig ist, dass man allmählich vergisst, dass man es hört.

Mitunter lächeln sie einander an, durch den Lärm, vorbei an den anderen Gesichtern. Ziemlich oft eigentlich, ohne dass es deshalb peinlich wird. Seite an Seite arbeiten sie. Und auch wenn die Lagerhalle zu groß ist, um warm zu werden, steht die Sonne in den Fenstern und erleuchtet den Hintergrund. Es gibt ein Land zu entdecken, in ihnen beiden. Eine Stadt, ein Haus, ein kleines Zimmer. Ein gemeinsames Zimmer. Man kann es möglicherweise spüren, auch wenn es gegen alle Wahrscheinlichkeit ist – gleich einem Herzschlag inmitten aller anderen Herzschläge, dieses: bleib – bleib, solange du willst.

Sie sind leicht, haben eine Leichtigkeit an sich. Nicht unbelastet oder schwerelos, aber sie haben die Schwere im Griff, eine Fähigkeit, die sich in ihnen beiden spiegelt und die sie intuitiv aneinander wiedererkennen. Einfachheit ist eine Möglichkeit. Alle, die mehr lächeln, als es Gründe dafür gibt, tun es, weil es die einzige Möglichkeit ist. Und sie ähneln einander, diese beiden. In ihrem Lächeln liegt die Akzeptanz. In der Akzeptanz gibt es einen Übermut. Und der ist so groß, dass man die eigene Last darüber vergessen kann.

Den ganzen Tag hindurch ist es dieses Lächeln, an das sie sich anlehnen. Sie tauschen es untereinander aus, große, verborgene Worte, wieder und wieder. Jedes Mal, wenn jemand kommt, um Kleider zu holen, verfolgt sie mit, wie Kimmy mit den Leuten spricht. Sie hört nicht zu, aber sie verfolgt es, und sie betrachtet Kimmys Lächeln, und dass es ein anderes Lächeln ist als das, das sie ihr gibt. Ganz verschiedene Arten von Fürsorge.

Lange nachdem es dunkel geworden ist und die meisten nach Hause gegangen sind, fragt die Fremde, ob sie irgendwohin ein Glas Wein trinken gehen sollen. Das fängt an, deprimierend zu werden, sagt sie, wir brauchen etwas, um ein bisschen zu entspannen. Kimmy schaut auf. Okay, sagt sie, nur noch zwei Säcke, dann hauen wir ab. Und obwohl sie sich nur über Dinge unterhalten haben, die mit der Arbeit zu tun haben, haben sie genug übereinander erfahren, um zu wissen, dass keine von ihnen jemanden hat, der auf sie wartet. Alleinsein ist etwas, das man ausatmet. Es leuchtet wie jede andere Art von Licht, dunkel, ununterbrochen. In der beruhigenden, wortkargen Stille, auf die sie sich in der U-Bahn zurückziehen, haben beide eine klare Meinung davon, was die andere denkt, und keine von ihnen macht sich Sorgen, sie könnten kein Gesprächsthema haben.

Dein Name ist sehr schwer auszusprechen, sagt Kimmy. Ich werde Zeit brauchen, um zu lernen, wie man ihn richtig sagt. Die Fremde zuckt die Achseln. Ist Kimmy dein richtiger Name? Nein, das ist nur eine Abkürzung, antwortet sie. So wird es einfacher, mit Abkürzungen.

Und sie lächeln einander wieder an, dieses ruhige, neugierige Lächeln, nehmen einander in Augenschein, sehen sich die Details an. Kimmy hat einen Jungenhaarschnitt und eine Narbe an der Stirn. Zierliche Hände, schmale Finger, kurze Nägel. Die Fremde hat langes, kraftloses, ungewaschenes Haar. Dunkle Ringe unter den Augen. Ich kenne ein nettes Lokal in der Nähe von da, wo ich wohne, sagt Kimmy, und die Fremde kennt sich nicht sonderlich gut aus in der Stadt, hat keinen anderen Vorschlag. Also wird es das. Sie steigen an der Schönhauser Allee aus, von dort die ruhigen Straßen hinunter Richtung Mauerpark. Die Fremde erzählt, dass sie vorher noch nie in dieser Gegend gewesen ist, dass sie in einem Hotel im Zentrum wohnt. Es gibt kein Zentrum in dieser Stadt, sagt Kimmy da. Entfernungen und breite Straßen, das ist alles.

Alle Tische sind besetzt, aber sie finden freie Stühle und setzen sich in die Ecke, ganz nahe an den Ofen, wo es unverhältnismäßig warm ist. Es ist so gemütlich am Feuer, sagen sie im Chor und kichern ein wenig, während sie die Jacken ausziehen. Kimmy erzählt, dass sie schon einmal in dieser Bar gewesen ist, aber dass damals kein Feuer im

Ofen brannte, weil es mitten im Sommer war. Magst du Bier, fragt Kimmy. Selbst trinkt sie nur Wein, und es ist ein wenig komisch, denn sie hat ein Lokal gewählt, das auf selbst gebrautes Ale und Dunkles spezialisiert ist, aber nur roten und weißen Hauswein zur Auswahl hat. Ich finde, sie haben so lustige Bilder an den Wänden hier, sagt sie und lehnt sich zurück. Ihr Nacken ist ungewöhnlich fein. Er sieht aus, als könnte er schon unter dem Gewicht ihres Kopfes brechen. Vielleicht muss sie sich auch deshalb an etwas abstützen, muss die kleine Hand in den dünnen Mädchennacken legen – sie ist erwachsen, aber sie hat einen Mädchennacken, eine Mädchenhand –, die Bewegung könnte zarter sein, aber sie ist es nicht. Es gibt etwas Hartes, das in das Weiche einbricht. Eine jungenhafte, scharfkantige Sanftheit.

Kimmy kommt aus dem Süden, ungefähr so weit südlich, wie es möglich ist, aus einem Land, in das die Fremde schon immer reisen wollte, aus der Stadt, wo sich die Meere treffen. Sie ist dort aufgewachsen. Hat gelernt, Fahrrad zu fahren und zu schwimmen, so wie alle Kinder lernen müssen, Fahrrad zu fahren und zu schwimmen. Hat alles darüber gelernt, was es bedeutet, mit dem Risiko zu leben. Was es bedeutet, es zu erdulden, zu ertragen, vom Risiko genährt, verzehrt zu werden. Die Natur bleibt unter der Haut, sagt sie und erzählt vom Klang des Löwengebrülls. Du kannst dort wegziehen, aber du hörst nie auf, die Löwen zu hören. Du kannst von Sicherheit träumen, aber im Schlaf windest du dich trotzdem heimwärts. Und es gibt hier einen Neid. Verständnis und Enthusiasmus, aber auch Neid. Die Fremde kommt aus der Sicherheit, aber man merkt ihr an, dass sie an einen anderen Ort will. Erzähl mehr, bittet sie.

Erzähl von den Klippen am Strand. Erzähl vom Grün im Abendlicht. Wie sieht der Tag woanders aus? Wie groß sind die Wolken, wie laut brüllt das Meer? Sie will nichts über die Stadt hören, über die Städte, nur über das, was sie sich in reinen Bildern vorstellen kann, und sie unterhalten sich, es ist warm, kann nicht warm genug sein. Stell dir vor, dass wir beide, jede von ihrem Ende der Welt, uns hier mitten in Europa treffen, sagen sie zueinander. Stell dir die statistische Unwahrscheinlichkeit dieser Bekanntschaft vor. Die Unwahrscheinlichkeit von was auch immer. Die allen Dingen innewohnende Vereinzelung.

Sie bestellen mehr zu trinken. Es wird noch wärmer. Die Wärme macht sie beschwipst, bald betrunken, bald betrunken genug. Sie erzählen einander von sogenannten Eigenarten. Sie gestehen fehlendes Heimweh. Unsagbare Verluste. Selbst gewählte Einsamkeit. Was bedeutet zu Hause eigentlich, fragen sie sich. Ist nicht jede Zugehörigkeit eine Konstruktion? Gibt es eine einzige Konstruktion, die nicht neu konstruiert werden kann? Nein, sagt Kimmy – im Blut sind wir ohne Kern. Und sie berührt sie mit der Hand, gerade so. Blitzschnell geht es und mit willkürlicher Präzision, so wie Fremde einander streifen können. So wie Fremde es sich erlauben können, sich zu irren.

Am Nachbartisch steht ein jüngerer Mann mit akustischer Gitarre auf. Solche Dinge geschehen ständig in dieser Stadt, flüstert Kimmy, Menschen stehen plötzlich auf und zeigen vor, was sie gemacht haben, es ist so cool und frei hier, lächelt sie. Er spielt drei Lieder. Zwischen den Liedern redet er jeweils darüber, wie schwierig es ist, seinen Lebensunterhalt als Musiker zu verdienen. Kimmy versteht nicht alles, versucht aber trotzdem, für sie zu übersetzen, flüstert ihr mit warmem Atem ins Ohr. Er sagt, er hat die Lieder selbst geschrieben. Die Lieder handeln von Freiheit, sagt er, auch wenn ich glaube, dass er von Verlust singt. Die Fremde glaubt das auch. Sie kann die Sprache nicht, aber sie spürt, über welche Art von Verlust er singt. Es liegt an den Lippen, den Händen, der Haut. Es gibt eine Wärme, vielleicht sogar etwas Charmantes in diesem Verlust. Wäre sie in einer anderen Situation, würde sie ihn sich noch einmal genauer anschauen, würde klarmachen, wie sehr ihr diese Art von Sehnsucht liegt. Aber jetzt ist sie mit Kimmy hier und sieht ihn sich nicht genauer an, als sie muss, lächelt nur auf die freundliche Art.

Denn Kimmy hat Augen, die alles mitbekommen. Kimmy streift sie wieder mit der Hand. Und auch wenn sie die Berührung nicht erwidert – denn warum sollte sie das tun? –, ahmt sie, und nicht unbeabsichtigt, ihre anderen Bewegungen, ihre andere Art der Körperhaltung nach – sie legt die Hand in ihren eigenen Nacken, genau wie Kimmy es tut, lässt den Daumen über den obersten Wirbel gleiten – sie hat langes Haar, ihr Nacken ist unsichtbar, aber sie weiß, und Kimmy sieht es, sie *weiß* – und sie sitzt so, in der Sichtbarkeit, die eine Hand im Nacken, die andere auf dem Schenkel, ganz oben auf der Innenseite des Schenkels hat sie die Hand, und den Fuß über das Knie gekreuzt, gelassen und zurückgelehnt. Schwestern könnten sie sein.

Warum bist du hier?

Die Wände im Raum drehen sich. Kimmys kleiner Kopf wird schiefgelegt. Unehrlichkeit ist keine Option, nicht jetzt, der schmale Blick ist zu prüfend. Ich bin hier, um eine Aufgabe zu erfüllen, antwortet die Fremde. Kimmy nickt. Das ist nicht, was ich gemeint habe, fährt sie fort, jetzt verschmitzt in der schroffen Sanftheit – warum bist du *hier*?

Die Art, wie sie einander im Auge behalten, genau beobachten. Die Art, wie sie das Gespräch gleiten lassen. Die Fremde ist es, die gleitet, und Kimmy ist es, die es zulässt. Sie hat dieses Gleiten schon einmal gesehen. Jeder Mensch trägt einen Bericht in sich. Jeder Bericht ist eine Zusammenfassung von fragmentierten Erzählungen. Erzählungen, die sich im Kreis bewegen, sich vorantasten, auf andere Erzählungen zutaumeln. Nebengleise mit abruptem Ende. Der Wunsch nach einer Abschweifung ohne Konsequenzen. *Siehst du mich jetzt wirklich?* So lachlustig und fast frei, so verantwortungslos neugierig. Sie sind leicht, sie sind sich einig – nichts ist wirklich, aber alles ist am Leben –, und als die Bar schließt, sind sie immer noch durstig.

Die Stufen in dem schmalen Treppenhaus zu Kimmys Wohnung hinauf sind mit einem Strohteppich bedeckt. Der Geruch nach Stroh und Heizkörperwärme ist auffallend intensiv. Ihre Tür knarrt. Es gibt einen Spiegel, der über die ganze Wand im Flur geht. Eine saubere kleine Küche. Ein enges weißes Bad. Und nur ein Zimmer.

Sie sitzen auf dem Bett. Andere Sitzgelegenheiten gibt es nicht. Kimmy hat Musik angemacht. Die Fremde glaubt zuerst, die Musik sei als Scherz gemeint, aber das ist sie nicht. Das ist die Musik, die Kimmy für gewöhnlich hört, und es ist nicht schön, sich über anderer Menschen Vorlieben lustig zu machen. In der Ironie liegt eine unverzeihliche Arroganz. Sie trinken Wein, unterhalten sich über Dinge, die sie tun wollen, bevor sie sterben. Ziele, ganz ohne andere Menschen. Andere Menschen gibt es jetzt nicht. Eine Stunde vergeht, mehr als eine Stunde. Sie machen noch eine Flasche auf. Die Fremde sagt: Wenn ich heute Abend noch mehr trinke, werde ich mich morgen an nichts mehr erinnern. Und vielleicht ist es wahr, oder vielleicht ist es auch nicht wahr, aber trotzdem füllt Kimmy die Gläser. Mit nervösem Eifer, beinahe mit Bestürzung tut sie es, kann nicht schnell genug trinken, die Schlucke können nicht groß genug sein. Die Fremde ist ruhiger, beobachtet mehr. Vielleicht hat sie nicht begriffen, dass sie Mut brauchen wird. Oder vielleicht weiß sie, dass sie den Mut hat, den es braucht. Es liegt etwas ganz Unschuldiges darin, etwas zum allerersten Mal zu tun. Eine junge, schamhafte Verantwortung, die man von sich schiebt, dem anderen zuschiebt. Und sie halten sich bei Kimmy auf, ihr Erfahrungsraum dominiert. Die Fremde kennt die Regeln nicht. Die Fremde kann tun, was sie will – sie denkt es, *ich kann tun, was ich will*, und dann, zu ihrer eigenen Überraschung, legt sie Kimmy eine Hand auf den Schenkel und sagt: Ich finde es so toll, dass du deinen Alltag damit verbringst, anderen zu helfen. Definitiv ein Schlag, dieser Wortlaut. Eine Welle durch den Raum, die die Lage der Dinge leicht verschiebt. Eine kühle, mächtige Welle, die reitet, die stürmt und Kimmy dazu bringt, das zu tun, was sie schon den ganzen Abend tun will und worauf die Fremde gewartet hat, vielleicht sogar ungeduldig gewartet hat – denn es ist Kimmy, die es tun muss –, alle wissen, dass es mit einem Kuss beginnen muss, und alle kennen die Funktion des Kusses – und dann tut sie es, Kimmy, endlich, legt ihre feuchten, schmalen Lippen auf ihre – wie ein junger Knabe küsst sie, hämmernd und anspruchsvoll –, wer sich nicht küssen lässt, muss nach Hause gehen.

Und was tut man? Wie tut man es? Innerhalb des Gedankens oder außerhalb – bereits in dem Moment, als sie Kimmys dünnen Nacken umfasst, verschwinden die Fragen. Das Einzige, was man braucht, um jemanden zu berühren, ist, dass man selbst schon einmal berührt worden ist. Eine Hand, die gehalten wurde, trägt alle anderen Hände in sich. Die Fremde braucht weder zu denken noch sich zu erinnern. Ist man fremd genug, wird man überall Nähe finden, wird man sich Wärme nehmen, mit Wärme, vorbei an jedem Zweifel, wird man weitergeben, was einem zuteil wurde. Schlimmer ist es nicht. So wie Männer sie angefasst haben – so wie sie von Männern angefasst werden wollte, so tut auch sie es. So wie Männer Frauen aufs Bett legen sollen, so legt sie Kimmy aufs Bett. Mit fester Hand und einer Schwere, die nicht schwankend ist. Sie knöpft ihre Bluse auf, küsst sie über dem Ohr, den Hals hinunter – den dünnen, schlanken Hals, der keinem anderen Hals gleicht, dem sie nah gewesen ist –, presst sich auf sie, das kleine, zarte Geschöpf –, küsst die zarte Kehle, das hervorstehende Schlüsselbein, die kindlichen Schultern –, will aber nicht ihre Achselhöhle riechen, will nicht herausfinden, ist nicht dazu bereit herauszufinden, was der Geruch mit ihr machen könnte oder nicht –, will nur erforschen, was sie selbst mit der anderen machen könnte. Sie schiebt die Hände vorsichtig unter Kimmys Rücken und macht ihren BH auf. Zieh dich aus, befiehlt sie, und Kimmy tut, was ihr gesagt wird, liegt plötzlich mit nacktem Oberkörper da, wartet darauf, weggeholt zu werden in eine bessere, vielleicht sicherere Welt – liegt plötzlich da und wartet auf *sie* –, zieh dich auch aus, flüstert Kimmy, und jetzt ist es zu spät, um umzukehren. Vielleicht hat sie ihre eigene Rolle hierin nicht vorhergesehen, ist ja nicht einmal zu Hause in ihrer eigenen Stadt, aber jetzt ist es zu spät, um umzukehren. Um einen anderen nackt auszuziehen, muss man sich selbst bloßstellen. Alle Wege, die daran vorbeiführen, sind falsch. Alle Wege, die daran vorbeiführen, sind gefährlich. Also wird es so gemacht. Das Bild von zwei Frauen in einem Bett ist genauso leicht zum Leben zu erwecken, wie in es hineinzufallen. Die Fremde beugt sich über Kimmy. Sie hat noch nie eine Frauenbrust im Mund gehabt, hat sich die überwältigende Weichheit nie vorstellen können. So geht es also einem Mann, denkt sie und lässt sich in das Weiche fallen. Und wie unergründlich einfach das ist. Wie unbeschwert offenbar. Alles liegt schon in ihr bereit. Ein automatisches, bereits eingebautes Muster, das nur einen Trigger braucht, um ausgelöst zu werden. Und da ist sie, diese Vertiefung – in Kimmy wie in jeder beliebigen anderen Frau –, lange, weiche, sich wölbende Bewegungen, kurze, kühle, hungrige Atemzüge – so ist es für einen Mann, denkt sie wieder, so sehe auch ich für einen Mann aus, und sie weiß, was ein Mann tun würde, wenn er sie wäre – es *gibt* einen Mann in ihr – er ist leicht herauszuholen, leicht hervorzubringen, wie jede Art von Hunger, jede Art von Streben –, er knöpft Kimmys Hosen auf und lässt die Finger hineingleiten, lässt die Finger sich hineinkitzeln, sich spielerisch vorantasten oder nach Hause – und es macht etwas mit ihm, das Glitschige dort unten, und es macht etwas mit ihm, das Zittern der Frau, die er unter sich hat – *jede beliebige*, denkt die Fremde – sie kann jede beliebige sein – und er richtet sich auf und zieht ihr die Hosen herunter, rutscht hinunter und versenkt sich hinein. Verschwindend einfach ist das. Wie die Zunge in einen warmen, engen Teich zu tauchen, die feuchten Wände zu öffnen. Vergessen nachzudenken, nachzusehen, ob Kimmy die Augen geschlossen hat, ob Kimmy in dem anderen Licht ist. Alles vergessen. Vorwärts vergessen. Nur gleiten und gleiten und gleiten.

*

Sie erwacht von der kleinen Hand, die sie streichelt. Auf und ab mit gleichmäßigen Bewegungen, von der Achselhöhle zur Taille, eine einsame, kühle Handfläche, anderen Händen, die sie gefühlt hat, sowohl ähnlich als auch unähnlich. Sie liegt auf der Seite, hat der anderen den Rücken zugedreht. Sie öffnet die Augen so vorsichtig, wie sie nur kann. Erinnert sich, wo sie ist. Erinnert sich, wer sie ist. Sie und der Mensch hinter ihrem Rücken.

Guten Morgen, flüstert Kimmy oder gurrt es eher, wie ein mittelgroßer Waldvogel. Guten Morgen, und auf der anderen Seite der Gardine ist es schon seit Stunden hell. Hallo, sagt die Fremde, ohne sich umzudrehen. Hallo. Und Kimmy rückt an sie heran, sodass ihre Brüste sich an ihrem Rücken reiben, Kimmy legt das Kinn auf ihre Schulter, damit sie sehen, sich erinnern kann, wie der Gast, den sie mit nach Hause gebracht hat, aussieht. Hast du gut geschlafen, miaut sie und fährt fort, sie zu streicheln. Ja, antwortet die Fremde und ergreift ihre Hand – nicht, um sie zu halten, sondern um sie wegzulegen –, sie greift nach der kleinen, sanften Hand, gibt ihr eine winzige Liebkosung mit dem Daumen, rasch, aber mit präziser Botschaft, *danke*, bevor sie sie zurücklegt, über den nackten Schenkel streift, davon ein wenig zusammenzuckt, davon, dass Kimmy nackt ist. Vielleicht nicht wegen der Nacktheit an sich, übrigens, sondern wegen der Asymmetrie. Selbst ist sie nur obenherum nackt, hat mit Hose geschlafen, mit Jeans unter der Bettdecke. Wer schläft halb bekleidet neben einem Entkleideten? Wie blinkende Morsezeichen kommen die Erinnerungen, flüchtige Blicke in den trockengelegten Tag danach. Es dämmert ihr jetzt. Etwas mit dem weiblichen Stöhnen. Ein Durst. Ein bitteres Stechen auf dem vordersten Teil der Zunge. Ich muss aufs Klo, sagt sie. Steht jäh auf, geht schnell durch das Zimmer.

In dem engen, schmalen weißen Bad sieht sie sich im Spiegel, trinkt Wasser, benetzt ihr Gesicht. Natürlich sieht alles ganz genau so aus wie gestern und vorgestern. Der Mund ist nicht in den Augen. Die Zunge ist nicht gewachsen. Auch sie wohnt hier, im Land für die Beinahe-Überschreitungen, und muss sich selbst mit grimmiger Enttäuschung in die Augen schauen. Hier, wo der irreversible Zweifel herrscht. Hat sie wirklich geglaubt, sie würde etwas anderes als sonst sehen?

Kimmy wird immer noch im Bett liegen, wenn sie das Bad wieder verlässt. Sie weiß es, es wird ihr nicht erspart bleiben, sie wird im Zimmer stehen müssen, wird das Zimmer ertragen müssen – den Tag, in all seiner unerträglichen Helligkeit, vor der nackten Frau dort drinnen. Es gibt keine Möglichkeit, drum herumzukommen, was soll sie sonst tun? Sie geht hinaus in das Zimmer. Das helle, helle Zimmer, das sie bis vor Kurzem noch geteilt haben. Mit geradem Rücken tritt sie über die Schwelle, mit keinem anderen Plan, als sich anzuziehen und zu gehen. Aber Kimmy ist jetzt ganz wach. Wach und lächelnd, sie trinkt aus einer Wasserflasche, die sie auf dem Nachttisch stehen hatte, streckt sich gegen die Decke. Eine beliebige Geliebte? Bist du okay, fragt Kimmy. *Okay?* Und der Fremden geht jetzt auf, wie sie auf dem Fußboden im

Zimmer steht, wie ein kleines Mädchen, beschämt und schüchtern und mit den Händen vor den Brüsten – sie versteckt sich – sie versteckt sich vor einer anderen Frau – und sie kann nicht glauben, dass sie sich dieses Szenario je hätte vorstellen können sollen, aber sie weiß, dass sie die nächsten Worte nie vergessen wird – Kimmy hebt den Kopf, verhärtet den Blick, drückt die Brust raus – fragt, mit nachdrücklicher, beinahe sündiger Verspieltheit: Why are you hiding, Tiger? Und es braucht nicht mehr als einen Lichtstreif. Eine Nachtschicht, um die Rollen umzukehren.

Draußen kann sie sich nicht daran erinnern, welche Jahreszeit ist. Sie steht völlig neben sich. Die Temperatur ist gewöhnlich, irgendwo zwischen kalt und warm. Das Grau des Himmels ist unbestimmbar neutral. Kimmy hat ihr erklärt, wie sie zur U-Bahn-Station kommt. Auch wenn sie am Abend zuvor durch dieselben Straßen gegangen ist, kann sie sich jetzt nicht an den Weg erinnern, erkennt nichts wieder. Das Licht macht das bisweilen mit ihr, lässt sie vergessen. Als ginge das einzig Reale in ihrem Leben im Dunkeln vor sich, außerhalb ihres Alltags. Vielleicht weiß sie nicht mehr, was Alltag ist. Nur dass sie einen Namen hat, so wie alle einen Namen haben – wissen, wie man heißt, in welcher Stadt man ist –, und dass es eine der Zwischenjahreszeiten sein muss, vor oder nach dem Winter.

Sie sieht sich nach Bäumen um, aber es sind keine Bäume in Sicht. Sie betritt einen Kiosk und fragt das Mädchen hinter der Kasse nach dem Datum. Der Fünfte, antwortet sie. Das ist alles. *Der Fünfte?* Und sie wagt nicht, weiter zu fragen, aber sie kauft sich einen Liter Wasser.

Entspann dich, denkt sie, du wirst dich bald erinnern. Sobald du einen Baum siehst, kommt alles zurück. Riech, spür auf der Haut, hör auf die Vögel, dann weißt du alles. Aber es gibt keine Vögel. Keine Blätter oder Knospen zu deuten. Sie wird diese Ungewissheit mit sich herumtragen müssen, bis sie zu einem Park kommt. Wird es ertragen müssen, nicht zu wissen, in welchem Jahr sie sich befindet, nicht zu wissen, wie alt sie ist. Die Ungenauigkeit aller Dinge.

Sie will heute nicht zur Lagerhalle. Sie hat zu Kimmy gesagt, dass sie vielleicht später kommt, aber sie spürt, als sie sich auf das Bett im Hotelzimmer wirft, dass sie nicht einmal den Gedanken an diese Aufgabe erträgt, die sie erfüllen soll, sie hat jetzt etwas anderes unter der Haut – weiß nicht, ob es kitzelt oder kratzt, ob es brennt oder lindert, aber dass es sie stört, das ist sicher. Das Einzige, was sie will, ist die Augen schließen und bis zu einer anderen Art von Tag schlafen. Und so wie alle, die die Tage dahingehen lassen, an einem anderen Ort geweckt werden wollen, als an dem, den sie verlassen haben, so wird auch sie geweckt. Stunden sind vergangen. Der Kopf ist klarer. Sie checkt das Telefon, sieht ein, dass sie, hätte sie es heute schon früher gecheckt, gewusst hätte, ob Herbst oder Frühling ist, sich erinnert hätte, vielleicht an fast alles, aber jetzt sieht sie, jetzt weiß sie, und Kimmy hat ihr eine Nachricht geschickt, in der sie wiederholt, was sie heute Morgen gesagt hat. *Denk darüber nach. Du kannst herkommen. Hier sein.* Sie sieht sie dort beim Herd in der kleinen Küche. Das Geräusch von Teelöffeln in Bechern. Der Duft von frischgebackenen Brötchen. Denk darüber nach. *Du kannst aus deinem Einzelzimmer auschecken.*

*Hierher kommen. Bleiben, solange du willst.* Und jetzt? Sie sieht sich um. Sie sieht sich vor. Und es ist wahr. Es gibt nichts in diesem Raum, das es wert wäre, ein zweites Mal gesehen zu werden.

*

Sie richten sich ein Leben ein. Vielleicht richten sie es nicht ein, vielleicht war es auch schon da. Wie ein ganz gewöhnlicher Tag, für den man nur einen Schritt zur Seite macht. Die Fremde checkt aus, und Tiger zieht ein. Hat einen Wochenendkoffer und einen Computer dabei. Eine Flut von schutzlosen Möglichkeiten. Die Zeit. Das, was uneingeschränkter Offenheit ähnelt. Sie hat es für sich selbst nicht formuliert, aber sie weiß, sie spürt es – welche Macht im Unbestimmten liegt. Ob sie eine Woche, zwei Wochen, einen Monat hier sein wird? Eine einfachere Freiheit gibt es nicht.

Kimmy lächelt, als sie sie sieht. Warm, wenn auch ein bisschen zu viel. Ich wusste, du würdest zurückkommen, sagt sie – alle, die auf der anderen Seite der Tür zögern, kommen früher oder später zurück –, so ist es, antwortet sie, und das Glück in ihrer Stimme hat etwas Ansteckendes an sich. Eine Erwiderung, mag sein. Es braucht fast nichts, damit Menschen Zugehörigkeit zueinander fühlen. Die Liebe ist nicht komplizierter als das.

Sie sind Frauen, sie sprechen über alles. Was sie gewohnt sind, wie sie es brauchen. Welche Routinen sie morgens haben, wenn sie aufstehen, wie viel Zeit sie im Bad verbringen, wie viele Tassen Kaffee oder Tee sie trinken. Welche Zutaten sie zum Abendessen vorziehen, wie viele

Gläser Alkohol, wie lange es zulässig ist, den Abwasch aufzuschieben. Wann sie abends für gewöhnlich ins Bett gehen, ob sie das Radio zum Einschlafen anlassen, wie dunkel sie es zum Schlafen brauchen. Über alles sprechen sie. Finanzielle Situation und Einkaufen. Hausputz und Aufbewahrung. Intime Grauzonen. Präferenzen bei Nähe und Distanz. *Wer sind wir? Wie sollen wir uns organisieren?* Sie sind Frauen. Zusammenhalt liegt ihnen von Natur aus. Wie eine Pflichtaufgabe, ein Projekt, dessen Sehnsucht nach Dauer sie nicht erahnen. *Wir* existiert, sobald *wir* ausgesprochen wird.

Sie sind gleich groß, gleich aufrecht, gleich alt. Beinahe ausgeglichen sind sie. Beide haben ein überdurchschnittliches Engagement für die Gesellschaft. Beide sagen, dass sie an Dialog glauben, dass Güte trotz allem existiert.

Eigentlich ist Tiger sich nicht sicher, ob sie an Dialog glaubt, tatsächlich zieht sie die Stille oft vor, aber was soll sie sagen, Kimmy arbeitet und atmet für eine bessere Welt, Kimmy *glaubt* an eine bessere Welt. Alles, was mir gehört, gehört auch dir, sagt sie und öffnet den Schrank für sie. Du kannst dir von meinen Klamotten nehmen, was du willst. Wir haben wohl fast die gleiche Größe, nicht wahr? Wir können teilen, stellt Kimmy fest – du hast ja fast nichts. Und wer macht so etwas? Wer öffnet sein Haus für jemanden, den er kaum kennt? Oder wer geht auf einen kleinen Arbeitstrip und zieht dann auf unbestimmte Zeit bei einer Unbekannten ein? Sie fragen das einander. Sie lachen, fühlen sich besonders. Das kann kein Zufall sein, sagt Kimmy – sie leuchtet und glüht und funkelt –, das Universum spielt auf seinen Saiten, nicht *alles* kann Zufall sein. Tiger nickt. Wer glaubt denn nicht an Dialog, zumindest in der Theorie?

Du bist hier, ruft Kimmy aus. Ich bin hier, antwortet Tiger.

Und es gibt zwei Arten von Menschen – diejenigen, die das meinen, was sie in einem bestimmten Augenblick sagen, und die, die meinen, was sie sagen. Manchmal treffen sich diese beiden, in ein und demselben Augenblick, in ein und demselben Satz. Ehrlichkeit kann nicht mehr Gesichter haben als das.

*

Kimmy verlässt das Haus beim ersten Sonnenstrahl. Sie gehört zu denen, die früh aufwachen, unabhängig davon, wann sie ins Bett gegangen sind. Pflicht im Mark, Tatendrang in den Fingern. Guten Morgen, flüstert sie und stellt einen Becher auf den Nachttisch.

Es ist der erste Morgen. Rituale lassen sich noch nicht voraussehen. Dass Kimmy Kaffee ans Bett bringt, bevor sie geht. Dass Kimmy ihr übers Haar streicht, sie auf die Schulter küsst. *Morning, Tiger.* Wie kann sie wissen, dass das ein fester Teil des Alltags werden wird? Es ist der erste Morgen, an dem sie richtig hier aufwacht. Sie hat einen Slip an, schläft für gewöhnlich nicht mit Slip, aber Kimmy weiß ja nichts darüber, was sie für gewöhnlich tut. Von einem beliebigen Ort unter der Schwere einer neuen Hand aus kann man von vorn beginnen. Vielleicht ist es für die, die neu beginnen, sehr schwer zu verstehen, dass andere bleiben. Das ist etwas, was sie gemeinsam haben. Sie wissen beide, man kann ein Leben nach dem anderen verlassen, Adieu sagen. Die Reihe von Adieus kann so lang werden, so schwerelos – jedes Lächeln, jeder Kummer, jede Furcht wird ihr Feuer bekommen, um davon verschlungen zu werden.

Noch lange, nachdem Kimmy gegangen ist, bleibt sie im Bett liegen. Die Wohnung ist warm. Es gibt keine Entschuldigung dafür, nicht aufzustehen. Aber sie steht nicht auf. Etwas an dem Gemütlichen beruhigt sie. Die Kaffeetasse auf dem Nachttisch, die Bücher und Zeitungen. Sie hat keinen Bedarf hineinzuschauen oder in ihnen zu lesen, aber es gefällt ihr, dass sie da sind, ringsum verstreut. Die Bilder an den Wänden, die Pflanzen auf dem Fensterbrett, die schmutzige Wäsche auf einem Haufen am Boden in der Ecke. Ihr gefällt dieses Zimmer. Ihr gefällt, wie die Möbel im Verhältnis zueinander angeordnet sind, und das Bett, und dass es nach sauberem Bettzeug riecht. Ganz gegen ihre Gewohnheit schließt sie die Augen und schläft wieder ein. Wacht erst spät am Tag auf.

Sie haben ausgemacht, sich am Nachmittag zu Hause zu treffen. Da sie nicht mehr als einen Satz Schlüssel haben, soll sie zu Hause sein, wenn Kimmy zurückkommt, so gegen fünf, und später werden sie dann zum Schlüsseldienst gehen. Sie beschließt, den Tag darauf zu verwenden, die Nachbarschaft kennenzulernen, einzukaufen und etwas zu kochen. Die Reportage eilt nicht, und jetzt, wo sie die Heimreise aufgeschoben hat, kann sie ja mehr Zeit auf die Recherche verwenden. Sie ist ruhig, ohne einen Anflug von schlechtem Gewissen, weil sie einen Arbeitstag überspringt, und nachdem sie ein paar E-Mails verschickt hat, um Verabredungen abzusagen, fühlt sie sich noch besser, vielleicht beinahe froh. *Es ist ungewiss, wann ich zurück sein werde.* Unergründliche Erleichterung in diesem Satz.

Als Kimmy nach Hause kommt, steht sie am Herd und kocht. Nichts Ausgefallenes, nur Pasta, aber Kimmy ist trotzdem beeindruckt. Unnötig oft bedankt sie sich. Vielleicht so, wie Frauen es tun? Frauen mit ihrer weiblichen

Dankbarkeit. Jetzt musst du aber aufhören, sagt Tiger zum Schluss, es ist nur ein bisschen Pasta. Aber Kimmy will nicht aufhören. Nein, sagt sie, das ist nicht einfach nur ein bisschen Pasta – und sie stellt sich dicht neben sie, auf eine Liebkosung hoffend, vermutlich –, ich kann mich nicht erinnern, wann jemand das letzte Mal für mich gekocht hat, flüstert sie. Und es ist etwas Nachdrückliches an ihr. Genau hier. Etwas Zärtliches und Rechthaberisches. Das *muss* etwas zu bedeuten haben.

Und vielleicht weiß sie nicht, was passiert, so eigentlich – höchstwahrscheinlich ist sie sich gar nicht bewusst, was sie da treibt oder wie es aufgefasst werden kann, die Dinge, die sie tut, aber manchmal geht ihr plötzlich ein Licht auf, dann sieht sie die Situation von außen, wie jetzt – während Kimmy im Bad ist, deckt sie den Tisch, zündet Kerzen an, faltet Servietten und schenkt Wein ein. Sie hat heute Blumen gekauft. Der Strauß nimmt einen so großen Teil des kleinen Küchentischs ein, dass kein Platz für die Töpfe bleibt, und als sie das Essen auf den kleinen Tellern anrichtet, sieht sie es, sieht, wonach es aussieht. So kann man früher oder später von der eigenen Unachtsamkeit getroffen werden. Sie zuckt ein wenig zusammen, muss für sich selbst grinsen. Niemand entgeht der Ironie, nicht dort, wo Tiger herkommt. Aber trotz des Lachens spürt sie eine gewisse Unruhe – eine Unruhe, die zu fühlen sie nicht gewohnt ist und die aus einem hohlen und schändlichen Verdacht entsteht. Irgendwann einmal im Lauf ihres Lebens würde sie mit einer Frau schlafen – eine experimentelle Idee unter vielen anderen –, aber was jetzt?

Sie hört Kimmy dort im Bad summen. Eine Frau, die in gemütlichere Kleidung schlüpft. Eine Frau, die sich die

Hände wäscht, das Gesicht vor dem Abendessen reinigt. *Meine Frau?* Plötzlich ist sie nervös. Oder vielleicht nicht nervös, aber angespannt oder in jedem Fall gespannt. Stell dir vor, sie missversteht es, denkt Tiger. Oder ich. Stell dir vor, *ich* missverstehe es. Oder – und es geht ein Reißen durch sie – stell dir vor, das ist überhaupt kein Missverständnis.

Eine Schüssel Popcorn steht auf der Arbeitsplatte. Einem Einfall folgend nimmt sie eine kleine Handvoll und legt sie oben auf Kimmys Portion – Pasta mit Popcorn –, und sie kann nicht anders, als zu lächeln, sie hat keine Lust, sich zu beherrschen, auch wenn sie weiß, dass das nicht nur wie Flirten aussieht – das *ist* Flirten. Als sie Kimmy zum Abendessen ruft, hat sie einen Kloß im Hals, einen Druck auf den Stimmbändern, den sie lange nicht mehr verspürt hat und der, auch wenn sie da vielleicht nur etwas vergessen hat oder verwechselt, an Freude erinnern könnte.

Alles hat die Neigung, zu dem zu werden, dem zu ähneln es angelegt wird. Selbst die Ausnahme. Selbst das Experiment. Das Einzige, was es braucht, ist jemand, der den Anfang macht. Worte sind nur Worte, sind nur Erwiderung, Verführung, Erlösung. Stell dir vor, wir wohnen plötzlich zusammen. Stell dir vor, so leicht und natürlich. So gewöhnlich. So außergewöhnlich. Du bist eine besondere Person. Du hast eine Wärme. Du bist gut. Ich sehe, dass du gut bist. Ich rede mir ein, dass du mich vielleicht besser machst. Niemand, den ich kenne, steckt Popcorn in die Pasta. Siehst du, wie offensichtlich froh du mich machst? Bemerkst du unsere unbeabsichtigte Wirkung? Worte sind nur Worte, sind nur Echo. Bist du dir klar darüber, wie sehr du mich triffst – jetzt, in einer gerade erst angebrochenen Bekanntschaft –, wie hart, wie unüberlegt absichtslos?

Sie gehen aus dem Haus, um Schlüssel anfertigen zu lassen, und von dort weiter, um zu feiern, dass sie Schlüssel haben anfertigen lassen. Die Stadt ist voll von verschmitzten Leuten. Sie gehen in eine Bar, in der die Stühle alte Flugzeugsitze sind und die Tische kleine, zusammenklappbare Bretter. Was ist der Witz daran, fragen sie sich und lachen, als sie die Sitzgurte festziehen. Kimmy sagt, sie ist froh, sich diesen Wahnsinn allein zu ersparen. Allein, wiederholt Tiger. Wahnsinn? Als würden sie wirklich in einem Flugzeug sitzen. Als *wären* sie wirklich unterwegs zu einem anderen Ort. Der Wein wird in kleinen Flaschen serviert. Zeichentrickfilme werden hier und da auf Minibildschirmen abgespielt. Die Musik ist so beruhigend, sie lassen sich nicht anmerken, dass ihre Hände einander im Gespräch streifen. Jetzt sind sie unterwegs. Endlich, vielleicht wie eine ersehnte Landung, die Rückkehr der großen Frage – warum bist *du* eigentlich hier? So wird Nähe gepflanzt. So kann Nähe aufblühen. Prüfend sehen sie einander an, spekulieren darüber, wieweit dieselbe Nähe für sie beide gelten kann. Willst du nicht darüber sprechen, fragt Tiger. Kimmy nimmt einen langen Schluck Wein. Doch, sagt sie. Ich kann darüber sprechen. Und wieweit das, was sie erzählt, die glänzende oder die matte Seite der Geschichte ist, kann man unmöglich wissen. Aber alles hat einen Anfang. Alles ist Teil von etwas anderem und Größerem, aber alles hat einen Anfang. Und so beginnt sie: Ich wohne seit fast zwei Jahren hier. Ich gehe nie wieder dorthin zurück.

Es geht nicht um Natur, aber es geht trotzdem um Natur. Man wird irgendwo geboren. Man wächst mit den Sünden dieses Ortes auf, wird zu einer Trägerin dieser Sünden. Es führt kein Weg daran vorbei. Unabhängig davon, wie man sie trägt – ob man sie mit Leichtigkeit festhält oder sich abmüht und an sich drückt, damit sie einem nicht entgleiten, ob man die Augen geschlossen hat oder der Angst mitten ins Gesicht starrt – tragen muss man sie – lässt man sie los, gehört man nicht mehr dazu. Das ist unsere menschliche Wirklichkeit, sagt Kimmy. Sie spricht so, allgemein und rational. Keiner ist frei von Schuld.

Kimmy ist früher regelmäßig laufen gegangen. Deswegen hat sie diesen Körper. Sie lief jeden Morgen bei Sonnenaufgang auf dem Hügel über dem Strand. Eine Art Park war das, eine Ausflugsanlage in der Gegend, wo sie wohnte, mit grünen Rasenflächen und Picknicktischen zwischen hohen Bäumen. Sie hatte ihre feste Runde, ihren täglichen Lauf und ihre gewohnte Stelle zum Dehnen – ein Aussichtspunkt in Richtung Horizont.

Weißt du übrigens, was für eine Tierart in den Klippen wohnt? Ihre Stimme hat eine undefinierbare Glut, möglicherweise ist es Enthusiasmus, und sie lächelt, wartet nicht auf Antwort: No tigers there, Tiger. No tigers in Africa. In den Klippen lebt eine seltene Art von Nagern, die es sonst nirgendwo auf der Welt gibt. Wollte man sie mit etwas vergleichen, könnte man sagen, dass sie Eichhörnchen oder Ratten ähneln oder einer Art Kreuzung aus ihnen. Sieht man das Eichhörnchen und nicht die Ratte, wird man sie wahrscheinlich als süße Geschöpfe betrachten. Manche von ihnen können fast zahm werden.

Das war ihre Welt. Morgens ging sie laufen, bevor sie zur Arbeit fuhr – hatte Brotkrumen für die Nager in den Klippen dabei, für diejenigen, die sie wiedererkannten und nicht zu viel Angst vor Menschen hatten –, und an den Nachmittagen, bevor die Sonne im Meer versank, schwamm sie. Es gab zwei Seiten, um zu schwimmen – zwei Meere, zwei Strömungen: den eiskalten Atlantischen Ozean mit Wellen so groß wie Schiffe und den wärmeren Indischen Ozean mit rollenden Wogen und weißen Haien. Sie gehörte zu denen, die die Wärme suchen. Und, als wäre sie tatsächlich im Schlund des riesigen Raubfisches gewesen und wüsste, wovon sie spricht: Ein Hai ist nicht die schlimmste Art zu sterben.

Das war ihre Welt. Die Tage bestanden aus gewöhnlichen Pflichten und Bedrohungen.

Aber eines Tages passierte etwas. Eines Tages, mitten in ihrer gewohnten Morgenlaufrunde, direkt bevor oder vielleicht direkt nachdem sie vorbeigelaufen war, lief ein anderes Mädchen – und weißt du, was mit ihr passiert ist? – Kimmy hat jetzt einen blitzenden Schimmer im Blick, als gäbe es ein Licht, das hervorleuchtet – so ist es mit dem Unvorstellbaren –, man kann sich schwer vorstellen, wie leicht man es sich vorstellen kann, aber wenn das Unvorstellbare passiert, mit dir oder mit dir oder mit dir – egal, wer du bist, wirst du einsehen – alles Unvorstellbare der Welt hat schon vorher in dir gelebt. Dein Deutungsapparat hat sich vorbereitet. Schon seit du ganz klein warst, schon seit dich das erste Mal jemand geschlagen hat, bist du aufgewachsen, um es ertragen, es hinnehmen, damit leben zu können. Du hast keine Schwierigkeiten, dir alles vorzustellen, wovor du die Augen verschließt. Dass dieses Mädchen von vier Männern in ein Gebüsch gezerrt wurde. Dass diese vier

Männer auf Drogen waren und damit außerhalb jeglicher empathischer Reichweite. Dass die Drogen sie nicht nur in die Lage versetzten, Lust in einer Situation zu empfinden, in der Lust nicht vorkommen sollte, sondern die Lust auch noch zu verstärken, sie dauerhaft, jähzornig, sogar böse zu machen. All das kannst du dir vorstellen. Ein geknebeltes Mädchen, mit dem Gesicht in der Erde. Ein Mädchen, das sie anfangs anfleht, sie in Ruhe zu lassen, aber das sie bald nur noch anfleht, sie am Leben zu lassen. Schläge und Tritte, um sie zum Schweigen zu bringen. Ein Seil um den Hals, um sie in ihrer Stellung zu halten. Vier Männer der Reihe nach. Ein selten schöner Sonnenaufgang. Gelber, warmer Himmel dort draußen. Prasselndes, funkelndes, herrliches Licht. Ein Licht, das keiner der Männer bemerkt und das keinen von ihnen dazu bringt, von ihr abzulassen. Denn sie wollen nicht von ihr ablassen. Trotz des Blutes, des Risses, der Schmerzen – sie hören nicht auf, zögern nicht einmal. Sie nehmen sie in alle Löcher. Der Reihe nach und hintereinander nehmen sie sie, von der Fotze in den Arsch und dann in den Mund – saug, befehlen sie, saug härter –, und sie ziehen sie an den Haaren und bohren sich in ihren Mund, wichsen in ihren Mund, ficken sie in den Mund, so tief hinein wie überhaupt möglich, hart und schnell und ohne jegliche Zurückhaltung – saug, du verdammte Hure –, wer sieht da nicht zur Sonne, wer sieht nicht zum Horizont?

All das kannst du dir vorstellen. Das ist wahr. Du kannst dich in *alles* hineinversetzen. Du schaffst es, dich in *alle* hineinzuversetzen. Dass dieses Mädchen, obwohl sie würgt, obwohl sie kaum atmen kann, es trotzdem schafft, die Luft etwas länger anzuhalten, es trotzdem schafft, sich nicht zu übergeben. Auch du hättest es geschafft. Du weißt genau, wie diese Szene sich abspielt. All das *wohnt* dir inne. Dein Körper ist nicht geschützt. Egal, wie billig du in deinem strahlendweißen, hochprivilegierten Leben davongekommen bist, weißt du genau, wie das ablaufen würde. Du bist hier gewesen. Du hast alles schon gesehen. Wo der Hass seinen Ursprung hat – wo der Hass seinen Trost findet. *Du weißt es.* Noch bevor diese Männer mit ihr fertig sind, wird ihr Gesicht nicht länger einem Gesicht ähneln, ihr Körper nicht länger einem Körper. Sie wird so daliegen, im Nicht-Land, in dem sie sie zurücklassen, so lange, bis sie ihre Scham überwindet und versucht, aufzustehen, irgendwann, nachdem die Sonne wieder untergegangen ist. *Du weißt es.* Sie wird im Dunkeln nach Hause stolpern, wird die Wunden säubern, duschen, die Wunden erneut säubern, sich ins Bett legen, wie sonst auch, drei Tage später aufstehen, als die Blutung nachgelassen hat, zur Arbeit fahren, erkältet gewesen sein. Sie wird einen neuen Geschmack im Mund haben. Ein Geschmack, der ihr den ganzen Tag Übelkeit verursacht, viele Tage, wochenlang, und mit dem umzugehen schlimmer ist als mit den Schmerzen, die sich melden, wenn sie, weil sie keine Entschuldigung hat, sich nicht hinzusetzen, doch sitzen muss. Aber zum Glück merkt keiner etwas. Keiner. Weder jetzt noch später im Leben. Als würde diese Art, das Gesicht zu verlieren, diese Art, es herunterzuschlucken, sie einfach nur unsichtbar machen.

Weißt du, sagt Kimmy – Sperma schmeckt nicht schlechter, wenn es von einem kommt, den du nicht liebst, aber der Geschmack von dem, der sich an dir vergreift, verdirbt es für alle anderen, die du sonst lieben hättest können. Ich bin sicher, sagt sie, dass das Mädchen, das an diesem Morgen lief, nie wieder jemanden wird küssen können, vielleicht nicht einmal jemandem in die Augen sehen, ohne das Gefühl zu haben, dass der Spermageruch aus ihr heraussickert, dass man den Gestank nach Schwanz an ihr riechen kann – übler und widerlich süßer, schmutziger Schwanz –, egal, welches Parfüm sie verwendet.

Sie sehen einander an. Nicht mit einer milden Form von Neugierde, sondern mit jener Art des Suchens, das keinen Hehl daraus macht, wie anspruchsvoll es ist. Für jemand, der es nicht besser weiß, kann es aussehen, als würden sie einander sehr gut kennen. Kein Zweifel im Blick. Kein Zögern in den Bewegungen. Ganz direkt jetzt. Und dann? Es ist Tiger, die fragt. Tiger, die ihr in dem unpersönlichen, pragmatischen Ton folgt. Es ist das Einzige, was sie jetzt kann. Und dann, was geschah weiter?

Kimmy senkt den Blick. Wir haben keinen Wein mehr, sagt sie mit einem glasklaren Pausenstrich, der deutlich macht, dass nichts weiter gesagt werden wird, bevor mehr auf den Tisch kommt. Dann, sofort nachdem ihr Glas wieder voll ist, noch bevor sie trinkt, sagt sie, ich konnte es nicht riskieren, wie dieses Mädchen zu enden. Sieh mich an – und sie streicht sich über den Arm, demonstrativ, zieht an ihrem kurzen Haar –, glaubst du, es ist leicht für solche wie mich? Solche wie mich sollte es am besten gar nicht geben, nicht dort, wo ich herkomme. Und mit harter Nachdenklichkeit: Auch nicht da, wo du herkommst. Solche wie ich sind immer doppelt gefährdet. Ist ja auch gewissermaßen doppelt sündig, nicht wahr. Für die Männer, die das Mädchen genommen haben, ist mein Leben ungefähr so viel wert wie ein jämmerlicher, kleiner Spermaspritzer. Oder vielleicht nicht einmal das. In ihren Augen bin ich weniger wert als einmal wichsen. Sie hätten mich umgebracht, ohne mit der Wimper zu zucken, da bin ich sicher.

Sie späht jetzt hinaus in den Raum, in die surrealistische Flugzeugkabinenbar, wo Europas Hauptstadtbürger ihren Durst mit angelegten Sitzgurten löschen. Es ist wahr, sagt Kimmy – ich *bin* doppelt sündig –, eine andere Art, es zu sehen, hätte keine Grundlage in der Wirklichkeit. Und obwohl sich keine Spur von Sentimentalität in ihrer Stimme findet oder vielleicht gerade deshalb, weil Kimmy genauso frei von Selbstmitleid ist wie sie selbst, hat sie Mitleid mit ihr. Oder, *Mitleid?* Sie legt die Hand auf ihren Arm, wahrscheinlich unangebracht für beide. Stille, ziemlich lang jetzt, bevor Kimmy fortfährt: Alle sagten zu mir, ich müsse aufhören, im Park zu joggen. Die Geschichte von dem Mädchen, das in die Büsche gezerrt worden war, wurde zu einem Gerücht, das umging – obwohl niemand wusste, wer sie war –, alle wussten, was dieses Gerücht bedeutete. Dass es nicht nur ein einziges, sondern dass es viele Mädchen waren. Dass es nicht diese vier Männer waren, sondern zahlreiche, Horden von Männern. Männer aus der Stadt hinter den Städten, mit einem Zorn unter der Haut, den keine Stadt akzeptieren kann. Wut, für die es keine Befreiung gibt. Männer, die ihrem eigenen Hunger nicht entkommen, ihrem eigenen Verrat, und die sich nur entleeren *müssen*. Nicht nur ein Mal, unzählige Male. Reihenweise Mädchen, die den Mund mit Erde ausspülen.

Was sagt man? Was gibt es da zu sagen?

Tiger weiß, sie muss es ruhen lassen. Sie hat gegraben, so wie sie es für gewöhnlich tut, findet aber keine Worte für das, was sie ausgegraben hat. Obwohl es das ist, was sie kann, was sie eigentlich tut, *genau hier* – wo die Wirklichkeit zur Erzählung werden kann, wo der Mensch zur Aufgabe wird –, sie sieht und sieht bestürzend deutlich, nicht der Aufgabe soll sie jetzt dienen. Nicht so, mit all ihrer Machtlosigkeit und Klarheit.

Sie ist an der Reihe, etwas zu sagen, aber sie sagt nichts. Die Stille kann als Geschenk gemeint sein. Man sollte sie so interpretieren können. Die Stille *ist* als Geschenk gemeint. Es gibt keinen Trost im Trost.

Ich begann, stattdessen am Strand zu laufen. Der Strand war breit und übersichtlicher als der Park, also lief ich dort, auch wenn es schwer war, im Sand zu laufen. Eine Zeit lang war das tatsächlich ganz schön. Der Horizont war näher, dichter. Das Licht, durchdringbar und hart. Vielleicht hatte ich mich der Sonne nie näher gefühlt als in diesem spiegelklaren, einsamen Morgenlicht, ganz für mich selbst.

Hier hält sie inne, legt die Handflächen aneinander und lehnt sich in dem alten Flugzeugsitz nach vorn. Die Ellenbogen auf den Knien. Das Gesicht einem der kleinen Bildschirme zugewandt, Tom und Jerry. Kimmy mit ihrer konzentrierten Art für alles.

Verstehst du?

Sie legt den Kopf schief, sieht sie mit hochgezogenen Augenbrauen an. Es stimmt nicht, was sie sagen, fährt sie fort. Es stimmt nicht, dass überall alles passieren kann, dass man nirgends sicher ist – es gibt Orte, die *sicherer* sind. Wie hier. Und sie prüft Tiger jetzt. Kein blitzender Schimmer im Blick mehr, nur ein blanker und schwärzlicher Widerschein. Doch, Dinge *können* überall passieren, aber sie passieren dort, von wo ich herkomme, immer wieder. Und selbst du – du, die von *hier* kommt – sie breitet die Arme aus, um auf die Bar zu zeigen, in der sie sitzen –, du, die gezeugt worden ist, um trendy und kultiviert zu werden, du, die aufgewachsen und ausgebildet worden ist in einer chronischen akademischen Distanz – du weißt trotzdem, dass keine Entfernung je groß genug ist, um dich vor dieser Gewissheit zu retten.

Sie spricht ohne Vorwurf in der Stimme, natürlich. Alles andere wäre Verleumdung, alles andere wäre ignorant. Du bist ein Kind Nordeuropas. Du hast keine Chance, das, wovon du verschont wurdest, vollständig zu begreifen, aber du nimmst es trotzdem auf. *Etwas* in dir nimmt es auf. Etwas in dir *will* verstehen. Was es beispielsweise bedeutet, in einem Land aufzuwachsen, wo getötete Kleinkinder nur Raum in den Zeitungsspalten bekommen, wenn sie weiß sind. Was die Brutalität mit dir machen kann, *selbst mit dir*, in deiner sonst ganz unvermeidlichen Normalisierung. Ich verspreche dir, sagt Kimmy – egal, welche Farbe du hast, deine Farbe wird schmutzig, zum Schluss tut sie vielleicht weh –, wenn dein Land krank ist, wirst du angesteckt –, und ich wollte und konnte nicht mehr länger damit zu tun haben. Eines Tages war Schluss. Eines Tages war es vorbei. Es lag ein Kummer in den Händen aller. Ich konnte die Menschen nicht mehr an der Hand halten. Musste dieses Land aus meinem Körper hinausbekommen.

Sie sieht hinunter auf den Tisch, zum ersten Mal mit einem Ausdruck, der an Traurigkeit erinnert. Spricht zum Raum, mit einer vagen Sicherheit in der Stimme, zu einem leeren Raum oder einem geistigen Raum oder auch zu vollen Sälen: Du kannst bleiben, um etwas aufzubauen, oder du kannst weggehen, um zu vergessen – es gibt nur eine gewisse Anzahl von Arten, auf die man verschwinden kann.

Diejenigen, die aufbauen, vergessen, warum sie geblieben sind. Diejenigen, die weggehen, werden sich für immer daran erinnern, dass sie es nicht geschafft haben zu bleiben. Jeden Tag muss das Land aufs Neue verlassen werden.

Und mit einem flehentlichen kleinen Schlucken – einem Schlucken, das nur bemerkbar ist für die, die ihr am nächsten ist: Können wir jetzt nach Hause gehen?

Die Stadt ist voller Bilder. Glücklicherweise. Einige sorgen dafür, die Wände lebendig zu erhalten, sie aufzusprengen in all dem Grau. Auf dem Hochhaus am Ende von Kimmys Straße hängt ein Pferd an einem Bein herunter und blutet. Über fünf Stockwerke hängt es, bittet wiehernd darum, herunterkommen zu dürfen. Und an der Brandmauer des Hauses dahinter hält ein Elefant mit dem Rüssel einen Ballon. Der Ballon ist rosa und größer als das Tier, das ihn hält. So rosa, dass er selbst in der abendlichen Dunkelheit leuchtet.

Mein Haus muss das einzige Haus in Prenzlauer Berg ohne Graffiti sein, sagt Kimmy, und sie schmunzeln ein wenig darüber; vielleicht sollten wir uns ein paar Spraydosen besorgen? Was würdest du übrigens malen, wenn du etwas auf deine eigene Tür malen solltest? Bild oder Text? Anordnung oder Verbot? Was würdest du schreiben, wenn du nur einen einzigen Satz hättest? Nur ein einziges Wort?

Kimmy bleibt im Dunkel der Straße stehen, um ihr in die Augen zu sehen. Gibt es dich wirklich, fragt sie. Wie eine Laterne in einem Zelt in der Savanne. Das Gesicht vor der Laterne. Die Fingerkuppen auf den Lippen. Ich weiß nicht, antwortet Tiger, so ehrlich sie kann. Kimmy will jetzt vermutlich geküsst werden oder zumindest umarmt, und die verschlossenen Gedanken der anderen weder empfinden noch erkennen. Was weißt du darüber, wovon ich verschont worden bin oder nicht? Was weißt du darüber, inwieweit ich es verstehen *will?* Ob es wirklich Schonung zwischen Menschen gibt. Aus welchem oder zu welchem Zweck? Sieh mich nicht so an, denkt Tiger. Sie kann nichts dafür, dass sie so denkt.

Sie sitzen einander im Schneidersitz auf dem Bett gegenüber. Kimmy hat eine Kanne Tee auf den Nachttisch gestellt, beruhigende Musik aufgelegt, die dicken Kerzen angezündet und sich eine bequeme Hose angezogen. Es ist schwer zu sagen, ob das ein Ritual ist oder ein spontaner Einfall, aber die Natürlichkeit, die eingeübte Selbstverständlichkeit, mit der Kimmy das getan hat, zeugt von Routine. So machen das Frauen, denkt Tiger. Sie selbst macht nie solche Sachen, aber sie denkt es trotzdem; das mit dem Abendtee auf dem Bett ist eine Frauensache. Beruhigende Musik ist eine Frauensache. Sie wird davon nicht beruhigt.

Und dann kommen die Fragen. Das ewige Gerede. Es ist kaum eine Woche vergangen, aber schon merkt sie das ganze Gerede. Kimmy glaubt an Dialog. Dialog ist ihr Weg hinein in andere. Vielleicht ist das übrigens normal – Menschen reden sich einen Weg ineinander hinein –, vielleicht bin ich abnormal, denkt Tiger, während sie versucht, alle Fragen zu beantworten, handzuhaben, wegzufegen. Was findest du interessant an Menschen? Worauf legst du Wert, wenn du andere beschreiben sollst? Was wird hervorgehoben und was wird ausgelassen? Hast du dir diese Definitionsmacht bewusst gewünscht? Bist du ein wettbewerbsorientierter Mensch?

Das ist erst der Anfang. Tiger weiß das, Kimmy ist eine, die die ganze Nacht hindurch reden kann. Das sind nur die ersten Fragen, die allgemeinen Anekdoten beim Einstieg in eine Beziehung. Bald, bald wird es weitaus privater werden, und schon der Gedanke daran lässt sie unruhig werden. Nicht, weil sie so viel zu verbergen hätte, aber sie spricht nicht gern über sich, nicht auf eine eingehende Art und Weise und nicht beim Tee. Und hier ist etwas, etwas mit der Musik und dem Tee und den flackernden Lichtern, etwas mit den mädchenartigen Kulissen, das sie ein wenig irritiert. Sie kann nichts dagegen tun. Kimmy irritiert sie ein wenig. Die Art, wie sie ihr Kinn auf die Handfläche stützt, der kleine Finger gleichsam schlau im Mundwinkel, ihr Blick, die unabsichtliche Offenheit – *jetzt werden wir uns füreinander öffnen* –, sie braucht dafür mehr Wein. Sie braucht mehr Wein, aber sie nippt weiterhin am Tee. In Kimmys Reich jetzt. Ihre Wohnung, ihre Regeln. Vielleicht sind sie schon ein Wir geworden? *Wir* trinken für gewöhnlich Tee auf dem Bett, bevor wir schlafen gehen. Keineswegs ein beruhigender Gedanke. *Wir* haben eine großzügige und tolerante, erwachsene Form der Kommunikation. *Wir* teilen alles miteinander. Und Kimmy hat von dem Mädchen im Park erzählt. Soll eine Balance entstehen, muss sie auch etwas teilen oder etwas anbieten, *etwas von sich selbst geben*, wie es heißt – niemand entkommt dieser Beziehung der Waagschalen. Und dann kommt es. Selbstverständlich. Natürlich. Kimmy legt den Kopf schief und lächelt mit ihren schmalen, sanften Augen. Wie viele in deinem Leben bedeuten dir etwas? Was heißt es, Bedeutung zu haben? Fühlst du dich frei? Glaubst du an Zufall? Vertraust du auf die Liebe? Sie ist so ernst, man kann schon von weniger wütend werden. Um wen trauerst du? Hat er dich verletzt? Hat er dich absichtlich verletzt?

Ist das so offensichtlich? Kimmy antwortet: Ja. Nur dein halbes Gesicht ist repariert, der Rest ist falsch zusammengewachsen. Tut das nicht weh, fragt sie. Tiger zuckt die Achseln. Nicht mehr. Und weiter; das glaube ich nicht, sagt Kimmy. Kleine, dünne, einsame Kimmy. Du sollst nicht so viel glauben, sagt Tiger.

Und das ist die freundliche Art, zur Stille überzugehen. Die einzige Möglichkeit, außer dem Schlaf, damit die Körper in Frieden vor den Worten ruhen können. Und da es noch zu früh ist, um Gute Nacht zu wünschen – eigentlich mehr als spät genug, aber viel zu früh in ihrer Beziehung – denn das ist wohl eine Art Beziehung? –, tut Tiger also das, was sie zu tun gelernt hat, das, was sie gern hat, wenn Männer es mit ihr tun, und wovon auch Kimmy sich überwältigen lassen kann. Wer möchte nicht vom Gewicht eines anderen aufs Bett gedrückt werden? Das wollen doch alle? Die Augen schließen und verschwinden. Eher Geräusch als Wort sein, eher Körper als Gedanke. Wer kann die Gedanken auf Dauer bewältigen, ohne Unterbrechung durch die Hände anderer?

Aber Kimmy will sich nicht aufs Bett legen lassen. Tiger beugt sich über sie, aber sie sträubt sich dagegen. Und nicht nur sträubt sie sich – es dauert eine Weile, bis Tiger es begreift –, sondern Kimmy hat auch ein Gewicht, das sie über einen anderen beugen will – beide wollen die andere aufs Bett legen, aber keine will sich ergeben –, beide weigern sich. Tiger springt und setzt sich auf sie. Sie sehen einander an und lächeln, schmunzeln, bevor sie sich mit einer

Bestimmtheit zu ihrer Kehle hinunterbeugt, von der sich Kimmy überreden lassen könnte. Aber Kimmy hat sich entschieden. Diesmal ist sie an der Reihe. Und sie schiebt sie weg, von ihrem Körper herunter, sodass sie wieder Augenkontakt bekommen, sagt mit ernster, verspielter Stimme, während sie ihren Kiefer packt: *Don't tiger me, Tiger.* So. Und mit harter Hand schubst sie sie auf den Rücken. Jetzt gibt es keine Ausflüchte mehr, sie ist gezwungen zu empfangen. Ist gezwungen, sich auszuziehen, zu kuscheln, versuchsweise zu genießen, was diese andere Frau ihr geben will. Und das muss nicht schwierig sein. Es sollte nicht schwierig sein. Sie muss sich nur damit abfinden, dass *der Mann* sich nicht hervorholen lässt – nicht in dieser Position, als Empfangende –, dass sie sich nicht als Mann fühlen kann. Sich damit abfinden, nur Femininum zu sein. So Frau zu sein, wie nur Männer sie als Frau gesehen haben. Es wagen. Es ertragen. Eine ganz unbestreitbare Nacktheit. Eine ganz unbestreitbare Ehrlichkeit.

Erst als Kimmy auf ihr liegt, erkennt Tiger, wie viel kleiner Kimmy eigentlich ist. Die Arme um sie zu legen – es ist beinahe, wie ein Kind zu umarmen, so schmal und zart ist sie –, und es ist komisch, denn sie sieht doch gar nicht so klein aus, tatsächlich überhaupt nicht klein, aber trotzdem – als würde sie sich verkleinern, verschwinden, so klein ist sie – man könnte fast Angst bekommen. Alles fühlt sich neu an. Kimmy ist nicht nur ein neuer Körper, sondern ein ganz anderer Körper. Die Brüste und die Rippen und die Bäuche pressen sich aneinander, und alles, was die Hände berühren können – Lenden, Hüften, Schenkel, Hintern –, alles fühlt sich fast ganz gleich an wie an ihr selbst – nur die Art, wie sie atmet –, eine wahnwitzige Entdeckung. Atme ich auch so? Höre ich mich auch so an? Und Kimmy spannt den ganzen Körper an. Sie schlängelt sich, hinauf und hinunter auf ihr, bebt und brummt und gurrt, lässt sie fühlen, wie feucht sie ist, drückt sich hart gegen ihren Schenkel, sodass es fast wehtut, so knochig ist sie, und nichts riecht so, wie Tiger es gewohnt ist, nicht die Haut, nicht das Haar, alles ist anders – gewissermaßen –, aber vieles ist immer noch ziemlich ähnlich. Zwei Körper sind immer noch zwei Körper. Egal. *Sie* ist immer noch nur ein Körper. Kann sich nicht gegen Küsse und Liebkosungen wehren. Kann nicht aus der eigenen Haut heraus. Und Kimmy küsst sie auf den Bauch, Kimmy küsst sie auf die Brüste, und nichts, was sie tut, fühlt sich anders an, als es sich bei einem glatten und bartlosen Mann anfühlen würde, aber als sie zum Gesicht kommt, ist trotzdem etwas anders. *Etwas* lässt sich nicht überlagern. Und natürlich weiß sie, was es ist, und natürlich weiß sie, dass es respektlos ist, die Augen davor zu verschließen – der Respekt lässt sich vergessen, wenn es nötig ist, ihn zu vergessen –, sie will dieses Weibliche nicht in sich aufnehmen. Nicht direkt in die Augen. Wie soll sie das ertragen? Aber als Kimmy sagt, sieh mich an, da muss sie es trotzdem ertragen. Wer kann der Zuneigung den Rücken kehren? Sie ist in ihre Wohnung eingezogen – sie hat darum gebeten, oder nicht? –, der dünne Hals, die flaumweiche Haut, die Lippen und der Atem und die Zunge, die sich in ihren Mund steckt – sie *muss* es ertragen, dieses Frauengesicht über sich zu haben.

Warum schaffst du es nicht, zu nehmen? Mit einem Blick, der sich in sie bohrt, fragt Kimmy danach – du gibst uneingeschränkt, aber schaffst es nicht zu nehmen – warum nicht? Diese endlosen Fragen. Vertraust du mir nicht oder dir selbst nicht? Denkst du an *ihn*? Und der

Geschmack des Zorns – der jähe und gewaltige Zorn, vor dem man sich immer schützen muss –, die Lust, jemanden wegzustoßen, einen Menschen an die Wand zu werfen. Aber dann der Klang ihrer eigenen Antwort – wie wahr oder unwahr sie auch ist –, ich kann nehmen, ich küsse nur nicht so gern auf den Mund. Da hebt Kimmy den Kopf, inspiziert sie. Okay, sagt sie. Geradeaus. Und sie stützt sich auf den einen Ellenbogen und hält das Gesicht ein Stück weit von ihrem weg, jetzt beobachtend, während die freie Hand sich hinunterkitzelt. So leicht. So spielerisch unernst und leicht, beinahe schwerelos, beinahe kindlich. Kimmy muss die kleinsten Hände der Welt haben, denkt Tiger. Kimmy ist so leicht, sie ist kaum spürbar. Ihre Finger, so klein und vorsichtig, aus denen die Glaubwürdigkeit nahezu gewichen ist. Wie eine Kinderhand. Ein schrecklicher Gedanke, den sie sofort beiseiteschieben muss. Eine Kinderhand, die einen Willen hat und die weiß, was sie will. *Kimmy* hat einen Willen, und sie muss mit der Hand keinen Druck ausüben, um das zu unterstreichen. Sie braucht sie tatsächlich kaum zu berühren, damit man versteht, wie hart ihr Wollen in dieser Leichtigkeit ist. Du bist wunderschön, sagt Kimmy. Der Blick, dem man nicht entfliehen kann. Und die dünnen, kleinen Finger gleiten in das Feuchte. Schwerelose, anspruchsvolle, kleine Kimmy. Sieh mich an, insistiert sie.

Und es ist nicht schwer, einen unsichtbaren Menschen zu lieben. Wirst du gesehen, musst du den Blick erwidern. Du musst in die Erinnerung an einen Zustand verfallen, in dem du glaubtest, du wärst glücklich – in dem du glücklich *warst*. In die Nähe eines Körpers, den du nie loslassen wolltest, eines Ortes, den du nie verlassen wolltest. Eingehen in die verzehrende Sehnsucht. Was ist im Grunde neutraler als ein Blick? Das Weiße ist tot, so wie die Farbe im Inneren bedeutungslos ist. Pupillen, immer gleich schwarz. Berühr mich einfach. Berühr mich und lass mich die Welt ausschalten. Gib mir fünf Sekunden, in denen ich alles vergessen kann.

Aber danach? Du bist so wunderschön, sagt Kimmy. Und es ist nicht zu leugnen, dass ihre Stimme alles kaputtmacht. Was tue ich da, denkt Tiger. Kapitulation, signalisiert Kimmy. Du ergibst dich mir. Auch wenn es nicht stimmt. Auch wenn du nicht weißt, was Kapitulation bedeutet. Ich will mit dir schlafen, flüstert Kimmy. Wie willst du das denn schaffen, denkt Tiger. Und weiter, als Kimmy sich auf sie rollt, dass es jetzt gut wäre zu schlafen, jetzt, wo sie eigentlich gesättigt ist, dass es in Ordnung wäre, davonzukommen. Aber sie hat Kimmy gern. Selbst wenn sie auf übertriebene Art miaut und schnurrt und wimmert, selbst wenn ihre Brüste eingeklemmt werden und ihre Hüftknochen hervorstehen wie zwei Waffen – sie hat sie gern, und sie will nur das Beste für sie, jedenfalls will sie sie nicht verletzen – und was macht es schon, wenn man sich ein wenig anstrengt, um einem anderen eine Freude zu machen? – wenn es darauf ankommt – im Leben, wie es das ja immer tut –, ist es da zu viel verlangt, dass man sich mitunter auszieht und teilt? Egal, zumindest kann sie nehmen. Was immer es auch sein mag, was Kimmy zu tun gedenkt und wie sie es auch zu tun gedenkt, Tiger liegt auf dem Rücken. Vielleicht hat sie sich nie jünger und unerfahrener gefühlt. Oder vielleicht hat sie sich nie so frei von Verantwortung gefühlt. Hallo, räuspert sich Kimmy. Bist du okay? Tiger zwinkert ihr zu und lächelt. Natürlich bin ich okay. Und mit einem Kneifen in allen zentralen Muskelgruppen. Mit authentischer, gieriger und ungezähmter Zärtlichkeit.

Come on, sweetie, do your thing. Niemand spricht so, aber manche sprechen trotzdem so. Sei still und zeig mir, was du hast. Versuch nicht, etwas anderes zu sagen, als dass du atmest. Und Kimmy legt sich zurecht, in Position, sorgt dafür, dass sich die Lippen dort unten treffen, wo sie beide einander ähnlich und unähnlich sind – Strich und Blume, Nicht-Mann und Unmann –, und Kimmy presst sich an sie, unverhältnismäßig hart presst sie, mit ihrem ganzen knochigen, schroffen Wesen, so weich, wie sie nur kann, reibt sie sich an ihr. Entweder sie besteht darauf, alles zu sein, was sie nicht ist, gleicht alles aus, was sie nicht hat. Oder sie *ist* nur, *nimmt* nur. Kann das wirklich funktionieren, fragt sich Tiger. Sie drückt sich ab und stößt entgegen und tut, was die Situation erfordert, aber dieses ganze Reiben ist ungewohnt für sie – als würde man gegeneinander onanieren, aufeinander – wie es Frauen vielleicht in Ermangelung eines Schwanzes betreiben – Frauen, die einander lieben und nicht von Männern angezogen werden oder keinen Zugang zu Männern haben –, egal; es ist ihr nicht möglich, das Fehlende im Akt zu übersehen. Wieder dieser Gedanke, *was tue ich da?* Ist das eine Form von Notstand? Eine Umstellung oder Anpassung? Eine andere menschliche Art, sich zu verhalten? Kann der Genuss so allgemein werden, wundert sie sich, bis Kimmy über ihr zusammensackt und beginnt, wie ein welkes Blatt im Wind zu zittern. My word, stöhnt sie, in ihr Haar vergraben, in den Nacken, in die Kehle. Sie hebt den Kopf und zeigt ihr erschöpftes Gesicht: *I'm drowning in your tenderness.* Tiger glaubt fast nicht, dass das wahr ist. Reden Lesben so miteinander? Ist das ihre Auffassung von *tenderness*? Und was soll sie sagen – was soll sie auf diese ehrfürchtigen Schwülstigkeiten erwidern? Sie lässt ein Weilchen vergehen, streichelt dem bebenden Geschöpf, das auf ihr liegt, über den Rücken. Dann sagt sie: Du bist ein feiner Mensch. Das bringt Kimmy zum Lachen. Thanks, Tiger. Glücklicherweise nicht ohne Ironie. *You're such a soft sweetheart.* Sie legt sich auf die Seite, hat etwas Fließendes im Blick. Für einen ganz kurzen Augenblick sieht es so aus, als sei sie auf dem Weg, sie zu küssen, aber sie hält inne, ihr ist eingefallen, dass Tiger ja nicht auf den Mund geküsst werden will.

*

Die Intimität hält in der Wohnung Einzug, schnell wie ein Insekt und mit Eiern, die nur einen Sonnenstrahl brauchen, um ausgebrütet zu sein. Beinahe selbstbefruchtend kann das sein. Wenn sie sich erst einmal gezeigt hat, gewissermaßen, dann gibt es sie überall. So ist es jedenfalls für Kimmy. Intimität ist in der Hand, die Tiger im ersten Morgenlicht über den Rücken streichelt, in der Hand, die ihr Kaffee ans Bett bringt, die den Frühstückstisch mit warmen Brötchen aus der Bäckerei an der Ecke deckt und die das Obst in kleine Würfel schneidet und diese in eine Schale legt. Intimität ist in allem, was Kimmy in Ordnung bringt und womit sie aufwartet, und Tiger merkt, dass sie wie angesteckt ist davon. Dass sie es nicht nur genau damit nimmt, sich für alles, was Kimmy ihr serviert, zu bedanken und ihr Komplimente dafür zu machen, sondern dass die Dankbarkeit nur so aus ihr heraussprudelt auf eine aufrichtige und spontane Art. Dass sie öfter und ganz von selbst Kimmy berührt, gerne ganz oben am Rücken oder ganz unten. Dass sie sich bei intimen Scherzen ertappt – kleine komische Geschenke, symbolische Witze, Popcorn zu jeder Tageszeit. Und, genau so, als wäre es die Anfangsphase einer Beziehung mit einem neuen Mann, fällt ihr auf, dass sie an einem etwas überhygienischen Verhalten leidet, dass sie mindestens zwei Mal am Tag duscht und häufigen Gebrauch von ihrem Deo macht, sowie versucht, Geräusche zu vermeiden, wenn sie aufs Klo geht. Ganz gewöhnliche Sorgen und Bemühungen. Sie geben sich so süß, wie sie können, alle beide. Süß und empfänglich für diese Süße. In allem hier in der engen, weißen Wohnung lebt das Intime. Eine gierige und selbst atmende Lunge. Bis sie zur Tür hinausgehen.

*

Sie steht in einer Ecke des gigantischen Lagerhauses und sieht zu, wie Kimmy arbeitet, wie dieses Wesen der kolossalen Menge von Kinderkleidung standhält. Wie sie operiert und sortiert, delegiert und organisiert, ohne den Mut zu verlieren, der endlosen Aufgabe zum Trotz. Etwas mit ihrer Energie. Eine ganz einzigartige und echte Wärme. Sie sieht, wie die anderen zu ihr aufsehen. Wie ihre Führungskompetenz sie standhalten lässt. Vielleicht gibt es nichts Anziehenderes als Autonomie? *Führung* ist beinahe dasselbe wie *Lösung*. Kimmy kann leicht wie die Lösung aussehen.

Die Menge an Menschen, die Länge der Schlangen sollte es einfach für sie machen. Alles Mögliche kann zu einer Aufgabe werden. Spricht man nur lange genug mit jemandem, wird früher oder später *etwas* zutage treten. Man braucht nicht durch den Sturm gerudert zu sein oder aus einer übel zugerichteten Wunde geblutet zu haben. Man braucht nicht einmal auf der Flucht zu sein. *Jeder* hat etwas. Eine Scharte oder einen Bruch oder ein Loch. Der Riss in der

Erzählung, den man mit Abschweifungen zu tarnen oder hervorzuheben versucht – je nachdem, was man braucht, um ihn daran zu hindern, aufzubrechen. Jedes Gesicht eine Geschichte. In jeder Geschichte ein anderer Verlust. Dem Verlust ein Gesicht zu geben, ist im Grunde das, worum es in ihrem Job geht. Aufklärung ist erst dann etwas wert, wenn man ein Bild bekommt, in dem man sich wiedererkennen kann. Also kann man auch denken, dass Aufklärung nichts wert *ist*. Sie hat es viele Male gedacht.

Während sie in den Hallen und auf dem Vorplatz umhergeht, wo die Busse herbeiströmen, sieht sie ein, dass keiner der Menschen sie interessiert. Es spielt keine Rolle, woher oder aus welchen Verhältnissen sie kommen – es sind nur Leute – *andere Leute* –, die Tatsache, dass sie fremd sind, macht sie nicht notwendigerweise interessant – das, wovor sie fliehen, nicht liebenswert. Vielleicht hat sie in zu viele verweinte Augen geblickt.

Gibt es jemanden, der sich wirklich mehr um andere als um sich selbst sorgt, um andere als um die, die ihn selbst angehen, in jenen Phasen des Lebens, wo es zufällig wichtig wird, sich um *etwas* zu sorgen?

Sie setzt sich draußen auf den Boden, lehnt sich mit dem Rücken gegen die kalte Mauer, holt den Schreibblock heraus und schreibt, während ein Dutzend Menschen vorbeigehen – ein Anflug von reuigen Selbstvorwürfen: Es ist immer Zufall, zu wem man hinsieht oder wen man ansieht. Das Sehen ist nicht unpersönlich. Der Blick kann auf jedem Beliebigen landen. Sehe ich dich zufällig an, geht es trotzdem um mich. Sie schließt einen Moment lang die Augen, bevor sie den letzten Satz ausstreicht. Schreibt stattdessen: Immer, wenn ich dich ansehe, suche ich nach mir selbst.

Und sie lächelt ein wenig darüber. So etwas Mädchenhaftes zu schreiben.

Wieder drinnen in der Halle, beobachtet sie Kimmy, wie sie einem Vater mit zwei kleinen Mädchen Kleidung aushändigt. Der Vater sieht genauso aus wie die meisten anderen Väter hier, erschöpft und mutlos, mit Kindern, die längst begriffen haben, dass er keinen Grund mehr hat, weiterzumachen. Und wie Kimmy diese kleine Familie an der Hand nimmt, buchstäblich gesprochen – ihre geschickten Hände –, wie leicht und natürlich sie es wirken lässt, einem Kind über die Wange zu streicheln, das Kind dazu zu bringen, sich zu entspannen, für einen kurzen Moment seine unheimliche Welt zu vergessen. Sie selbst weiß nicht, wie man das macht, sie beherrscht diese Art der Hilfe nicht. Oder, *Hilfe?* – authentische Nähe zu Fremden. Aber Kimmy hat eine Mutter in sich – so wie die meisten Frauen glauben, eine zu haben, aber nur wenige es tatsächlich tun –, und dieses sanfte, mütterliche Wesen, das aus der Entfernung genauso gut maskulin aussehen kann, hat eine endlose Ausdehnung, eine grenzenlose Reichweite. Es ist diesen Armen, die nicht schlagen können, anzusehen, wie gut es ist, von ihnen umarmt zu werden. Kinder sehen das. Alle, die mit dem Bauch fühlen. Hier steht sie, diese Frau, die ihr eigenes Heimatland in der Hoffnung auf ein besseres Dasein verlassen hat – dieser gnadenlos mutige Mensch, der alles, was er über Gut und Böse weiß, zurückgelassen hat –, hier steht sie und macht das Dasein besser. Und als Kimmy eine Schachtel von einer Palette etwas weiter weg holt, als sie diese Schachtel für die kleinen Mädchen öffnet, die beim Anblick von rosa Kleidern zu strahlen beginnen, als der Vater eine Träne darüber vergießt, seine Kinder das erste Mal seit womöglich unversöhnlich langer Zeit lächeln zu sehen – da taucht es plötzlich in einem Meer aus unergründlichen Gedanken auf: *du solltest Mutter sein* –, genau da hebt Kimmy den Blick und sieht sie an. Wie ein Versprechen, ein Wissen. Die Barmherzigkeit ist völlig unpersönlich. Genuine Barmherzigkeit ebenfalls. Ich habe deine Fotze im Mund gehabt. Du hast mich die Nacht hindurch wie ein Kind gehalten. Es ist beinahe nicht möglich, darüber hinwegzukommen, wie einfach es ist, darüber hinwegzukommen. Verrückte Gedanken sind nicht verrückt.

Mehrere Male ist sie jetzt hier gewesen. In diesem Doppelleben, das von einer Außentür beschützt wird. Sie ist mit Kimmy hierher zur Warenannahme gekommen und hat nach dem Gesicht, der Stimmung, der Idee gesucht. Hat gesucht, vielleicht ohne eigentlich zu suchen, mit der irritierenden anderen Neugier unter der Haut. Jetzt, endlich, wird ihr klar – sie hat keine Lust mehr zu suchen, und sie sagt es, geradeheraus, mit nur einem winzigen Stich auf der Zunge. Ich will über dich schreiben, sagt sie. Sie haben den Kaffee mit nach draußen genommen. Der Lärm der Busse ist bei Tageslicht undeutlicher. Ich weiß, antwortet Kimmy. Nur so. Ich habe es die ganze Zeit gewusst. Und es bläst stürmisch, auch wenn die Wolkendecke von einem Sonnenstrahl durchbrochen wird. Tiger hustet, hat sich in den letzten Tagen einen Husten eingefangen. Komm, wir gehen hinein, sagt Kimmy und legt ihr eine Hand in den Nacken. Du bist im Begriff, krank zu werden. Komm, gehen wir hinein ins Warme. Und sie gehen durch die wimmelnde Lagerhalle, durch das dichte Gedränge, den Lärm, vorbei an den unterschiedlichen Bereichen mit

Waren, wo sich Leute und Leute und noch mehr Leute versammelt haben. Körper ohne Land, ohne Haus, ohne Dinge. Gesichter, die noch auf dem Kissen in einem Zimmer liegen, das es nicht mehr gibt. Als wäre bei einigen die Haut über das falsche Gesicht gelegt worden. Ist das nicht merkwürdig, sagt Kimmy, wie alle hier im Land für die Kinder spenden – schau –, und sie nickt in Richtung der Haufen von Menschen, die sich ein wenig um Hosen, Jacken, Schuhe streiten –, es gibt nicht genug für die Erwachsenen, und immer noch treffen massenweise Kinderkleidung und Spielsachen ein – es kommt so viel für die Kinder, dass wir nicht einmal genug Platz haben, um es zu lagern, aber für eine arme, alte Dame lässt sich nicht mehr als eine Strumpfhose auftreiben. Mit alltäglicher Leichtigkeit spricht sie und mit der sanften Sicherheit, die sie kennzeichnet: Keiner will Kinder auf seinem Gewissen haben.

Und du, willst du keine Kinder? Es bricht aus ihr heraus, bevor sie sich besinnen kann. Normalerweise fragt sie nie nach so etwas, jedenfalls nicht in unpassenden Situationen wie dieser. Erwachsene ohne Kinder wissen es besser. Aber Kimmy sieht nicht so aus, als würde sie das sonderlich stören. Nein, antwortet sie, als wäre es offensichtlich. Wieder, diese Sanftheit. Diese gutmütige, völlig unbefangene Sanftheit. Das ist keine Welt für Kinder.

*

Bereits in der U-Bahn auf dem Weg nach Hause beginnt sie. Sie ist erleichtert darüber, dass sie nicht wieder zurück in die Warenannahme muss. Erleichtert über das, was sich ergeben hat, dass endlich etwas gesichert ist. Sie will jetzt alles über Kimmy wissen. So ist sie. Wenn sie sich erst einmal entschieden hat, will sie sich der Aufgabe stellen. Dann – und sie rechnet damit, dass Kimmy das versteht – wird es keine Grenzen mehr geben zwischen Freizeit und Arbeit, Aufgabe und Person. Du kannst schreiben, was du willst, hat Kimmy gesagt. Von mir aus, was du willst. Ich werde es ja ohnehin nicht lesen können, oder? Ein eigener Raum für die Wahrheit ist diese Form des Absegnens.

Und die Fragen schießen nur so aus ihr heraus, wie man eine Waffe zur Probe abfeuert. Sie notiert nichts, nimmt nichts auf, fragt nur, um zu hören, ob sie etwas trifft. Wie bist du rausgekommen? Wer hat dir mit den Papieren geholfen? Mit welcher Genehmigung lebst du hier? Was gibt dir ein Recht auf Aufenthalt? Sie gehen spazieren, kaufen ein, kochen, essen zu Abend, und die ganze Zeit reden sie in ununterbrochenen Abfolgen von Fragen und disparaten Antworten. Ich habe Glück, sagt Kimmy. Du bist mutig, sagt Tiger.

Nach dem Essen verlassen sie die Wohnung und gehen das enge, stickige Treppenhaus hinunter. Arm in Arm, während sie die Straße hinüber zum Pub überqueren. Die Ofenbar, nennen sie ihn, auch wenn er einen anderen Namen hat. Der Barkeeper empfängt sie mit einem Lächeln, als sie hereinkommen. Ein paar der anderen Stammgäste lächeln auch freundlich. Erst da denkt Tiger darüber nach; keiner, der uns sieht, sieht etwas anderes, als dass wir ein Paar sind. Ein Vogel in der Brust, dieser Schlag. Wie der nachlassende Flügelschlag eines Adlers. Wir sind jetzt zur Tür hinaus, und trotzdem ist uns das Zuhause gefolgt. So, wie heimliche Räume sich verzweigen. Wahrscheinlich sehen wir ziemlich glücklich aus.

Willst du, dass ich dich küsse, fragt Tiger. Sie sitzt an die Wand des Ofens gelehnt, die Wärme kann ihr in den Kopf gestiegen sein. Du, die du aus einem Land kommst, wo du noch nicht einmal mit der Person, die du liebst, auf der Straße Hand in Hand gehen konntest – fehlt es dir nicht, es zeigen zu können? Kimmy sieht sie mit großen Augen an, sagt, gib auf – und mit einem merkwürdigen Kichern –, du bist es doch, die mit niemandem Händchen halten will. Herrgott, schnaubt sie, du küsst ja noch nicht einmal gern.

Willst du, dass ich dich küsse, fragt Tiger wieder. Hier. Jetzt. Ich könnte es für dich tun, bricht es aus ihr heraus. Eine ungewohnt lustige Art, ihre Stimme zu gebrauchen. Kimmy sieht ein wenig gequält aus, ein wenig flau. Du wirst es vermeiden können, antwortet sie. Das verletzte Lächeln. So typisch für das, was man Liebe nennt.

Und weiter. Etwas so Utopisches wie ein Augenblick von Zeitlosigkeit?

Nicht hastig, sondern warm und aufrichtig gibt sie Kimmy das, von dem sie glaubt, dass sie es haben will, von dem sie meint, dass sie es verdient. Langsam und umständlich tut sie es, sodass sie es nie zurücknehmen wird können. Sie lehnt sich zu ihr, legt die eine Hand in ihren Nacken, die andere auf die Wange, und dann küsst sie sie – still und zärtlich, ohne Zaudern und ganz offensichtlich –, so wie schöne Menschen es verdienen, geküsst zu werden, sodass alle sehen können, wie schön sie sind. Ein Mal. Sodass man erkennt, was dieser Zärtlichkeit zugrunde liegt.

Erzähl mir was, sagt Tiger. Sie haben sich gerade erst wieder in ihren Stühlen zurückgelehnt, haben sich gerade erst den Kuss abgetrocknet, und sie ist wieder bei der Sache.

Erzähl über dein Leben in Afrika. Kimmy reißt die Augen auf. *Afrika*. Pfui Teufel, du bist weißer, als ich dachte, prustet sie und versprüht Wein mit dem Mund. Tiger muss ein bisschen lachen, auch sie, nimmt den Faden aber schnell wieder auf. Ich meine es ernst, sagt sie – zeichne mir ein Bild davon, wie dein Alltag ausgesehen hat – erzähl von dem Haus, dem Garten, den Löwen im Garten –, sie lehnt sich zu ihr hinüber, nein, zwinkert sie, nicht den Löwen im Garten, aber gib mir ein Bild.

Alles ist leicht und beinahe durchsichtig. Sie sind zwei angeheiterte Frauen in einem Pub in einer Stadt, die für keine von beiden ihr Zuhause ist. So eine kindische Freiheit. Gekünstelte und erkämpfte, geraubte Freiheit. Okay, sagt Kimmy, ich werde erzählen, aber zuerst brauchen wir mehr zu trinken. Und sie versucht, in der Landessprache zu bestellen, auch wenn sie sie nicht besonders gut beherrscht, ersetzt alle Wörter, die sie nicht kann, mit *bitte* und *danke*, und der Barkeeper muss deswegen grinsen, und es ist so gut, hier zu sein, ohne eine Spur von Furcht vor irgendetwas. Tiger trinkt Bier mit einem beinahe so hohen Alkoholgehalt wie Kimmys Wein, und Kimmy beginnt über das Haus mit Aussicht auf den grünen Berg zu erzählen. Wir waren fünf Mädchen, sagt sie und leiert eine Reihe von Namen herunter – fünf Mädchen in einer Frauen-WG –, und Tiger hört nicht zu, verfolgt aber trotzdem mit, was Kimmy sagt, verfolgt mit, wie die Nostalgie sie erfüllt. Nostalgie oder etwas Ähnliches. Sie redet und redet über den Strand und das Baden und das Feiern und die Ferien. Jahrelange Freundschaften zwischen dem Berg und dem Park unterhalb des Bergs. Jahrelang Stunden zwischen dem Strand und dem Heimweg vom Strand, zwischen dem Land und dem, was Landschaft heißt.

Dann. Eine jähe, anspruchsvolle Stille. So kommt die Ruhe oder die Ernsthaftigkeit. Ich habe nicht geglaubt, dass du dorthin zurückwillst, sagt Tiger. Kimmy sieht sie verständnislos an. Nein, ich will nicht dorthin zurück. Und jetzt muss sie fragen. Jetzt oder vielleicht nie. Ein Augenblick, in dem verschlossene Türen einen Spalt weit geöffnet sind. Tiger beherrscht solche Augenblicke. Nicht nur beherrscht sie sie, sie *erschafft* sie. Sie, die von inneren Konflikten lebt.

Ich hatte aufgehört, im Park zu laufen, und stattdessen begonnen, am Strand zu laufen. Ich kam gelaufen, so wie ich es für gewöhnlich tat. Es war dunstig, früh am Morgen. Die Sonne stand noch tief. Der Strand lag verlassen da.

Kimmy spricht mit mäßiger, beinahe nüchterner Stimme. Ihre Hände liegen ruhig auf der Tischkante.

Alles sah gewöhnlich aus. Zuerst sah ich nichts. Oder, ich bemerkte etwas am Ufer – ein Bündel, einen Klumpen, ein Stück Holz –, aber ich dachte nicht weiter darüber nach, das Meer spült ja so viel Seltsames an Land, es hätte was auch immer sein können. Merkwürdig, im Grunde genommen, sagt Kimmy, mir kam der Gedanken nicht einmal. Obwohl man so viele solche Geschichten gehört hat. Obwohl man weiß, dass diese Dinge *passieren.*

Sie nimmt einen Schluck aus dem Wasserglas, das bis dahin unberührt da gestanden hat. Sie richtet sich auf, rutscht dichter an die Stuhllehne zurück.

Du kamst gelaufen …?

Ich kam gelaufen. Das Meer war an diesem Morgen ruhig. Und dann lag da ein Kind. Es war ein Neugeborenes, nur ein paar Stunden alt, die Nabelschnur zerrissen, es rollte in der Gischt der Wellen herum. Ich sah sofort, dass es tot war.

Da lag ein totes Kind?

Ja. Da lag ein totes Kind. Und sie hebt flink den Blick, bevor sie ihn wieder senkt. Hast du schon einmal ein totes Kind gesehen? Nicht? Nun, da gibt es nicht viel zu sehen. Ein totes Kind ist nichts, über das man sich Gedanken machen muss. Der Tod hat eine sehr einfache Farbe.

Du kamst am Strand entlanggelaufen und fandest ein tot geborenes Baby am Ufer?

Nein, das habe ich nicht gesagt, korrigiert Kimmy – und sie werfen sich in der beißenden Stille einen raschen Blick zu –, ich fand ein totes, neugeborenes Baby am Ufer, so war das.

Aber, mein Gott, stottert Tiger, was hast du getan?

Kimmy zuckt die Achseln. Ich rief die Polizei an, die höchstwahrscheinlich nie aufgetaucht ist, und dann ging ich weg.

Du gingst weg?

Ja. Sie zuckt wieder die Achseln, hebt die Augenbrauen. Was meinst du, hätte ich tun sollen?

Ich muss aufs Klo, sagt Tiger. Sie muss nicht, aber sie braucht eine Pause, muss ihre Sachlichkeit zurückgewinnen. Zum Glück gibt es eine Schlange. Und Kimmy sieht aufsehenerregend wach aus, als sie zurückkommt. Geht es dir gut, fragt sie.

Wie sah das Kind aus?

Tiger fragt mit einer gewissen Entrüstung danach. Welche Bedeutung haben Geschlecht und Hautfarbe, wenn ein Kind aus den Wellen gezogen wird? Ein Baby ist ein Baby, offensichtlich, aber sie fragt trotzdem, kann nicht anders, ob es ein Junge oder ein Mädchen war und ob das Baby schwarz oder weiß war. Vielleicht muss sie die Geschichte realer machen – falls es ihr gelingt, sie sich zu merken –, vielleicht braucht sie besondere Merkmale, um überhaupt in der Lage zu sein, sie in sich aufzunehmen. Denn sie will sie doch in sich aufnehmen, diese Geschichte? Kimmy sieht sie nachdenklich an, nachgiebig. Sie trinkt noch etwas Wasser, räuspert sich, bevor sie ihren Blick auf sie richtet. Es gibt kein Schwarz und Weiß, wo ich herkomme, sagt sie, es gibt nur Weiß und Nicht-Weiß. Endlich mit einem Zug von etwas Abwesendem im Blick. Tiger braucht das. Eine nicht ganz so resolute Behandlung des Bösen.

*Wie sah das Kind aus?*

Kimmy greift wieder nach der Tischkante. Sie hat Bindfaden um den Hals und Sandkörner auf den Stimmbändern: Das Kind, das ein Mensch ist, das aber allen anderen Kindern gleicht, den Kindern aller anderen – dieser kleine Mensch mit seinen ganz gewöhnlichen winzigen Händen, die danach greifen, um besonders zu werden –, erkennst du es nicht wieder? Das Kind, das hervortritt, das sich irgendwie in den Massen von anderen Kindern verdeutlicht – in Abwesenheit von anderen Erwachsenen –, das Kind in seiner ganz allgemeinen Unschuld – ist das nicht dein Kind?

*

In den Tagen, die folgen, wird Tiger von ungewöhnlich hohem Fieber erfasst. Kimmy zufolge ist das nicht überraschend – du hast ja schon lange gekränkelt, merkt sie an. Aber üblicherweise wird sie nicht krank, jedenfalls will sie es nur ungern zugeben, und nur höchst widerwillig will sie irgendeine Form von Pflege akzeptieren. Es ist nur eine kleine Verkühlung, sagt sie. Aber Kimmy will nichts davon hören.

Sie kommt mit Tee zu ihr. Kein Kaffee, wie an den anderen Morgen, sondern Tee, mit Honig und Zitrone und Ingwer. Sie setzt sich auf die Bettkante und legt eine Hand auf ihre Stirn. Uff, du verbrennst ja, seufzt sie, diese Mutterfigur. Und streichelt ihr mit kühlen Fingern über die Wange, fährt ihr mit der Hand durch das verschwitzte Haar. Jetzt wirst du dich nur ausruhen, sagt sie, jetzt wirst du dich nur entspannen und ausschlafen. Lass mich auf dich achtgeben. Lass mich dir geben, was du brauchst. Und Kimmy ist so umsichtig, so unübersehbar fürsorglich, vielleicht fühlt Tiger, dass sie keine andere Wahl hat, als liegenzubleiben. Irgendwo muss die Fürsorge ja hingehen.

Während Kimmy bei der Annahme ist und Kinderkleidung sortiert, hat Tiger die Wohnung für sich. Die Tage werden im Bett verbracht. Sie schläft, wacht auf, sieht an die Decke. Manchmal spricht sie mit dem Raum, philosophiert ein bisschen oder weint ein wenig. Sie ist zu müde, um zu lesen, zu benommen, um Wissen in sich aufzunehmen. Sie hat genug damit zu tun, sich zwischen Verlusten und Erinnerungen zu bewegen, zu versuchen, sowohl Vergangenheit als auch Zukunft auf Distanz zu halten. Sie treibt hinein und hinaus aus dem Traumland, *wie lange kann ich eigentlich hier bleiben?*, von dem Augenblick, wenn Kimmy die Wohnung verlässt, bis sie sie die Treppe wieder heraufkommen hört. Sie erkennt ihre Schritte jetzt wieder. Schnelle, fliegende Schritte, leichter als die der Nachbarn. Wie ein Junge im Alter von zwölf, zu emsig für seinen eigenen Körper, so hört sie sich an. Unmöglicher Enthusiasmus.

Eines Tages kommt Kimmy nach Hause und findet sie tränenerstickt und total verheult. Sie hat weder die Kraft, Kimmys Blick zu erwidern, noch sie wegzuschicken. Sag mir, was los ist, bittet Kimmy und beginnt, sie zu streicheln. Zum Glück merkt sie schnell, dass das nicht erwünscht ist. Tiger schnäuzt sich in einen Fetzen, den sie unter dem Kissen hat. Unappetitlicher hat sie sich selten gefühlt. Aber Kimmy ist warm und lächelt. *You're going all girl on me, Tiger.* Das bringt sie beide zum Lachen. Herrgott, schluchzt Tiger, sieh mich an. Und Kimmy lächelt noch mehr. Direkt hinein, dieses Lächeln. Und dann lässt sie es kommen, das, was gerade jetzt im Begriff ist, sie zu ersticken. Wir sind wie Larven, weint sie. Ich bin eine beschissene Made, die von einer Larve frisst, nur um das Loch auszufüllen, wo die vorhergehende Made einen Bissen von mir genommen hat. Es sollte eine Warnung vor solchen wie mir geben, verstehst du das nicht?

Kimmy sieht sie mutlos an, voller Güte. Kimmy, die eine Antwort auf alles hat. Natürlich sind wir Larven, sagt sie. Natürlich sind wir Larven und Maden – wir sind doch Menschen. Aber eines sollst du wissen – und sie legt ihre Hand, ihre winzige Mädchenhand jetzt auf Tigers Herz, hart und nachdrücklich: Ich habe nichts dagegen, deine Larve zu sein.

Sie sind Frauen, Patientin und Krankenschwester, in einem großen, weichen Bett in einer weißen, kleinen Wohnung. Sie wohnen in diesem Bett, essen und trinken dort, schwimmen und träumen, als gäbe es die riesige Stadt dort draußen gar nicht. Kimmy presst Saft aus und schneidet Obst in kleine Scheiben, damit es für Tiger einfacher ist, sie zu sich zu nehmen. Sie geht in die Apotheke, um Hustensaft zu kaufen, und kocht Gemüsesuppe in einem riesigen Kessel. Das sollte eigentlich Tigerbalsam sein, sagt sie, als sie ihre Stirn mit Eukalyptusöl einreibt. Es gibt keine Grenzen. Die Intimität ist in allem, sogar in den Versuchen, nicht intim zu sein. Oder vielleicht besonders da. Kimmy und ihr kleiner, gieriger Mund. Kimmy mit den feuchten, warmen Lippen. Die hungrige, schmächtige Frau trinkt von ihr. Trinkt und trinkt, egal, wie schlapp Tiger sich fühlt und auch, wenn sie es sagt. Egal, wie sehr Tiger im Fieberdelirium ist. Stell dir vor, es läge an *ihr*. Tiger will nicht so denken, aber sie kann nicht anders. Samen einer nordischen Durchschnittskultur. Alles, was es in *Afrika* gibt. Alles, was wächst und weiterwachsen kann. Hepatitis und Streptokokken. Gelbfieber. Schwarze Mamba. *Was, wenn sie mich krank macht?* Sie hat von Lecktüchern gehört. Das war nie Teil ihres Vokabulars, aber jetzt fragt sie sich, ob sie nicht welche hätten verwenden sollen. Kann eine Frau eine andere Frau krank machen? Können Frauen, die sich bei Männern angesteckt haben, das weitergeben? Sie hat bis jetzt noch nicht einmal daran gedacht.

All diese Liebe. Ganze Nächte hindurch mit unverstellter Not. Sie hat Lust, ihr zuzurufen, halts Maul, aber man kann niemandem halts Maul zurufen, der nichts sagt. Nimm mich oder fick mich oder füll mich? Man sagt so etwas nicht zu jemandem, der das nicht kann.

Und das macht sie sonderbar traurig. Irgendwo in dem fieberheißen Nebel, irgendwann, als Kimmy dort unten liegt und sie leckt, hebt sie den Kopf und begegnet ihrem leidenden Blick. Du musst der einsamste Mensch der Welt sein, denkt Tiger da. Und weiter? Nein. Sie bringt nicht die Kraft auf, weiterzudenken.

Wo soll die Liebe bleiben, nach der Liebe? Am selben Ort wie die Gewalt, antwortet Kimmy – an einem guten Ort. Einem guten Ort? Nach der Liebe sind doch alle guten Orte fort, sagt Tiger. Meinst du das wirklich? Ja. Und was nicht fort ist, ist dabei zu verschwinden. Alles? Absolut alles. So, so, sagt Kimmy, du bist im Delirium.

Und vielleicht ist sie das. Delirium. In den Nächten, wenn es schwarz ist, sieht sie Frauen an den Strand gehen, um zu gebären. Frauen, die gebären, um dann wegzugehen. Endlose Abfolgen von Neugeborenen am Ufer. Und das große, fressende, brüllende Meer – sie hört es – wirklich –, am Morgen ist sie klatschnass, voller Salz, Erde im Mund.

*

Als Kimmy ihre Tage bekommt, nimmt ihr Appetit ab, und Tigers Körpertemperatur wird wieder normal. Automatisch wird wieder mehr geredet, es gibt weniger Gemütlichkeit. Über alles sprechen sie, dies und jenes, auch über die monatliche Blutung, darüber, wie unbrauchbar sie ist. Eine sinnlose Sudelei jeden beschissenen Monat, sagt Tiger, und Kimmy muss lächeln. Sie sind zwei Erwachsene, die im Bett schwatzen. Frauen mit grünem Tee und dunkler Schokolade, die einander Erwachsenengeschichten erzählen. Einmal, sagt Tiger, traf ich einen Typen, der mich lecken wollte, obwohl ich blutete. Beide sind sich einig, dass das ziemlich krank ist. Keine von ihnen hätte in Erwägung gezogen, auch nur in die Nähe des Menstruationsbluts einer anderen Frau zu kommen. Eigentlich ist das ja ein bisschen seltsam, sagt Kimmy, seltsam, dass wir es als so schmutzig betrachten – und sie erzählt von Teilen der Welt, wo Frauen, die bluten, in eigenen Hütten wohnen müssen, außerhalb ihres Dorfes – aber, eigene Hütten oder nicht, findet Tiger nicht, dass es seltsam ist, es als schmutzig anzusehen. Es *ist* ja schmutzig, sagt Tiger. Alles, was den Körper verlässt, ist Abfall. Warum sollte man mit Abfallstoffen verkehren wollen, wenn man nicht muss? Kimmy lächelt wieder. Das verschmitzte Lächeln. Nun, sagt sie, ich weiß nicht, ob ich es Abfall nennen würde – diejenigen, die Ahnung davon haben, sagen, es sei extrem nahrhaft –, und sie erzählt von einem der Mädchen, mit dem sie in der WG unterhalb des grünen Berges zusammengewohnt hat, die eine Menstruationstasse verwendete und konsequent jeden Monat die Pflanzen im Haus mit ihrem Menstruationsblut goss. Ich schwöre dir, sagt Kimmy, wir hatten einige Pflanzen, nahezu unsterblich waren sie, während Tiger sich totlacht.

Was ist übrigens aus dem geworden, der dich lecken wollte? Tiger hört jäh zu lachen auf. Pfui, was glaubst du denn, fragt sie zurück. Herrgott, ich habe natürlich Nein gesagt. Kimmy nickt. Wusstest du, dass annähernd drei Viertel aller Frauen auf der Welt ihre Tage ungefähr gleichzeitig haben? Das hat mit dem Mond zu tun, sagt sie – mit dem Licht und der Schwerkraft. Unsere Eizellen reifen im Takt mit dem Mondlicht, und der Eisprung erfolgt, wenn der Mond voll ist. So war es jedenfalls für die Urfrau, bevor das elektrische Licht die Dunkelheit zerstörte, bevor die schwindende Dunkelheit uns zerstörte. Wir waren wie Wölfe. Bei Vollmond kamen Männer gelaufen, um uns zu vergewaltigen. Zu vergewaltigen und Kinder in die Welt zu setzen.

Wann bekommst du deine Tage? Tiger ist sich nicht ganz sicher, aber sie glaubt, es ist ziemlich bald so weit.

Und das glaubt Kimmy auch. Frauen, die zusammenleben, synchronisieren ihre Zyklen. Wenn man es praktisch betrachtet, ist der Körper sehr kooperationswillig, sagt sie. Warte nur ab. Bald bluten wir gleichzeitig.

Kimmy arbeitet jetzt kürzer. Tiger gefällt es im Grunde genommen nicht, dass sie früher nach Hause kommt, aber was soll sie sagen – es ist trotz allem Kimmy, die hier wohnt. Die Spenden haben abgenommen, selbst für Kinderkleidung. Die Leute haben bereits gegeben, was sie zu geben hatten, sagt Kimmy. Es ist nur eine Frage der Zeit, bis die Schlangen kürzer werden. Keiner will kommen, wenn es nichts zu verteilen gibt.

Aber sie besteht darauf, dass Tiger weiterarbeiten muss. Ich will dich nicht stören, sagt sie, will deiner Aufgabe nicht in die Quere kommen. Auch wenn sie wohl begreift, dass es genau das ist, was sie tut – in die Quere kommen. Wie läuft es eigentlich? Nimmt die Geschichte langsam Form an? Nur ihr Gesicht vor sich zu haben, bewirkt schon, dass Tiger den Computer zuklappen muss. Ich weiß noch nicht, antwortet sie. Ich weiß nie, was ich mache, bevor es fertig ist.

Ist das wirklich wahr, das mit dem Kind am Strand?

Sie weiß, sie sollte nicht fragen, und dass es offensichtlich schief rüberkommen kann, aber es poltert aus ihr heraus, und als die Frage erst einmal gestellt ist, muss sie die Strafe akzeptieren.

Warum sollte es nicht wahr sein?

Nein, tut mir leid, stottert Tiger, ich fand nur, es hört sich nach ein bisschen viel an. Oder, vergiss es, korrigiert sie sich, ich habe es nicht so gemeint. Aber es ist zu spät.

Ein bisschen *viel* – für was, fragt Kimmy – für deine Geschichte? Sie steht mit verschränkten Armen vor ihr. Sie hätte genauso gut ausspucken können, so aufgebracht ist sie. Ist das zu schrecklich, wenn es *sowohl* das Mädchen, das im Park vergewaltigt wurde, gibt, *als auch* das tote Baby am Strand? Passt das nicht hinein in deine westliche Auffassung von der Wirklichkeit, deine egalitäre Idee von realistischer Wahrscheinlichkeit? Oder denkst du an die Ästhetik der Sache? Sie schnaubt lauthals, macht einen Schritt zurück. Hast du Angst, es könnte auf Kosten der Glaubwürdigkeit gehen? Dass die Leser in deinem Land es geschmacklos finden werden, nicht nur, dass der Brutalität zu viel Platz eingeräumt wird, sondern dass Leute, die sich auskennen, behaupten werden, dass der Kontext, in den du sie setzt, zu weit hergeholt ist? *Too bad, Tiger, you might have to kill your darlings.*

Diese Art von Zusammenstoß frontal angehen oder in sie hineinstürzen?

Kimmy setzt sich. Atmet aus. Lässt das Höhnische ruhen. Ich weiß, sagt sie, dass es nicht von dir abhängt. Es liegt nicht in deiner Hand, was die Stadt erträgt. Aber das ist *meine* Erzählung. Du erzählst, wie du willst, okay – alle *erzählen*, wie sie wollen –, aber es ist mein Leben, von dem du erzählst. Und. Sie schaut aus dem Fenster, bevor sie schließt: Mein Leben oder unseres: Dort, wo du herkommst, ist die Wirklichkeit nur ein Hintergrund für Märchen. Dort, wo ich herkomme, gibt es keine Märchen in der Wirklichkeit.

Sie sehen einander mit nachdrücklicher Freundlichkeit an. *Können wir wieder vergessen, wie fremd wir sind?* Tiger zwinkert verspielt, so wie sie es beherrscht. Bist du immer so zickig, wenn du deine Tage hast? Fuck off, sagt Kimmy. Glücklicherweise lächeln sie, beide.

*

Vermutlich muss es geschehen. Früher oder später in einer *Beziehung* muss die Umgebung integriert werden. Tiger weiß nicht genau, was sie davon halten soll. Früher oder später verändert man sich in der Umgebung zu dem, als der man gesehen wird.

Ich wusste nicht, dass du Freunde hast, sagt sie, gleichsam im Spaß. Kimmy ulkt nicht zurück. Glaubst du, ich habe nichts anderes getan, als Kleider zu sortieren, seit ich hierhergekommen bin, fragt sie. Tiger muss sich auf die Lippe beißen. Natürlich nicht, antwortet sie. Natürlich habe ich das nicht geglaubt, aber ich weiß ja so gut wie nichts über dein Leben hier.

Sie gehen durch den Mauerpark. Kimmy hat ihr alles geliehen, was sie an Wollklamotten hat, und Tiger tut, was sie kann, um den Eindruck zu erwecken, dass sie nicht friert. Niemand hat sich je so gut um sie gekümmert wie Kimmy. Sie möchte nicht zugeben, dass es keine dauerhaften Ergebnisse gezeitigt hat.

Nachdem sie sich die Glühbirneninstallation in der Kunstschule in der Kastanienallee angesehen haben, ist Tiger durstig. Sie war zu wirr im Kopf, um etwas mit der Kunst anzufangen, hat aber trotzdem Wert darauf gelegt, sich von der Arbeit und den Ideen anderer Menschen erfüllen zu lassen, wenn auch auf eine willkürliche und unseriöse, wenig respektvolle Art. Kimmy sagt, das Ganze war eine Huldigung an Thomas Edison. Das hat

Tiger nicht einmal mitbekommen. Nur ein ganzer Haufen Glühbirnen in gewöhnlichen und aufsehenerregenden Formationen.

Sie essen in einem der vielen italienischen Lokale in der Gegend. Überraschend billige und gute Pizza. Und dann nimmt sie das mit den Freunden wieder auf. Sie würden dich ja gern einmal treffen, sagt sie. *Sie?* Ja. Und sie kennt ein cooles Lokal, wo sie alle zusammen hingehen könnten. Wie wäre es mit Samstag?

Mit jedem Bier, das sie trinkt, fühlt es sich leichter an. Offensichtlich hätte sie sich nie so lang in der Wohnung aufhalten sollen – Kimmys ganze Krankenpflege hätte sie beinahe fertiggemacht. Klar will ich deine Freunde treffen, sagt sie. Es ist das einzig Mögliche. Das einzig Denkbare. Und Kimmy sieht sie mit verträumten Augen an. Sie sind ein Paar in einer Gaststätte mit dunkler Beleuchtung. Sie bettelt darum, sie hat diesen Blick. Tiger kennt sie jetzt. Wie die Zukunft ihr spiegelglattes Haus um ihr weiches, kleines Mädchenherz spinnt.

Sie kehren immer wieder zur Liebe zurück. Zu dem, was in früheren Beziehungen schiefgelaufen ist. Oder der Frage, ob die früheren Beziehungen vielleicht von Anfang an nicht das Richtige waren. Kräfteraubende Konstellationen. Unergründliche Zweifel. Was magst du eigentlich an mir? Zu ihrer eigenen Überraschung fragt Tiger danach, sieht aber unmittelbar danach an Kimmys von Süße erfülltem Lächeln, wie falsch es rüberkommt. Das Letzte, was sie will, ist ein Abarbeiten von Qualitäten und Attributen. Das Letzte, was sie braucht, sind Beweise. Nein, unterbricht sie, als Kimmy antworten will, ich meine, auf welche Art von Frauen stehst du für gewöhnlich?

Kimmy sieht verwundert aus, beinahe mitgenommen. *Für gewöhnlich?* Glaubst du, es ist so einfach? Sie muss wegsehen und ihren Blick klären, bevor sie es schafft, Tiger wieder in die Augen zu schauen. Muss einen riesigen Schluck Wein nehmen, bevor sie die Kraft hat zu sprechen. Zuerst einmal, beginnt sie, stehe ich nicht auf *Frauen* – ich stehe auf Menschen. Des Weiteren – aber Tiger lässt sie nicht ausreden, Tiger beginnt zu lachen. Nicht höhnisch, aber genauso vollmundig, sie lacht über das, was Kimmy gesagt hat. Herrgott, sagt sie, mit steigenden Promille in ihrem Blut – kannst du die Sachen nicht beim Namen nennen –, wäre ich flachbrüstig und hätte einen Schwanz, hättest du mich nicht gemocht, oder? Und noch einmal muss Kimmy wegsehen. Noch enttäuschter jetzt. Vielleicht nicht, antwortet sie geistesabwesend, sieht sich im Raum nach den anderen Paaren in derselben dunklen Beleuchtung um, bevor sie sich jäh aufrichtet – das ist es, was so traurig ist, sagt sie – denn wäre es umgekehrt – wäre *ich* flachbrüstig und hätte einen Schwanz, würdest du mich lieber mögen. Und Kimmy gönnt sich keine Pause, bevor sie fortfährt, beinahe wütend: Weißt du, was mein Schicksal im Leben ist? Ihre Stimme ist hart, plötzlich älter – mein Schicksal ist, dass ich mich in solche wie dich verknalle – MENSCHEN, die aussehen wie Frauen, sich aber wie Männer aufführen –, Frauen, die trotz ihres hohen Testosteronspiegels sinnlich und feminin sind – toughe, kecke, *heterophile* Frauen – das ist mein beschissener Fluch im Leben.

Sie sehen einander an, ohne zu blinzeln. Tiger ist die Erste, die den Blick senkt. Woher weißt du, dass ich einen hohen Testosteronspiegel habe, fragt sie. Das habe ich sofort gesehen, antwortet Kimmy, und seitdem habe ich es gerochen.

*

Als der Samstag kommt, fühlt sich Tiger wieder sicherer. Sie hat in den letzten Tagen einiges gearbeitet und außerdem diverse Sehenswürdigkeiten besucht. Bevor sie ausgehen, während Tiger sich schminkt, nehmen sie ein paar Drinks und hören Musik. Wie gewöhnliche Freundinnen es tun.

Was lässt Frauen glauben, dass sie nicht schön sind, bevor sie nicht ihr ganzes Gesicht eingefärbt haben, fragt Kimmy. Hör mit deiner feministischen Nörgelei auf, quakt Tiger und verdreht die Augen. Dir würde ein bisschen Farbe auch nicht schaden, neckt sie. Kimmy nimmt ihr den Lippenstift aus der Hand, trägt ihn viel zu dick auf und macht einen Schmollmund. So beschäftigen sie sich. Grimassen und Staffagen.

Sie gehen durch eine ungewöhnlich schmale Straße. Mit Kopfsteinpflaster und einem offenen Abenteuerspielplatz linker Hand. Ausnahmsweise einmal ist es windstill. Angenehme Temperaturen.

Ist es in Ordnung, wenn ich dich als Tiger vorstelle? Kimmy formuliert auffallend allgemein – ich schaffe es ja ohnehin nicht, deinen Namen ordentlich auszusprechen –, als würde sie unterstreichen, dass es keine Entschuldigung für die Allgemeinheit des Unausgesprochenen ist. Die Abwesenheit konkreter Merkmale. Ist in Ordnung für mich, antwortet Tiger.

Die Freunde sind nur Frauen. Und nur Paare. Vielleicht hätte sie das voraussehen müssen oder danach fragen – sie hätte fragen können. Wir? Was soll das bedeuten? Aber jetzt ist es selbstverständlich zu spät, um zu fragen. Bereits während der Begrüßungsrunde, in dem Schwall von Entgegenkommen, der ihr – wie es scheint – begegnet, weiß sie ganz unmittelbar, dass das etwas anderes ist als eine Clique von Freundinnen, die gemeinsam ausgehen. Kimmy ist nahezu on fire. Sie stehen in einem Festsaal mit Kronleuchter unter der Decke und stoffbespannten, hellrosa Wänden – eines jener Lokale aus der Kriegszeit, die in dieser Stadt immer noch in Verwendung sind –, sie stehen in diesem funkelnden, glimmenden Raum – eine stolze Freude hat Kimmy ergriffen, sie breitet sich in ihr aus, als wäre etwas in sie gefahren –, was in aller Welt hat sie erzählt, denkt sich Tiger.

Eine ganze Weile wird Tiger ihrer Rolle gerecht. Während der ersten Drinks sitzen sie eng beieinander und unterhalten sich glühend. Sie achtet darauf, eine Hand auf Kimmys Rücken zu legen. Sie ertappt sich dabei, ihr übers Ohr zu streichen. Alle Freundinnen sehen, dass sie es gut haben. Alle Freundinnen sehen, dass sie *etwas* haben. Wo habt ihr euch getroffen? *Ich habe sie sofort bemerkt*. Diese Art von Plauderei. Diese Art von Vorführung. Und allmählich, während die Musik lauter wird und der Alkohol sie an Orte ohne Sprache mitnimmt, stolpern sie hinaus auf die Tanzfläche, hinein in die dichte, verschwitzte, schaukelnde Masse von Körpern. Seht uns an, lächeln sie einander zu. Zu Tigers Erleichterung und ziemlich sicher auch Verwirrung ähnelt das plötzlich etwas, was sie kennt. Mädchen, die tanzen. Fröhlich betrunkene, johlende Mädchen in einer Gruppe auf einer Tanzfläche. Was ist daran zu missverstehen? Was ist daran eigentlich anders?

Es dauert nicht lang, bis andere sich dazugesellen. Genau wie in der Tierwelt. Männer kommen herüber und kommen näher, so wie Fremde sich einmischen. Männer werden aufdringlich. Männer lächeln. Männer hungern. Männer reiben sich an Frauenschenkeln. Diese allgemeine Jagd nach etwas, um sich darin zu verlieren. In einem Raum voller Licht, in dieser funkelnden Freude, sieht die Jagd nicht einmal verzweifelt aus – sieht die Jagd nicht einmal nach Jagd aus –, nicht für den, der will, dass Jagd auf ihn gemacht wird. Und an diesem Punkt verliert sie die Kontrolle. Die anderen Frauen, Kimmy und ihre Freundinnen, tanzen auch zwischen den sich verrenkenden Männern – Frauen, die es lustig finden, sich einen Spaß mit dem Appetit der Männer zu machen, die sich aber nie, unter keinen Umständen, vergessen würden. Tiger ist nicht wie sie.

Vermutlich hat sie es nicht vorhergesehen. Nicht heute Abend, in all dieser Freude. Höchstwahrscheinlich hat Tiger keine Vorstellung davon, wie unvorsichtig weit sie gehen kann, um diese Freude noch wahrer, freier zu machen. Einfacher, vielleicht. Ein schlanker Mensch mit ausreichend starken Armen. Der Automatismus, der auf ausreichend starke Arme folgt. Das Absolute daran, ein Körper zu sein. Sie lächelt Kimmy beharrlich an. Ich bin immer noch hier. Schau, wir können darüber lachen. Es ist nur eine Art, es lustig zu haben. Nur ein Mann, der ein wenig tanzen und grapschen will. *Nur ein Mann*. Siehst du? Wir sind immer noch *wir*. Und als dieser Mann sich zu ihr hinüber- und hinunterbeugt – entweder ist sie regelrecht rücksichtslos oder schlicht und ergreifend rücksichtslos frei von Konventionen –, nimmt sie es wie ein Kind an und küsst ihn. Er ist einen Kopf größer als sie. Unbestreitbar stark. Sie tanzen zu einem Lied nach dem anderen. Ein ums andere Mal beugt er sich zu ihr hinunter. Und ständig lächelt sie Kimmy an. Beinahe glücklich. Schau. *Nur ein Kuss*. Bis Kimmy die Tanzfläche verlässt.

*

Sie geht mit dem Fremden mit.

Der Fluch hält an. Jedes Mal, wenn sie glaubt, die Grenze zu küssen, sieht sie, dass die Grenze weiter weg ist, ohne dass sie selbst kleiner geworden ist. Was ist dann aber der Witz an einem anderen Menschen?

Sie geht mit dem Mann mit den starken Armen mit. Sie sind betrunken, ziemlich erschöpft. Keiner von ihnen hat besonders Lust auf den anderen, aber sie haben Lust darauf, Lust zu haben. Etwas, was Frauen und Männer haben und tun – weil sie es können. Aufwachen und namenlos sein. Bei einem Fremden, um frei zu sein. Guten Morgen, sagt der Mann neben ihr. In einer anderen Sprache natürlich. Alle leiden unter anderen Sprachen. *Dobro jutro?* Die beißende Ungewissheit in einer nicht wiedererkennbaren Stimme. Die Augen öffnen, um bestätigt zu bekommen, dass sie keine Ahnung hat, wo sie ist – wer er ist, er neben ihr –, warum sie hier ist oder wie sie hierhergekommen ist. Aber ein Hotelzimmer ist ein Hotelzimmer, egal, wo auf der Welt. Neutral wie ein strahlendweißes Ticket. Good morning, erwidert sie, trinkt aus dem Wasserglas auf dem Nachttisch, reibt sich den Schlaf aus den Augen. Er rollt sich auf sie und legt sein Kinn zwischen ihre Brüste. Er sieht nett aus und hat glasblaue Augen. Grübchen und halblanges Haar. Was willst du haben, fragt er. *Was ich haben will?* Wie viel Uhr ist es, fragt sie. Scheiß auf die Uhrzeit, antwortet er, erzähl mir, worauf du Lust hast. Die schmerzhafte Aufrichtigkeit dieses unbekannten Gesichts.

Und sie denkt an Kimmy dort zu Hause. Es ist nicht so, dass sie *nicht* denkt. Sie denkt an Kimmy, und sie starrt diesem Fremden in die Augen. Ich will ein One-Way-Ticket auf die andere Seite der Erde, sagt sie. Sie weiß, es ist krank oder krankhaft, so etwas zu sagen, beinahe respektlos, so auf eine Frage einzugehen, aber sie sagt es trotzdem. Ich will an einen verlassenen Ort. Eine Insel frei von Texten und Bildern und mit ausschließlich ungefährlichen Tieren. Ich will zu einem Tier ohne Zähne, einem Mund ohne Worte – kannst du mir helfen, dorthin zu gelangen? Er sieht weg, hinunter. Küsst flink die eine Brustwarze. Entspann dich, sagt er. Sanft und freundlich. *So* schlimm ist es nicht.

Aber sie schafft es nicht, sich zu entspannen. Er knetet und streichelt und küsst sie, den Bauch hinunter und über die Innenseite der Schenkel, und es könnte gut sein – es *sollte* gut sein, aber sie will seinen Mund nicht dort unten haben, wo Kimmy gewesen ist, wo Kimmy sich in der letzten Zeit hineingebohrt hat. Vielleicht ist das das Einzige, das sie ihr geben kann – jetzt, in diesem bereits unhintergehbaren Verrat –, nichts anzunehmen, was Kimmy auch geben kann. Das absurdeste Geschenk der Welt. Nein, sagt sie. Ich will nicht.

Er wirft ihr einen raschen Blick zu. Blaue Augen, die plötzlich grün aussehen. Wer auch immer, von wo auch immer. Hoffnungsvoll oder wehrlos. *Willst du nicht?* Und wie leicht es ist, Mitleid mit dem Mann zu haben. Wie übermütig man sich fühlen kann. Nicht dort. Nicht so. Aber du darfst rein. Du darfst stattdessen rein. Und so ist es dann. Die Promille von gestern sind dabei, sie umzubringen. Der Puls, der sich auf der Innenseite anfühlt wie Hammerschläge. Aber sie lässt ihn rein. Er ist ein guter Mann oder er ist es nicht. Er ist selbstgerecht oder einsichtig. Glücklich oder geschickt oder messerscharf. Flüchtling oder Tourist. Wurzellos oder spurlos. Egal. Noch ein Tag, und dann der nächste. Eine Umarmung, dann ein Loslassen.

Sie weiß nicht, wie er es schafft – sie selbst würde in diesem Zustand nicht mit jemandem schlafen können –, eigentlich ist sie nicht feucht genug, aber vielleicht sind da noch ein paar Reste von letzter Nacht, die es leichter machen, daran kann sie sich nicht erinnern –, aber irgendwie gelingt es ihm, einzudringen. Er gleitet hinein und hinaus wie alle Männer hinein und hinaus gleiten, und er presst und drückt Punkte, von denen er gelernt hat, dass Frauen sie gepresst und gedrückt haben wollen, so wie die Frauen es auch tun, Vulva gegen Vulva. Vielleicht ist es sogar ziemlich ähnlich. *Kimmy mit Schwanz.* Ein Gedanke, der entweder hilft oder nicht. *Ich wünschte, sie wäre ein Mann.*

Am Ende zieht er ihn raus, natürlich. Alle Männer haben Angst vor kinderlosen Frauen am Ende ihrer Fruchtbarkeit. Mit dem klassisch männlichen, brüllenden Stöhnen spritzt er auf ihren Bauch, bleibt rittlings auf ihr sitzen, bis die letzte spastische Zuckung aus dem Körper verschwunden ist. Dann sieht er sie an und lächelt. Grüne Augen, die plötzlich in etwas Bräunliches übergehen. Hat es geholfen, fragt er. Sie lächelt zurück, wartet darauf, dass er abtritt. Aber er ist nicht fertig. Mit langen, weichen, kreisenden Bewegungen verschmiert er das Sperma auf ihr. Er nimmt sich Zeit. Besonders ist er daran interessiert, die Brüste einzureiben. Als würden sie an einem Strand liegen und sie bräuchte Sonnencreme. Männer haben viel Merkwürdiges an sich. Ich bin noch drei Tage hier, bevor ich weiterfahre, sagt er. Willst du meine Nummer?

*

Auf dem Weg zurück, nach Hause zu Kimmy, schnürt sich ihr der Hals zu, sie ist wie gelähmt. Sie hat an der Rezeption des Hotels eine Karte bekommen, und der Rezeptionist hat ihr gezeigt, wo in der Stadt sie sich befindet. Nicht so weit weg, wie sie vielleicht gedacht hatte. Sie hat sich entschieden, zu Fuß zu gehen. Es ist noch früh.

Aber die Entfernung ist groß, weil diese Stadt so riesig ist. Mehr als groß genug, um herauszufallen. Als gäbe es eigene Städte zwischen den Stadtteilen. So viel Luft und so viele Lungen. Vielleicht hat sie vergessen, dass sie hier eigentlich nicht zu Hause ist. Das kann passieren. Vielleicht hat sie das meiste vergessen.

Vor einem Museum, das glücklicherweise geschlossen ist, muss sie sich hinsetzen, sie fühlt sich ungewöhnlich schlecht. Wie viele solche Häuser gibt es auf der Welt – Säulenhäuser mit Kunst, die wir als Menschheit bewahren wollen? Sie sitzt auf einer Bank und weint. Das ist nichts, was sie will. Das Weinen braucht fast keine Kraft mehr, vielleicht fast keine Gedanken. Die Leere funktioniert so. Wo das Fehlen nicht funktioniert. Ein viel zu dünner Hund an einer viel zu straffen Leine. Eine alte Frau, die im Müll nach Pfandflaschen wühlt. Alles nimmt sie mit. Hände oder die Abwesenheit von Händen.

*Jetzt wirst du ein Haus betreten und dir ansehen, was es in diesem Haus gibt. Jetzt wirst du deinen Bekannten erzählen, dass du in einer Stadt gewesen bist und einen*

*Raum betreten hast. Die Bilder werden dich mit Gedanken erfüllt haben. Die Gedanken werden dich zu einem klügeren, hoffentlich besseren Menschen machen. Du wirst dich weiterentwickeln wollen. Und dann wirst du sterben.*

Vorbei an den Überresten der Mauer, die Bernauer Straße hinauf, macht sie ihren Frieden mit der Situation. Ein gewisser Frieden ist immer möglich. Keine Situation hat mehr als eine gegebene Anzahl an Auswegen, Ausgängen. Und sie weiß, was sie tun muss. Was passieren wird, was gesagt werden muss. Der objektive Blick trügt nicht. Was mir fehlt, zum Beispiel – wie viel oder wenig musste schiefgehen, damit ich zu diesem auseinandergefallenen Menschen werden konnte? – es ruht jetzt, alles, was ruhen soll. Sie weiß, wie sie aussieht, wie ihre Stimme brechen wird, wenn sie sich nicht vorbereitet. Es gilt, sich vorzubereiten.

Sie wird nach Hause kommen, um Entschuldigung bitten, dann gehen. Kimmy soll nicht erklären müssen. Sie selbst soll nicht verteidigen müssen. Ab und an ist es so, das Einzige, was man tun kann, ist, sich zu verabschieden. Sie greift nach einer dieser Eisenstangen – diesen »Überresten«, die zu »Kunst« geworden sind –, um zu sehen, ob der Rost sich in der Handfläche absetzt. Er tut es nicht. Sie muss in ein Café und um Wasser bitten. Muss sich wieder setzen, tief atmen. All das weiße Licht, das aus ihr herauswill. Weiter, in völlig unmöglicher Scham.

Das Treppenhaus riecht wie immer, sogar ein bisschen strenger, süßer. Unbedeutende Stunden können den Sinnesapparat auch verstärken. Sie hält sich am Geländer fest, um nicht zusammenzusinken. Hält sich am Geländer fest, aber stellt sich einen Sturz vor – dass sie rückwärts die Treppen hinunterpoltern, auf dem Rücken landen wird, den Kopf auf der Schwelle, dass sie in einem Krankenhaus davon aufwachen wird, dass ein Arzt sagt, man wird sich um dich kümmern. Allmählich wird es deutlicher und deutlicher. Stets eine diffusere Form von Güte.

Wie lange hat sie jetzt hier gewohnt?

Sie schließt die Tür auf, so leise, wie sie nur kann. Zieht die Schuhe mit übertriebener Vorsicht aus. Kimmy liegt immer noch unter der Bettdecke. Noch still, bis sie aufwacht. Noch warm und frei von Wut. So, wie der Wind die Türen erfassen wird. *Ein Leben, aus dem etwas hätte werden können.* Gerade jetzt bist du der feinste Mensch, den ich kenne.

Sie schleicht sich hinein, beinahe lautlos. Aber Kimmy wacht trotzdem auf. Erwacht mit einem Lächeln über das ganze Gesicht. *Hey, stranger.* Sie streckt sich, schnurrt ein wenig, miaut auf die gute Art und Weise. Wie spät ist es, fragt sie. Hast du Spaß gehabt? Höchst überraschend für Tiger, dass Kimmy weder sauer noch wütend wirkt. Verletzend vielleicht, dass sie nicht einmal ein bisschen verletzt ist. Aber sie spricht mit der sanften Stimme. Kein Anzeichen von etwas anderem als Normalität. Tiger steht mitten im Raum auf dem Fußboden. Draußen scheint fast die Sonne. Bist du okay, fragt Kimmy. Und mit einem zögernden, schnarrenden, beinahe höhnischen Blick: Hast du nicht das bekommen, wonach du dich gesehnt hast?

Sie legt sich auf die Seite und stützt den Kopf mit der Handfläche. Weißt du, lächelt sie – für jemanden, der nicht so gerne küsst, hast du gestern ziemlich viel geküsst, muss ich sagen.

Und vielleicht ist es Humor, oder vielleicht ist es eine Art Spiel, Tiger hat keine Ahnung, was es ist, aber sie hält diese Ungewissheit nicht aus. Hast du nicht daran gedacht, mich rauszuwerfen, fragt sie. Mit so neutraler Stimme wie möglich. Du brauchst es doch nicht aufzuschieben, ich kann sofort abhauen. Kimmy reißt die Augen auf. Gleichsam verwundert. Gleichsam nicht verwundert. Sie lacht ein wenig, räuspert sich, sieht zum Fenster, bevor sie ihren Blick wieder auf Tiger richtet. Glaubst du, ich bin so einfach gestrickt?

Komm her, sagt Kimmy.

Sie haben einander lange angesehen. Die Stille ist zu intensiv geworden. *Come here, stranger,* flüstert Kimmy. Die weiche, sanfte Stimme. Die wahre, klare Güte. Und wie bei einem Kind, das nicht schlafen kann, hebt sie die Decke an. Und wie ein Kind, das nirgendwo anders hinkann, legt Tiger sich hin.

Sie weiß, sie hätte duschen sollen. Ist sich schrecklich klar darüber, wonach sie riecht. Aber sie hat jetzt nicht die Kraft dazu, will nur ruhen. Sie legt sich neben den schmächtigen, nackten Frauenkörper – angezogen, um den Geruch zu dämpfen –, Rücken gegen Bauch, das Gesicht abgewendet. *Darf ich dich wirklich zurückweisen?*

Ich habe es bereits gesagt, flüstert Kimmy – sie streichelt ihr übers Haar, legt ihre Wange auf Tigers Wange, schmust mit der Nasenspitze – du kannst bleiben, so lange du willst.

*Hörst du? Du kannst hier bei mir bleiben.*

Wie ein Los, das man annehmen muss, diese Wärme, dieser Raum. Ein schweres und schläfriges Gewicht auf der Brust. Und Kimmy streicht mit der Nasenspitze über ihren Hals. Und Kimmy steckt die Nasenspitze unter den Kragen des Pullovers. Sie kann jetzt nichts tun, kann nichts daran ändern, wie schmutzig sie ist. Die Haut reicht immer über die Kleidung hinaus. Auf der Haut hinterlässt alles Spuren, ob du willst oder nicht.

Kimmy zieht sich jäh zurück, stößt einen zaghaften Laut aus. Tiger weiß, sie sollte nicht, aber bringt es nicht fertig, es sein zu lassen. *Das kann wohl auch Liebe sein?* Umarm mich, bittet sie. Leg dich zu mir und umarm mich. Erträgst du mich jetzt, erträgst du alles.

*Let the kitchen be warm.*

*Let oxen face only the direction of*
*sunrise and not*
*pass in envious silence.*

*Something happens.*

KEITH WALDROP

# III.

Es gibt zwei Ausgänge. Zwei Türen. Zwei Schlösser an jeder Tür. Sie steht mit dem Schlüsselbund in der Hand da, im Flur der neuen Wohnung. Versucht herauszufinden, welcher Schlüssel wo passt. Sie hat noch nie irgendwo gewohnt, wo man auch von innen die Tür mit dem Schlüssel öffnen muss. Es fühlt sich merkwürdig und ziemlich umständlich an. Nicht nur aufschließen, sondern sich auch einschließen zu müssen.

Die Türen sind nicht weit voneinander entfernt, im selben Flur, mit identischen Türgriffen. Als wären hier noch andere Wohnungen, die man direkt von ihrer eigenen aus betreten könnte. So ist es aber nicht. Sie hat das Stockwerk für sich. Die eine Tür führt zum Aufzug, die andere zur Treppe, und dazwischen verläuft eine Wand. Eine Mauer, die das Treppenhaus vom Aufzugsschacht trennt und einen zwingt, sich einen Ausgang auszusuchen, noch bevor man die Wohnung verlässt.

Sie steht mit dem Schlüsselbund in der Hand da. Vier fast identische Schlüssel. Es wird wichtig sein, sich das zu merken, denkt sie. Wenn es brennt, gilt es, richtig zu wählen.

Sie wird einige Wochen hier sein. *Eine Phase.* Die Arbeit ist von ungewissem Charakter, noch nicht definiert, aber sie ist hier, um zu arbeiten. In dieser unwirklich großen

Wohnung, in dieser unwirklich fremden Stadt. Arbeiten. Und wohnen.

Von Raum zu Raum geht sie. Vor einem Ende der Wohnung zum anderen. Zuerst in den Bereich mit Schlafzimmer, Bad und Küche. Dann durch die drei riesigen Aufenthaltsräume, vom Arbeitszimmer durch das Wohnzimmer in die Bibliothek und auf die Balkons an beiden Enden. Sie kennt nichts in dieser Stadt. Weder die Straße auf der einen Seite noch die weite Aussicht auf der anderen weckt irgendeine Form von Erinnerung. Wofür sollten Erinnerungen auch gut sein? Sie mag es, wenn alles wie ein leeres Blatt Papier vor ihr liegt.

Das Gepäck lässt sie bis auf Weiteres im Flur liegen, will zuerst einmal die Umgebung erkunden. Aber bevor sie hinausgeht, orientiert sie sich erst einmal in den Bücherregalen. Fach für Fach nimmt sie sich vor, fährt mit der Hand über die Buchrücken. Die meisten Bücher sind in ihr unverständlichen Sprachen, natürlich, aber sie blättert trotzdem in einigen von ihnen, riecht an anderen. Nie hat sie eine eigene Bibliothek gehabt. Höchstwahrscheinlich wird sie auch nie eine haben. Sie schaut und schaut, freut sich jedes Mal, wenn sie einen Namen wiedererkennt. Gerade jetzt gehört das alles mir, denkt sie. Für diese kurze Phase. *Alles meins.*

Auf dem untersten Regalbrett, ganz in der einen Ecke, ragt ein Kopf hinter einigen alten Lehrbüchern hervor. Sie holt das Tier hervor – ein ausgestopfter Alligator, knapp einen Meter lang, die Haut schön und golden. Was tust du hier, fragt sie und betrachtet ihn eingehend. Die Musterung des Kopfs, die Zähne, die Augen. Der lange Schwanz und die Stiche unten am Bauch. Dafür, dass man die Innereien herausgenommen hat, ist er erstaunlich schwer. Vielleicht ist er nicht echt, fragt sie sich einen Augenblick, hält aber inne. Wenn er nicht echt wäre, woraus sollte er dann gemacht sein?

*

Ist hier noch frei, fragt er. Sie hat zwar nur vorgehabt, alleine ein Glas trinken zu gehen, aber der Barhocker neben ihr ist frei, und sie hat weder ein Buch noch ein Telefon dabei, nichts, wohinter sie sich verstecken könnte. Vielleicht will sie sich auch gar nicht verstecken. Warum nicht, antwortet sie, und er setzt sich mit einer Selbstverständlichkeit, die sie vielleicht ein wenig neidisch macht. Souveränes Lächeln und Verbindlichkeit in jeder Bewegung. Geht es dir gut? Es geht ihr schon besser.

Sie trinken Bier. Das Bier hier ist ungewöhnlich; vollmundig, schwer und mit einer gewissen Süße. In großen Schlucken trinkt sie es, dunkelrot und schäumend. Hat sich darauf gefreut. Ankommen, das erste Bier.

Die Jukebox in der Ecke ist kaputt, aber der Flachbildschirm an der Wand ist auf einen Musikkanal eingestellt, der Songs aus den Neunzigern spielt. Der Barkeeper zündet ein Teelicht an, nickt ihnen zu. Sie kann sehen, dass sie sich von früher kennen, die beiden. Sie lächeln einander auf die ruhige, kecke Art zu. Man sieht ihnen die Zugehörigkeit an. Die Zugehörigkeit sieht man allen hier an, allen außer ihr.

Er fragt, woher sie kommt und wie lange sie bleiben wird. Er fragt, ob ihr die Stadt gefällt. Ob ihr die Stadt gut genug gefällt, um hierher zurückzukehren. Ich bin heute angekommen, bin erst vor ein paar Stunden gelandet. Und die

Sprache funktioniert nicht ganz, aber vieles wird trotz fehlerhafter Grammatik abgedeckt. Seine Erstsprache ist ihre vierte. Ihre Zweitsprache seine dritte. Es ist möglich, so zu kommunizieren – mit zwei Sets von Wörtern – einem, um zu verstehen, und einem, um verstanden zu werden. Ich kenne mich hier nicht aus, sagt sie. Das hat er schon längst begriffen. Und sie sprechen beide langsam, damit der jeweils andere die Chance hat, mitzukommen. Sie hören beide mit aufgeweckter Miene zu, deuten und raten und schreiben den Wörtern, bei denen sie unsicher sind, Bedeutungen zu. Sie erzählt, dass sie zu einem kürzeren Aufenthalt hier ist, dass sie den Namen ihrer eigenen Straße noch nicht kennt. Es sieht aus, als würde er ihr nicht glauben. Weißt du nicht, wo du wohnst, fragt er. Die Verlegenheit ist ihr lästig, das zögerliche Netz an Bedeutungen, in dem sie sich verfangen haben. Aber bald lassen sie die Missverständnisse einfach stehen, so wie man es immer in der Sprache macht – sie erreichen eine Gelassenheit, in der keiner von ihnen mehr raten muss. Verständnis, vielleicht, jenseits der genauen Bedeutungen. Im Grunde sind sie beide anderswo her. Wer ist das nicht? Im Grunde sind sie beinahe Nachbarn.

Seine Haut ist ungewöhnlich rein und frei von Gesichtsbehaarung. Rein und glatt und jung, fast wie Bronze. Es fällt ihr auf, nicht eine Falte, nicht eine Unreinheit. Als wäre er nicht erwachsen, nicht vergänglich. Sie sieht, dass er jünger ist als sie, aber dass sein Erwachsensein eine Täuschung wäre, stimmt auch nicht. Es gibt unzählige Arten, erwachsen zu sein. Haut ist nur eine von ihnen. Und wie viel Arbeit hinter seinem Äußeren steckt – das porenfreie Gesicht, gerade Augenbrauen, dichte Wimpern –, oder er ist vielleicht so auf die Welt gekommen, das kann sie nicht wissen. Aber dass er schön ist, steht außer jeder Diskussion. Gepflegt, adrett, gut angezogen, freundlich – beinahe schmerzhaft schön, denkt sie.

Zwei neue Bier werden serviert. Man hat sie nicht gefragt, ob sie noch eines will, aber als der Barkeeper sie bringt, wird das geklärt. Ein Blick und ein Nicken, mehr braucht es nicht, egal wo auf der Welt man sich befindet. Und egal wer man ist; das muss man keinem lang erklären. Der Junge lächelt eifrig, es ist offensichtlich, dass er Bekanntschaft schließen will, und hätte sie nicht dasselbe gewollt, hätte sie ihn schon am Anfang abweisen müssen, noch bevor er sich zu ihr gesetzt hat. Jetzt ist es zu spät, denkt sie. Tatsächlich war das ausreichend. Das Gefühl von Verpflichtung braucht nur diesen Boden, um darauf zu wachsen, die Erwartung einer Erwiderung ist universell. Die Logik der Freundlichkeit.

Sie sprechen über das Viertel. Sie mag es, sagt sie. Das wenige, was sie bisher gesehen hat, wirkt sehr nett. *Mir gefällt, dass es so multikulturell ist*. Er lacht ein wenig darüber. Alle, die nicht von hier sind, sagen dasselbe, sagt er; als wäre das Multikulturelle eine Form von Architektur. Und sie lacht mit, glaubt zu verstehen, was er meint, aber in ihrem Inneren fragt sie sich – gibt es eigentlich eine andere Art, das zu betrachten? Jede Architektur ist eine Zusammensetzung von Bauklötzen. Jede Zusammensetzung von Klötzen bringt Vorgaben mit sich. Wie diese. Er legt eine Hand auf ihren Schenkel. Und. Selbst wenn es sich ein wenig merkwürdig anfühlt, sie dort zu haben, unternimmt sie keine Anstrengungen, damit er sie wieder wegnimmt. Das ist ein

Teil ihrer Welt. Alles, was merkwürdig ist, verdient eine Chance. Fremde soll man hereinlassen.

Die Arbeit wird nicht erwähnt. Sie trinken beide das dritte und das vierte Bier, ohne über die Arbeit zu sprechen. So lange kommen sie in der neuen Nähe klar. So lange dauert es, bis die banale Unterhaltung endet. Und sie ist es, die diese beendet, indem sie fragt. Auch wenn sie sich eigentlich nicht dafür interessiert, was er arbeitet, und auch wenn sie selbst nicht gern über ihre eigene Arbeit spricht, fragt sie. Zuerst in der einen Sprache. Dann in der anderen. Was arbeitest du? Du arbeitest was? Und nach einer Denkpause antwortet er, er arbeitet in einem Büro. Was machst du in deinem Büro, fragt sie da. Und er atmet jetzt ungeduldig, verbirgt nicht, dass er sich keine weiteren Fragen erwartet hat. Handel und Dienstleistungen, sagt er. Gibt es etwa anderes, womit man sich beschäftigen könnte? In jeder beliebigen Stadt, in jedem beliebigen Land – gibt es überhaupt etwas, das man nicht gegen etwas anderes tauschen könnte? Nein. Und sie muss gestehen. Er gefällt ihr jetzt besser, wo eine seiner Grenzen offenbar wurde. Besser jetzt, wo er ihr etwas entgegengesetzt hat. Wir sind ja wohl nicht bei der Arbeit, lächelt er. Er erwartet offenbar, dass sie es dabei bewenden lässt.

Willst du mich nicht fragen, was ich arbeite? Er zuckt die Achseln. Wenn du Lust hast, es zu erzählen, kannst du es ja einfach sagen, sagt er. Als hätte er schon entschieden, dass nichts, was sie tut, ihn wird überraschen können. Ich bin Prostituierte, sagt sie. Er zuckt wieder die Achseln. Also gut. Einfach so, ohne ein Zeichen von Skepsis. Dann bist du ja vielleicht doch bei der Arbeit, schlussfolgert er. Und sie lässt eine kleine Pause entstehen, nimmt einen Schluck, isst von den Erdnüssen, die man vor sie hingestellt hat. Okay, denkt sie, er *ist* vielleicht so ein Typ – nichts, was sie zu tun vermag, wird seine Wirklichkeit ins Wanken bringen. Und sie legt Wert darauf. Seine Wirklichkeit muss größer sein. Eine größere Wirklichkeit braucht keine weitere Fiktion. Ich mache nur Spaß, sagt sie. Ich bin keine Prostituierte, ich wollte nur sehen, wie du reagierst.

Er begleitet sie nach Hause. Sie wohnt gleich gegenüber, aber er will sie trotzdem begleiten. Man kann nie wissen, sagt er. Es ist spät geworden und still. Sirenen sind in der Ferne zu hören. An der Ecke gibt es einen Minimarkt, der immer noch geöffnet hat. Er geht hinein und kauft Zigaretten. Der ältere Mann hinter dem Tresen nickt ihr zu. Willkommen, sagt er mit freundlichem Lächeln und gutmütigen Augen. Sie unterhalten sich ein wenig, die beiden Männer, alltäglich und scherzhaft. Sie lacht, wenn sie lachen, selbst wenn sie nicht mitbekommen hat, worüber sie lachen. Als sie aufbrechen, schnappt er sich eine Orange. Ich nehme die hier, sagt er, und der Alte bittet ihn, auch für sie eine mitzunehmen. Die Mademoiselle soll auch eine haben, sagt er, und dann wird es so gemacht, zwei Orangen. Sie nicken und lächeln und bedanken sich noch einmal, und bevor sie das Geschäft verlassen haben, hat er schon mit den Zähnen ein Stück von der Schale abgerissen. Sie überqueren die Straße. Es ist windstill. Wohnst du hier, fragt er, als sie vor einer Tür stehen bleibt. Ich glaube schon, antwortet sie. Er schaut in beide Richtungen. Nichts zu sehen. Er sieht sie an. Er sagt, dass sie schön ist. Er wirft die Orangenschale in einen Mülleimer. Ich wohne gleich dahinten, sagt er und zeigt auf die gegenüberliegende Seite, zu einer schmalen Gasse, die dort abzweigt. Ich wohne gleich dahinten, und du bist Nachbarin von meiner Stammkneipe, wir werden einander sicher oft sehen. Hier. Er gibt ihr die ungeschälte Orange. Er lächelt. Die kannst du zum Frühstück essen, sagt er. Und hier. Er gibt ihr die Hälfte von der, die er geschält hat. Die kannst du jetzt essen. Sie sieht ihn an. Er nickt bejahend. Sie reißt eine Spalte ab und isst sie. Er tut dasselbe. Es ist eine Blutorange, überdurchschnittlich süß. Sie sehen einander an, während sie kauen. Er zündet sich eine Zigarette an. Er gehört zu denen, die die Zigarette zwischen Daumen und Zeigefinger halten, die hart ziehen und den Rauch lang drinbehalten. Er hält den Rauch in der Lunge, während er noch eine Spalte isst. Was er ausatmet, ist grau und saftig. Ich mag dich, sagt er. Sie weiß nicht, was sie darauf sagen soll. Sie lächelt, steckt sich noch eine Spalte in den Mund. Zwei bewaffnete Wachleute kommen um die Ecke. Männer, die geladene Gewehre vor der Brust tragen. Sie dreht sich zu ihnen um. Ihre Lippe zuckt. Jeder hat Ticks. Das ist ihrer. Eine blitzschnelle Spannung in der linken Wange, die an der Lippe zieht, für sie selbst kaum spürbar. Aber er sieht es, er legt die Hand an ihr Kinn und dreht sie zu sich. Die letzte Orangenspalte wird gegen ihre Wange gedrückt. Kümmer dich nicht um die, sagt er, und als die Gesichter der Soldaten von der Straßenlampe beleuchtet werden, nimmt er einen Zug von seiner Zigarette und küsst sie. Langsam, rauchig und feucht. Sie hat das nicht kommen sehen, aber er hat sich über sie gelehnt und ihre Lippen getroffen. Er ist groß. Er ist gierig. Er hat sie erwischt, bevor sie einen Gedanken fassen konnte, und jetzt erwidert sie seinen Kuss. Vielleicht ist es ein Reflex. Sie lehnt an der Außentür des unbekannten Gebäudes, in dem sie wohnen wird. Zum Geräusch von Lederstiefeln auf Asphalt. Seine dunklen Lippen sind ungewöhnlich weich. Je länger sie sich küssen, desto weicher werden sie. Und zwischen dem Tabak und der Blutorange, zwischen dem Puls und dem schweren, roten Bier sickert noch ein Geruch hindurch, sein Geruch. Sie lockert seinen Schal ein wenig und küsst ihn auf den Hals, wo es noch mehr riecht. Ich mag dich, sagt er wieder, und sie kichert, ja, ich merk's. Die Soldaten sind vorübergegangen. Weiter oben an der Straße wird ein Gitter heruntergelassen. Ich meine es ernst, sagt er. Er tritt einen Schritt zurück, richtet den Blick auf sie, jetzt ernst. Ich mag dich. Du bist anders. Natürlich. So wie alle das sagen. So wie alle es ernst meinen. *Du bist anders.*

Willst du meine Nummer, fragt sie. Darf ich nicht mit raufkommen, fragt er zurück. Ein Zweifel durchzuckt sie. Sie antwortet, ich bin nicht bereit. Er lächelt, dieses rotzfreche Lächeln, doch, sagt er, du bist bereit. Und sie muss ein wenig darüber lachen, auch wenn es sie nicht dazu bringt, ihre Meinung zu ändern. Ich will heute Nacht allein sein, sagt sie. Und das ist wahr. Sie erträgt den Gedanken nicht, neben einem Fremden aufzuwachen. Die Wohnung ist fremd genug. Wir verschieben das auf ein andermal, sagt sie. Nimmt einen Stift aus der Tasche und fragt, ob er etwas hat, worauf man schreiben kann. Hier, sagt er und streckt den Arm aus. Schreib auf meine Hand.

Sie wartet, bis er auf der anderen Seite ist, bevor sie den Code für die Außentür eintippt. Die Zahlen stehen auf einem Zettel, den sie in der Tasche gehabt hat. Er braucht den Zettel nicht zu sehen, nicht er wohnt hier. Als sie sich umdreht, um zu winken, ist er bereits ein Schatten.

Eintreten. Trotz des modernen Codeschlosses erwartet sie ein Jugendstilhaus aus der Jahrhundertwende. Eine schwere Tür. Ein dunkler, schmaler Eingangsbereich. Ein enger Durchgang. Handgezimmerte Briefkästen. Schmiedeeisernes Gitter am Aufzug. Dunkle, flackernde Beleuchtung. Kalte, stille Luft.

Sie muss in die vorletzte Etage. Sie wählt die Treppe. Nach wem ruft man in der Nacht, wenn der Aufzug in einem Haus stecken bleibt, in dem man niemanden kennt? Sie geht die abgenutzten Stufen hinauf. Das Geländer liegt kühl in der Hand, die Details der Schnitzarbeiten sind unmöglich zu deuten. Auf jeder Etage die doppelten Türen, die doppelten Schlösser. Auf jeder Etage unbekannte Namen.

Erst auf dem letzten Treppenabsatz vor ihrer Wohnung geschieht etwas mit der Konstruktion. Nach ungefähr zwei Dritteln wird der Aufzugsschacht vom Treppenhaus abgeteilt. Als ob das Haus plötzlich eine zusätzliche tragende Wand benötigte. Eine Form von Schutzmauer? Ab hier und weiter hinauf gibt es eine erwünschte oder unerwünschte Befestigung.

Als sie ihre eigene Tür erreicht und während sie herumprobiert, um den richtigen Schlüssel zu finden, erkennt sie – sie wird die ganze *Phase* brauchen, nur um sich an dieses Gebäude zu gewöhnen. Vielleicht wird es ihr nicht einmal gelingen, es kennenzulernen, bevor sie wieder abreist.

Die Aussicht aus dem Arbeitszimmer ist jetzt anders, in der nächtlichen Dunkelheit. Eine ganze Fassade von Einblicken in ein Dutzend Wohnungen. Das Licht der anderen auf der gegenüberliegenden Seite, Fenster zeigen Einsamkeit und Zusammenhalt. Ein Zuhause, vor dem es keinen Schutz gibt.

Der Arbeitstisch ist so groß wie ein Bett. Sie legt sich darauf, um zu fühlen, wie stabil er ist, liegt dort, bis es in allen Zimmern auf der anderen Seite dunkel ist, bis alle kleinen Lampen zur Schlafenszeit ausgemacht worden sind. Dann holt sie den Laptop, die Bücher, das Papier, die Kugelschreiber, die Filzstifte. Legt alles an seinen Platz, schließt ihren Laptop an den Strom an, stellt den Stuhl auf ihre Größe ein. Sie kontrolliert, dass die Schreibtischlampe funktioniert, und stellt die kleine Blume hinaus in die Küche. Dann ist alles bereit für morgen.

Nie zuvor hat sie in einem Haus mit mehr Geräuschen gewohnt, mit mehr Zimmern, größeren Zimmern. Sie hört Schritte. Es ist schwer zu wissen, woher sie kommen. Die Wohnung ist so groß, es lässt sich nicht deuten, ob hier oder in der Wohnung nebenan gewandert wird. Aber dann fällt ihr ein – es gibt kein Nebenan. Dass die Etage ihr allein gehört. Dass die, die im Nachbargebäude wohnen, Wände so weich wie Flaum haben müssten.

Als sie dabei ist einzuschlafen, klingelt das Telefon. Sie hat das Handy auf den Nachttisch gelegt, wie es alle Einsamen tun – alle, die Angst davor haben, eine Nachricht zu verpassen, alle, die mit der digitalen Nähe vorliebnehmen müssen. Eine unbekannte Nummer ruft an. Die unbekannte Nummer ist seine. Er will sie besser kennenlernen, sagt er. Ich mag dich. Ich will dich kennenlernen. Und wahrscheinlich findet sie das mühsam. Zu mögen bedeutet, mehr mögen zu wollen. Kennenzulernen bedeutet, ihn in die Räume hereinzulassen. Aber vielleicht ist es noch mühsamer, alle Räume allein ertragen zu müssen? Der undurchdringliche Gedanke an das, was fehlt, an den, der fehlt, oder die. Lass uns morgen Abend ein Glas trinken, sagt er. Sie verabreden sich um neun auf dem Marktplatz. Der Marktplatz bei der Kirche, direkt die Straße hinauf. Chérie nennt er sie. Das gefällt ihr nicht, aber es ist nichts, dem man zu viel Bedeutung beimessen müsste. Sie wird ohnehin bald wieder abreisen.

*

Sie hat die Stadt zum ersten Mal bei Licht gesehen. Der ängstliche Biss einer kalten und gedämpften Morgensonne. Sie weiß nichts über diese Stadt, hat sich nicht darum gekümmert, was auch immer in Erfahrung zu bringen. Ein neuer Ort ist nur ein weiterer Ort – ein Ort, den man verlassen wird. Das Reisen ist ein Teil der Arbeit. Die Arbeit erfordert eine Abfolge von unverbindlichen Aufenthalten, wurzellose Häuslichkeiten. Beziehungen, aber nie Erwartungen. Vergnügen, vielleicht, aber nie Verderben. Im Verderben ist sie gewesen, dorthin will sie nie wieder zurück.

Vom Arbeitszimmer geht sie hinaus auf den Balkon und sieht hinunter auf das Leben der Straße, auf die Menschen. Andere Arten von Kleidung als die, die sie gewohnt ist. Ein Tempo, das sie nicht zu beurteilen vermag. Und wie die Leute gehen, weder schnell noch gelassen – als könnten sie sich nicht entscheiden, ob sie etwas erreichen wollen oder nicht. Vielleicht ist das so für die, die zwischen Nord und Süd leben. Ein vielfach erprobter Rhythmus. Halbtakte, die aneinander reiben.

Sie gehört zu denen, die davon abhängig sind zu arbeiten. Zu denen, die die Arbeit so ernst nehmen, dass nichts außerhalb davon je ernst genug sein kann. Sie steht auf, spritzt sich Wasser ins Gesicht, setzt Kaffee auf und geht an die Arbeit. Jeden Tag. Sieben Tage die Woche. Sie gehört zu denen, die Ruhe darin finden, die Wirklichkeit zu vertreiben.

Am Abend arbeitet sie immer noch und beschließt, eine Nachricht zu schreiben und das Treffen zu verschieben. Können wir uns stattdessen um zehn Uhr sehen, will sie schreiben, aber seine Nummer lässt sich nicht aus der Anrufliste herauslesen und kann auch nicht angerufen werden. Unbekannte Nummer ist unbekannte Nummer. Also muss sie die Verabredung trotz allem einhalten. So pflichtbewusst ist sie. Wenn sie gesagt hat, dass sie kommen wird, kommt sie. Nimmt es mit der Pünktlichkeit genau. Verzichtet eher darauf, zu essen oder zu duschen oder zu schlafen, als jemanden warten zu lassen. Um neun Uhr steht sie auf dem Marktplatz. Es bläst und ist nasskalt. Um dreizehn nach taucht er auf, zwei Minuten bevor sie gegangen wäre. Sie erkennt ihn am Gang wieder. Lange, leichte, schnelle Schritte. Gleitende Bewegungen, die auf sie zueilen. Er breitet die Arme aus – Chérie, vergib mir, und er drückt sie fest und ziemlich lang, bringt die Wärme von dort mit, woher er kommt, wo auch immer das sein mag. Sie vergisst ihre Verärgerung schnell.

Sie betreten das »La Maison«, das größte Lokal am Platz. Den Massen nach zu urteilen, muss Wochenende sein, denkt sie. Er geht voran und bahnt ihnen einen Weg, zieht sich Jacke und Schal aus, während er weiter ins Innere des Lokals vordringt. Sie sieht, dass er ein feines Hemd angezogen hat. Sein schmaler, goldener Nacken, wie er in dem gelben Licht leuchtet. Er grüßt schnell eine Gruppe, an der sie vorbeigehen, findet einen freien Tisch neben einer Säule ganz hinten im Lokal, wo ausschließlich Paare sitzen.

Und was willst du trinken? Er hängt seine Jacke über den Stuhl, streichelt ihr über die Wange. Fast kindlich, fällt ihr auf. Sie kann sich nicht daran erinnern, wann ihr das letzte Mal jemand auf diese Weise über die Wange gestreichelt hat. Bier, antwortet sie, und er breitet die Arme aus – sie haben über einhundert Biersorten hier. Wie schön, dann entscheide du, lächelt sie. Und sie sieht ihn zwischen den Tischen hindurchgehen. Diesen neuen Mann oder Jungen, dessen Namen sie kaum kennt. Wie geschmeidig er ist, wie charmant. Und die Art, wie er Bekannte begrüßt, wie er nickt und winkt und plaudert. Ihr gefällt das, Leute, die mit Leuten können, diese unbeschwerte Sicherheit. Dass er ziemlich richtig aussieht. Perfekt für eine bereits jetzt begrenzte Affäre. Also denkt sie, dass es gilt, mit angemessener Schwere zu reagieren. Vielleicht ist er gerade leicht genug. Als einige von denen, mit denen er sich unterhält, sich zu ihr umdrehen und grüßen, lächelt sie und nickt zurück. Etwas, das Stolz ähnelt. Etwas, das an Gemeinsamkeit erinnert. Und als er schließlich zurückkommt, mit zwei riesigen Biertulpen und einer Schale Pistazien, die er auf einem der Gläser balanciert, kann sie nichts dagegen tun, dass sie sich erwählt und privilegiert fühlt. Du kennst aber auch fast alle hier, sagt sie. Er zieht die Schultern hoch, beinahe entschuldigend – ich habe ja mein ganzes Leben lang hier gewohnt.

Das Bier ist honiggelb, trüb und bitter. Er fragt, ob es ihr schmeckt. Sie antwortet Ja, dass es ihr sehr gut schmeckt. Bist du sicher, fragt er da, um sich zu vergewissern, dass sie es nicht nur aus Höflichkeit sagt. Sie wissen so gut wie nichts übereinander. Sie weiß, dass er im Bereich Handel und Dienstleistungen tätig ist. Er weiß, dass sie keine Prostituierte ist. Etwas über Herkunft und Ankunft. Etwas über Gang und Gewohnheit. Er isst die Pistazien mit der Schale. Steckt sie in den Mund, jeweils zwei, saugt daran, verschiebt sie mit der Zunge, wie Bonbons, bis er das Salz abgelutscht hat. Danach schält er sie, im Mund, mit den Zähnen, und noch bevor er die Nüsse kaut, spuckt er die Stückchen Schale in seine Hand, um sie dann in einem kleinen, nassen Haufen, der ziemlich schnell größer wird, auf den Tisch zu legen. Es ist sehr gemütlich hier, sagt sie. Ja, grinst er neckisch, es ist sehr multikulturell. Und sie sehen einander an. Sie fragt sich, wie alt oder jung er wohl sein mag. Ob er jemanden sucht, mit dem er sein Leben teilen kann, oder ob er denkt, dass das Leben zu lang dafür ist. Prost, sagt er. Sie findet plötzlich, er sieht ein wenig gequält aus, als wäre ihm auf einmal etwas peinlich oder als hätte er gehört, was sie gedacht hat. Etwas Weibliches ist dort, in seiner Bescheidenheit. Es gibt nicht so viel, worüber sie reden könnten. Vielleicht ist es das, was ihn plagt. Ein fremder Zugang, ein unbekanntes Gesicht. Sprachgrenzen und Lärm. Was machst du in deiner Freizeit gern, fragt er. Und sie wagt es nicht, sich über das Verzweifelte dieser Art von Frage lustig zu machen. Es ist schwer genug, auch weiterhin ironiefrei zu bleiben. Ich weiß nicht, was Freizeit ist, antwortet sie. Er versucht es zu erklären: Die Zeit des Tages, in der du weder schläfst noch arbeitest oder Notwendigkeiten erledigst. Ich weiß nicht, was Freizeit ist, sagt sie wieder. Er glaubt natürlich, dass sie scherzt.

Sie gehen nach dem zweiten Bier. Er ist mit dem Finger über ihren Finger gefahren, hat ihr einen Blick zugeworfen, der das Gespräch zu etwas Sekundärem gemacht hat. Ich habe Wein zu Hause, sagt sie, und sie nicken einander zu, stehen auf und ziehen die Jacken an. Einfache, befreiende Sicherheit. Auf dem Heimweg sagt er etwas, das sie nicht versteht. Sie antwortet in ihrer Sprache, damit auch er nichts versteht. Und das ist gut für sie beide – jetzt, wo sie geklärt haben, dass Worte nicht so wichtig sind – endlich können sie in ihrem gewohnten Tempo sprechen, hören, wie der andere sich entspannt, sich erlauben zu kichern. Komm her, sagt er und zieht sie an sich. Sie stehen dicht aneinander. Er riecht an ihrem Haar. Sie legt ihre Lippen auf seinen Nacken. Ich mag dich, sagt er, genauso, wie er es am Abend zuvor gesagt hat. Er zündet sich eine Zigarette an. Sie gehen weiter. Vor der Kneipe an der Ecke, gleich dort, wo sie wohnt, stehen seine Freunde auf dem Gehsteig und rauchen. Er stellt sie vor: »meine neue Freundin«. Sie weiß nicht, warum sie das komisch findet, aber sie muss beinahe lachen. Alle lächeln sie an. Er hat nette Freunde. Dann muss er wohl normal sein, denkt sie. Womöglich ist das Normale genau das, wonach sie sucht. Eine Art von Gleichgewicht, wenn auch nur für eine kurze Periode. Nein, wir müssen los, sagt er nach einer Weile. Er schnippt den Zigarettenstummel weg, lächelt verschmitzt. Wir sehen uns bald, sagen die Freunde zu ihm und zu ihr. Sie weiß nicht, was sie sagen soll, also erwidert sie dasselbe. Und alle schnipsen ihre Zigarettenstummel jetzt weg, beinahe gleichzeitig. Sie überqueren die Straße. Die Freunde gehen wieder hinein. Einer von ihnen ruft etwas, das sie nicht versteht, das ihn aber ein wenig schmunzeln lässt. Und dann stehen sie da, vor ihrer Tür. Sie kann den Code jetzt auswendig, achtet darauf, ihn einzutippen, während er in eine andere Richtung schaut. Es könnte sein, dass er absichtlich in eine andere Richtung schaut. Den Blick fernen Autoscheinwerfern zugewandt. Die Hand am Kinn, kraulend, als hätte er einen Bart. Du hast also keine Angst davor, einen Fremden mit nach Hause zu nehmen? Er lächelt sie verspielt an, als sie den Aufzug betreten. Sie zieht das Gitter härter als notwendig zu, lehnt sich demonstrativ an die Spiegelwand. Glaubst du, ich habe Angst vor so einem kleinen Rabauken wie dir?

Er setzt sich aufs Sofa. Ihr fällt auf, dass sie selbst noch gar nicht auf dem Sofa gesessen ist, sich nicht einmal im Wohnzimmer aufgehalten hat. Das Wohnzimmer liegt in der Mitte der drei großen, zusammenhängenden Räume, nur getrennt durch Glaswände und offene Bogengänge, es ist der Raum zwischen Arbeitszimmer und Bibliothek. Vielleicht muss man mehr als nur eine Person sein, um sich hier entspannen zu können.

Willst du Weißwein oder Rotwein? Das spielt keine Rolle, antwortet er. Und obwohl sie sich zuerst davon irritieren lässt, dass er so tut, als hätte er keine Vorlieben, wird ihr gleich darauf, während sie in der Küche ist, klar, dass sie tatsächlich selbst auch keine Vorlieben hat – und dass er vielleicht überhaupt nicht nur so tut.

Sie betrachtet ihn, als sie das Wohnzimmer wieder betritt. Wie rechtwinklig er sitzt, wie beobachtend und gedankenvoll. Wie ihn Skepsis überkommen hat, ein plötzliches Misstrauen dem Raum, den Schränken und Regalen, vielleicht sogar dem Sofa, auf dem er sitzt, gegenüber. Geht es dir gut, fragt sie, und er zuckt beinahe zusammen, ertappt sich aber dabei. Was für eine Wohnung, die du da bewohnst, sagt er mit einer Miene, als sei er aus allen Himmeln gefallen. Ich weiß, antwortet sie – sie gehört mir nicht. Er sieht sie an, während sie die Gläser mit Wein füllt, zweifelnde Blicke jetzt. Was, sagtest du eigentlich, arbeitest du? Sie lächelt. Ich habe nicht gesagt, was ich arbeite, du hast ja nicht gefragt. Sie reicht ihm ein Glas. Er bedankt sich und stellt es auf den Tisch, wirft einen raschen Blick in die Bibliothek, reißt die Augen auf. Warum steht dieses Tier dort drinnen auf dem Boden? Der Alligator war bei der Wohnung dabei, sagt sie.

Er nimmt einen Schluck. Hält das Glas lange an den Mund, bevor er es wieder absetzt. Er schaut in ihr Arbeitszimmer, wo Haufen von Blättern systematisch über den Tisch verteilt liegen. Hast du eine Art Auftrag, fragt er. Bist du eine Art Agentin? Sie muss ein wenig lachen. Handel und Dienstleistungen – sagtest du nicht, dass alle damit ihren Lebensunterhalt verdienen, fragt sie zurück. Aber er lacht nicht, er ist ernst. Nicht du, sagt er. Ich glaube nicht, dass *du* dich mit Handel und Dienstleistungen beschäftigst. Warum nicht? Ich habe es ja schon gesagt, antwortet er – weil du anders bist.

Und sie verspürt Lust, noch mehr zu lachen, aber seine Unruhe gibt nicht mehr her. Ich schreibe Märchen, sagt sie. Offensichtlich etwas anderes, als er zu hören erwartet hat. Und jetzt lacht er. *Du schreibst Märchen?* Ja. Das glaube ich dir nicht, sagt er. Er, der sich nicht aus der Ruhe hatte bringen lassen, als sie sagte, sie sei Prostituierte. Sie sieht es, er vertraut ihr nicht. Sie hört es in seiner Stimme und in ihrer eigenen, fühlt, dass die Geduld sich auflöst. Nein, fährt sie fort, du glaubst, ich lebe hier in dieser Luxuswohnung unter falscher Identität und dem Vorwand, Märchen zu schreiben, während ich eigentlich eine ganz andere Agenda habe, nicht wahr? Er sieht sie verständnislos an. Sie weiß, dass sie viel zu schnell gesprochen hat. Kennst du überhaupt jemanden, der nicht eine andere Agenda hat als seine scheinbare? Sie lächelt so warm, wie sie kann. Erlaube dir nicht, so klein auszusehen. Du brauchst dir um nichts

Sorgen zu machen. Komm, sagt sie, lass uns den Wein mit ins Schlafzimmer nehmen. Und er erhebt sich, beinahe widerwillig, sieht zur Tür, sieht zu ihr. Und darin liegt etwas, in dem Zögerlichen, Trippelnden. Seine Unruhe ist nicht gespielt. Sie begreift es jetzt, er erwägt tatsächlich zu gehen. Und sie begreift in dem Moment, sie will das nicht. Hallo, bist du da? Sie sagt es so süß, wie sie kann, legt ihre Hand auf seine Brust, über dem Herzen. Entspann dich, flüstert sie. Ich schreibe wirklich Märchen.

Vom Schlafzimmer aus hat sie einen Ausblick über die Stadt. Ein schimmerndes Meer unterhalb des Hauses, gelb und glitzernd. Sie schläft nie mit zugezogenen Gardinen. Er auch nicht. Das Nachtlicht soll nicht ausgesperrt werden. Und er sieht aus wie ein Prinz aus einer Erzählung. Arabische Nächte. Tausendundeine Nacht. Wie golden und rein und jung er ist. Wie unvergleichbar unschuldig. Schau, sagt er, wir haben fast die gleichen Hände. Auch wenn sie das nicht haben. Ihre Hand ist roh und grob, fast männlich auf seinem glatten Nacken. Er ist feiner als sie. So sieht sie es jedenfalls. *Du darfst feiner sein als ich.* Und sie will ihn berühren. Diese weiche, wohlige, widerstandslose Haut. Er ist schon in ihr gewesen, er ist eigentlich fertig, aber sie will ihn wieder berühren. Ruhiger jetzt, nach dem ersten Hunger. Wahrhaftiger, vielleicht, mit offenen Augen.

Wie einen Menschen berühren, oder wie nicht?

Er streicht ihr über die Wange, die Augenbraue, das Nasenbein, die Lippen. Als würde er mit den Fingern memorieren, mit der Neugier kolorieren. Er hat keine Angst, ist nicht verlegen, auch wenn alles an ihm ungeschickt und jungenhaft ist. Auch wenn alles an ihm jünger ist, als es vielleicht sein sollte. Wie er ihre Brüste studiert. Die Art, wie er zupackt. Es schwebt etwas Eigensinniges über ihm, eine trotzige, hastige Demut. Nicht Stärke, sondern Spannkraft, Straffheit. Sehnige, feingliedrige, sich aufbäumende Stärke. Junger Körper, neuer Körper, ohne Körperbehaarung oder Vorhaut. Zeig mir, wie ich dich anfassen soll, bittet sie, aber er schüttelt leicht den Kopf, ist wieder bereit, gleitet ziemlich jäh in sie hinein, so ein Junge, so ein Mann, der jede Bewegung mit Selbstverständlichkeit ausführt, so gut, ohne etwas dafür tun zu müssen. Wer kann etwas für seine eigene Güte? Auch sie nicht. Und sie lässt ihn sie so nehmen, von oben und dicht. Entweder ruht eine Lüge darin oder nicht. Lässt ihn sich an ihren Hals klammern, lässt sich in die Umarmung fallen. Vielleicht ist sie einfach so – eine, die Umarmungen erwidert. Ohne Fähigkeit oder Willen, die Hände aufzuhalten.

*

Soll ich gehen?

Sie kann nicht schlafen. Hat sich im Bett hin und her gewälzt, ohne Ruhe zu finden. Es ist spät in der Nacht, und er fragt, ob er gehen soll. Seine Stimme ist rein und aufrichtig, mit nur einem Hauch von Frustration. Seine Stimme, sie hört es, gehört nicht zu diesem Raum. Aber nein, antwortet sie. Was soll sie sonst sagen? Ihre Stimme gehört auch nicht dazu, auch sie nicht. Und was will man, was will sie? Wenn der Geschmack des anderen nicht mehr so fremd ist und der Hunger der nimmersatten Unruhe weicht – was will sie dann eigentlich? Wenn du willst, dass ich gehe, ist das in Ordnung, sagt er. Ich kann gehen, ich kann bleiben, es liegt an dir. Und natürlich liegt es an ihr. Liegt es nicht immer an der Frau, den Rahmen der

Zweisamkeit zu skizzieren? Den Abstand. Wie viel Nähe herrscht.

Sie sieht ihn an; dieses unbekannte, verdunkelte Gesicht, wie sein Blick in der Stille funkelt. Sie erinnert sich an die Ruhe. Den Stich, den Schrei, den plötzlichen Ruck unter der Haut. *Ich will nicht, dass du gehst.* Und er fährt mit den Fingern durch ihr Haar. Er schließt die Augen, öffnet sie wieder. Ich meine es ernst, sagt sie. Ich will, dass du hier bist.

Einschlafen im Rhythmus eines ganz anderen Herzschlags. Mehr braucht es nicht, dann atmet man im Takt. Dann atmet man mit jedem X-Beliebigen im Takt. Vertraut, wie ein Kind, bevor man wieder geweckt wird.

Dreimal wacht sie auf. Das erste Mal davon, dass sein Telefon läutet – davon, dass er sich im Bett aufsetzt, zu flüstern versucht, sich Mühe gibt, sachlich zu klingen, schnell. Sie hört eine Männerstimme am anderen Ende, eine etwas aufgebrachte oder reizbare Stimme, versteht aber nichts von dem, was gesagt wird. Es wird in der anderen Sprache gesprochen, mit Lauten tiefer unten im Hals. Ist alles in Ordnung, fragt sie, als er aufgelegt hat. Er sagt, ja doch, schatje, alles ist in Ordnung. Und sie hat nichts mit seinem Leben zu tun und auch kein Bedürfnis danach.

Das nächste Mal, dass sie aufwacht, ist, als die ersten Risse im Himmelsdunkel sichtbar werden, im kühlen, blauschwarzen Morgenlicht. Sie wacht davon auf, dass Schranktüren geöffnet werden, dass Kommodenschubladen herausgezogen werden. Sie sieht eine nackte Gestalt herumstöbern, erkennt ihn zuerst nicht wieder. Was tust du, murmelt sie, und erst als er zurückeilt, um ihr über den Rücken zu streicheln, erinnert sie sich, wer er ist. Tut mir leid, sagt er, ich musste nur etwas checken. Musste nur, wollte nur, sollte nur. Und er beugt sich hinunter, küsst ihren Nacken, schließt ihre Augen. Und als sie wieder aufwacht, das dritte Mal, ist das Licht gelb, der Tag real, trägt alles, was zur Nacht gehörte, ein Fragezeichen.

Vielleicht habe ich geträumt, denkt sie. Sie trinken in der Küche Kaffee. Sie brät ihm Eier. Sie toastet Brot und presst Saft und tätschelt seinen Kopf. Vielleicht war es nur Einbildung – ein schwaches Aufflackern, das es zu ersticken gilt –, vielleicht habe ich die ganze Nacht durchgeschlafen. Und es ist gut, ihn hier zu haben. Die Natürlichkeit darin. Ein Kerl am Küchentisch. Eine Sonne, die von draußen Licht auf ihre Gesichter wirft. Sie trägt einen Morgenmantel, der in der Wohnung war und der es ihm leicht macht, seine Hände darunterzuschieben. Er streichelt ihr über den Schenkel, während sie mit dem Frühstück hantiert. Ist auf dem Weg in die Arbeit, hat bereits geduscht und sich angezogen. Hat eine Hand auf ihr und eine am Telefon, damit beschäftigt, Nachrichten zu verschicken.

Warum hast du so ein altes Telefon? Er blickt auf, runzelt die Augenbrauen. Ich habe auch ein neues, antwortet er. Warum hast du zwei Telefone, fragt sie da. Nein, zögert er und zieht es in die Länge – du machst keinen Unterschied zwischen Arbeit und Privatleben. Und sie kann nicht deuten, ob das eine Frage ist oder eine Antwort oder ob es womöglich eine Warnung sein sollte, aber sie versteht genug, um dem nicht weiter nachzugehen – und er sieht, wie leicht das Unsichere die Oberhand gewinnt –, selbst hier, in dieser sonst tadellosen Inszenierung von Normalität, er sieht es und nimmt es zurück – aber nein, korrigiert er sich, ich verwende das alte, weil es weniger Platz in der Hosentasche braucht. Also gut. Sie legt die Eier auf seinen Teller. Zwei Stück, gut gebraten, mit Pfeffer und verlaufenem Dotter. Ich kann dich nicht anrufen, sagt sie. Ich weiß, sagt er, ich werde das regeln. Und als er geht, wiederholt er es. Er zieht die Jacke an, sorgt dafür, dass der Hemdkragen richtig liegt. Ich werde das regeln, sagt er.

Sie rechnet nicht damit, vor dem Abend oder dem nächsten Tag von ihm zu hören, aber dann läutet er nach nur einer halben Stunde an der Haustür, kommt herauf und tritt mit einer ernsten, beinahe feierlichen Miene aus dem Aufzug. Hier, sagt er und legt ihr eine SIM-Karte in die Hand. Er gibt ihr eine kleine Tüte. In der Tüte liegt ein Telefon samt Ladegerät. Das Telefon ist annähernd antik. Sie sieht ihn verständnislos an. Benutz das, wenn du mich kontaktieren willst, sagt er, das ist eines von meinen alten. Und als sie immer noch verwundert dreinschaut: Das ist praktischer, nicht wahr – so gehen wir nicht pleite, wenn wir viel miteinander sprechen. Sie versucht, ein wenig zu lachen. Ja, danke, das ist wohl praktisch, sagt sie. Sie lächeln einander an. Ich muss jetzt beinahe schon laufen, sagt er. Und so kommt es dann. Er küsst sie auf die Stirn. Als sie das letzte Mal jemand auf die Stirn geküsst hat, hat es sich irritierend ähnlich angefühlt. Und später, als sie die SIM-Karte eingesetzt und das Telefon eingeschaltet hat, flattert eine Nachricht herein: Meine Nummer, steht da, auch wenn er das gar nicht hätte schreiben brauchen. Es gibt keine anderen Nummern, mit denen man sie verwechseln könnte.

Sie öffnet den Kleiderschrank im Schlafzimmer, verschafft sich einen Überblick über die Einlegeböden. Sie öffnet die

Kommode und sieht in den Schubladen nach, ob alles, was dort sein soll, auch dort ist, ob nichts fehlt und nichts Neues hineingelegt wurde. Ich muss geträumt haben, schlussfolgert sie. Sie beschäftigt sich näher mit dem Telefon, das er ihr gegeben hat. Sie weiß nicht, warum sie das tut, hat eigentlich keine Lust, etwas zu finden, aber sie checkt im Posteingang, ob alte Nachrichten vorhanden sind, checkt die Anrufliste, das Fotoalbum und die Kontakte, aber da ist nichts, der Speicher ist leer. Idiotisches Weib, denkt sie sich.

*

In den Tagen, die folgen, wird sie von einer vorbehaltlosen Leichtigkeit erfasst. Vermutlich lässt sie sich von der Freude überraschen, die in dem Fehlen von Verpflichtungen liegt, oder von der Echtheit im Nicht-Sentimentalen. Sie wird von der trotz allem echten Wärme ihres Zusammenseins mitgerissen, und in der Leichtigkeit begreift sie, dass es genau solche Tage sind, nach denen sie sich gesehnt hat. Tage, an denen sie die Einsamkeit in der Gewissheit genießt, dass am Abend jemand kommen wird. Abende, an denen man von der Anwesenheit des anderen verspeist wird, aber weiß, dass man morgen wieder frei atmen wird. Es ist Frühling. Es riecht frisch. Es duftet nach Gewürzen. Die Sirenen heulen zu jeder Stunde des Tages, aber man kann die Vögel durch den Lärm hören.

Sie kauft ein. Am Vormittag ist Gemüsemarkt auf dem Platz, und bei der Kirche verkaufen die Bauern Käse. Sie will frische Produkte im Kühlschrank haben, für sich selbst, aber auch für den Fall, dass er hungrig ist, wenn er kommt. Selbst wenn er fast immer nach der Mittagszeit kommt und fast immer später, als er gesagt hat. Es kümmert sie nicht, dass er ihre Verabredungen in der Regel verschiebt. Sie denkt nicht darüber nach, was es zu bedeuten hat oder nicht. Sie ist ja ohnehin zu Hause. Je länger er auf sich warten lässt, desto mehr Arbeit kann sie erledigen. Die Arbeit ist im Großen und Ganzen alles, woran sie denkt. Man könnte sicher behaupten, sie sei eiskalt.

Die Fremde – sie mag diese Rolle. Nicht wiedererkannt zu werden, mit niemandem reden zu müssen. Vor Ort zu sein, aber gleichzeitig auch nicht. Sich eine vielleicht nur eingebildete Unsichtbarkeit zu erlauben. Das Entfremdete, aber auch das Entfremdende. Vielleicht kennt sie nichts anderes. Gut möglich, dass die einzige Form von Kontrolle, die sie kennt, in der Distanz liegt. Durchaus denkbar, dass Abstand das Einzige ist, worauf sie vertraut. Sie fühlt sich jetzt entspannt, vermutlich ziemlich frei. Und das ist der Grund, warum sie keinen gesteigerten Wert darauf legt, wenn jemand sie trotz ihrer Freiheit anspricht. Sie ist fremd, aber manche nicken ihr zu, manche lächeln, manche plaudern. Und wer sind sie? Ist sie doch nicht fremd genug? Sie erkennt sie nicht wieder, aber sie nimmt an, dass es seine Freunde sein müssen. Auf der Straße, im Geschäft, im Café – plötzlich grüßt sie jemand, und jedes Mal zuckt sie zusammen, dreht sich weg, bevor ihr einfällt, dass sie den Gruß erwidern muss. Sie ist die neue Freundin. Ihr wird mit nichts anderem als Freundlichkeit begegnet. Die Freundlichkeit kann man berühren und spüren. Im Minimarkt bekommt sie von dem alten Mann Obst. Auch wenn er sie nur vorbeigehen sieht – etwas Süßes für die Mademoiselle, ruft er, und auf diese Weise kommt es, dass der Korb auf der Arbeitsplatte in der Küche voll von diversen Zitrusfrüchten und Kernobst ist. Und in der Kneipe, die sie künftig zu meiden versuchen will, darf sie nicht einmal für sich selbst bezahlen. Seine Freunde übernehmen die Show. Seine Freunde sind überall. Sie sieht sie vom Balkon aus. Sie sieht, wohin sie gehen, wo sie stehen – wen sie grüßen, wen sie übersehen. Es gibt eine Zugehörigkeit hier in der Straße. Alle, die Teil dieser Zugehörigkeit sind oder glauben, es zu sein, haben dieselbe Art zu grüßen. Und alle, die grüßen, ähneln ihm. So ähnlich sind sie sich, sie könnten *er* sein, alle miteinander. Wie Brüder. Straßenbrüder zumindest. Sie steht auf dem Balkon und sieht auf sie hinunter. Es gibt ein Muster. Kreise für Zusammenhalt. Kreuze für Verbindlichkeit. So, wie man alle Muster auflösen, neu zusammensetzen und aus einem anderen Blickwinkel betrachten kann. Szenenwechsel. So als wäre sie, ohne zu wissen wie, von *une copine* zu *la copine* übergegangen. Auch wenn sie ihn in die Wohnung gelassen hat, ins Schlafzimmer und in die Küche, versteht sie nicht ganz, wie sie zu seiner neuen Freundin geworden ist. Kann es wirklich so einfach sein, fragt sie sich. Sie weiß nicht viel über gewöhnliche Konstellationen. Ist es nicht gewohnt, so dicht an anderen Menschen zu wohnen oder Zugang zu privaten Dingen zu haben. Aber was ist eigentlich privat, wenn es darauf ankommt? Was ist privater als etwas anderes? Haut? Gedanken? Tränen? Sie steht am Fenster oder draußen auf dem Balkon und beobachtet, wie die Menschen sich bewegen. Leute, die auf den Straßen zum Leben erwachen. Leute, die sich heimwärts bewegen. Leute, die nach Hause kommen. Leute, die die Räume einnehmen. Es ist ungewiss, was sie daraus schließt. Der Anblick von Menschen zwischen Räumen und Uhrzeiten, zwischen Geschirrspülen und Aufräumen, Schlafenszeit und Morgenkaffee. Wie viel Zeit in einem durchschnittlichen Haushalt vergeht, an einem Tisch, vor einem Bildschirm, hinter einer Fassade. Wie die Leben sich durch die Wände hindurch widerspiegeln. Alles sieht gleich aus, findet sie. Entweder wohnen die, die leben, in Paaren oder allein, entweder sind die Paare heterosexuell oder homosexuell, entweder haben sie Kinder oder nicht, und dann unterscheiden sie sich noch darin, wie dicht sie die Kinder an sich drücken. Die Achsen für Glück und Unglück laufen parallel auf ihre Aufhebung zu. Die Summe aus Disziplin lässt vielleicht keinen Raum für mehr. Das merkt man hier, wo sie wohnt, an den Geräuschen derer, die in dem Gebäude leben. Sie sieht sie nicht, aber sie hört sie von überall her, durch die Wände, unter dem Fußboden. Kinder, die toben und schreien. Kleine Füße, die laufen. Kleine Körper, die fallen. Und Weinen. Sie gibt genau darauf acht, wie auffällig oft die Kinder weinen. Ganz davon zu schweigen, wie aufsehenerregend wenig sie lachen. Lachen gibt es überhaupt nicht, auch nicht unter den Erwachsenen. Die Tage bestehen aus Kinderweinen und Erwachsenentrost. Eifer und Gereiztheit. Leichte, schnelle Schritte, schwere, wütende Stimmen. Erwachsene, die brüllen oder ächzen oder schimpfen oder erschrecken. Erwachsene, und Türen, die knarren. Weinen, ja, aber keiner, der so richtig schluchzt. Sie stellt sich das Gebäude von außen vor, genau wie die Häuser auf der anderen Seite – wie Menschenleben einer Zeichentrickserie gleichen. Sie sieht sich selbst inmitten der Geräusche. Die Einzige, die keine Geräusche macht. Und sie denkt an ihn, daran, wie er sie sehen würde, wenn er sie jetzt sehen würde, wenn er sie so sehen könnte. An ihn und sein Leben hier in der Straße. Wie sehr dieses Viertel *seines* ist, oder er das Viertel *ist*. So geht es einem, wenn man nie wegzieht, denkt sie. Wenn die Stadt ein Teil des eigenen Bauches wird und die Menschen in ihr zur Familie. Dann wird man gesehen. Dann sieht man Unterschiede zwischen denen, die gleich aussehen. Dann folgen Pflichten, Codes, Märchen. Märchen für Erwachsene. Weltliche Vorschriften. Freundschaftliche Zeugen. Sie steht am Fenster und beobachtet ihn. Wie er die Straßen hinauf- und hinunterfährt. Wie viele er aufhält, um mit ihnen zu plaudern. Eine Kippe für jeden Typen, den er kennt. Eine Kippe an jeder Ecke, jedem Durchgang und vor der Kneipe, natürlich, bevor er im Minimarkt vorbeischaut, bevor er bei ihr läutet. Das ist festgelegt. Es braucht nicht viele Wiederholungen, bevor sich etwas verfestigt. Er kommt hinauf und aus dem Aufzug und umarmt sie. Er entschuldigt sich, dass er zu spät ist, es war heute so viel zu tun. Er geht ins Wohnzimmer, stellt eine Flasche auf den Tisch, zieht die Jacke aus und legt sie auf die Armlehne, zieht sich die Schuhe aus und lässt sie auf dem Teppich stehen. Komm her, sagt er, setz dich her. Und das ist auch festgelegt. Sie setzt sich aufs Sofa. Er legt seinen Kopf auf ihren Schoß. Er sieht zu ihr hinauf. Er sieht an die Decke und dann wieder zu ihr. Sie legt normalerweise eine Hand auf seine Stirn. Er ist für gewöhnlich der Erste, der spricht. Heute mit ein wenig heiserer Stimme. Kleines, bist du nicht einsam?

Sie sieht ihn schon als Teil der nächtlichen Wände der Wohnung. Es ist erst gut eine Woche vergangen, aber sie hat kaum allein geschlafen, seit sie angekommen ist, hat es kaum geschafft, sich einzurichten, und er hat sich wohl hier schon so sehr eingerichtet wie sie. Er geht zum Kühlschrank, zur Brotlade und zum Obstkorb. Er steht auf dem Balkon – dem anderen Balkon – und isst Mango mit Blick über die weite Aussicht. Er hat die Mango in vertikalen Linien eingeschnitten und die Schale abgezogen, so wie man es mit einer Banane macht, und jetzt hält er sie so, mit den Schalenteilen nach unten hängend und mit der Frucht wie ein Eis vor sich. Warum benutzt du immer diesen Balkon, fragt sie. Er nimmt einen Zug von der Zigarette, bläst den Rauch im Mundwinkel aus. Man sieht ziemlich gut auf die andere Seite, antwortet er – man sieht viel besser, als man vielleicht glaubt. Und er beißt nicht von der Mango ab, sondern saugt an ihr. Der Saft rinnt ihm aus dem Mund. Sie holt eine Küchenrolle. Gibt es etwas, das du gern sehen möchtest, während du hier bist, fragt er. Gibt es etwas in der Stadt, das ich dir zeigen soll? Er schnippt die Zigarettenkippe weg, schließt die Balkontür hinter sich. Auf einmal, als wäre er sich plötzlich seiner eigenen Rolle klar geworden, der Verantwortung des Experten gegenüber dem Laien. Sie hat bisher noch nicht darüber nachgedacht, aber jetzt, wo er es erwähnt, findet sie, es wäre nett. Wir können ja ins Museum gehen, sagt sie. *Museum?* Vielleicht ist es schon lange her, dass er dieses Wort gehört hat. Ja, lächelt sie, ceci n'est pas une pipe, die Sachen dort. Aber er lässt sich nicht begeistern. Ceci n'est pas was? Ist Kriegstourismus nicht populärer, fragt er neckend – Kriegstourismus ist ja für all die armen Typen in der Gegend trendy geworden, die sind so überbehütet, dass die Sicherheit langweilig für sie geworden ist –, die müssen sich etwas aussetzen, um zu fühlen, dass sie leben – oder, wenn schon sonst nichts, müssen sie glauben, dass sie sich aussetzen. Sie muss ein wenig über ihn lachen. Er hat den schroffen, kecken Ausdruck der Straße. *So draufgängerisch, kleiner Junge!* Hast du Lust, mich auf ein verlängertes Wochenende nach Mogadischu mitzunehmen? Nein, grinst er, aber ich kann dich nach Molenbeek mitnehmen. Es ist nicht sonderlich anders als hier, es ist ein nettes Viertel, ich kenne viele dort – ich kann dich dorthin mitnehmen, sagt er und zwinkert, dann kannst du deinen Freunden zu Hause sagen, dass du in Europas gefährlichstem Stadtteil gewesen bist – du hast doch wohl keine Angst? Er kleckert Mangosaft auf ihr Hosenbein. Halt mal, sagt er, und schlürft den Saft auf, während sie mit dem abgenagten Mangokern und der klebrigen Schale in der Hand sitzen bleibt. Sollte ich Angst haben, fragt sie, ist es gefährlich dort? Er steckt ihr die Nase in den Schritt und inhaliert, so viel er kann. Sei nicht dumm, antwortet er und sieht mit seinem verschmitzten, rüpelhaften Blick zu ihr hinauf – der Gefährlichste von allen ist doch hier! Und sie weiß, was kommt, hat diesen Blick schon früher gesehen. Das Kind in ihm ist nie weit weg. Mit etwas wie Wolfslauten schiebt er seinen Kopf unter ihren Pullover und drückt sie in die Sofaecke. Er knurrt und schnaubt, tobt und reißt, schüttelt und beißt sie in den Bauch. So wie ein Köter seinem Beutetier das Leben nimmt. Wie ein Kind ein anderes Kind aufrüttelt. Nein, kreischt sie und schlägt ihn mit einem Zierkissen. Und selbst wenn sie sich eigentlich zu alt dafür fühlt, das zu tun, tut sie es trotzdem, springt auf und beginnt zu laufen. Sie läuft, und er läuft hinterher. Sie weiß genau, wie das aussieht. Einer soll gefangen werden, und einer soll ihn fangen. Sie läuft ins Arbeitszimmer. Sie bleiben stehen, jeder auf seiner Seite des Schreibtischs, und beugen sich zueinander. Sie laufen eine Runde, dann noch eine Runde, bevor sie sich einfangen lässt. Jetzt hab ich dich, ruft er und umschlingt sie, und während sie sich küssen, sagt er es noch einmal, jetzt flüsternd, mit Mangofruchtfleisch zwischen den Zähnen, jetzt hab ich dich. Willst du mehr davon, fragt sie. Sie hält die zermatschte, abgenagte Mango hoch. Sie beginnen zu lachen. Sie denkt, jetzt kommen endlich Geräusche aus meiner Wohnung – jetzt hören die Kinder Erwachsene, die lachen. Als er sie hochhebt und sich über die Schulter wirft: Das ist nur Theater, denkt sie, hört aber trotzdem nicht auf zu lachen. Er trägt sie durchs Wohnzimmer, zur Bibliothek – er geht in die Knie – nimm die verrückte Amphibie mit, grinst er –, und sie lässt sich durch die Räume tragen, den ganzen Weg bis ins Bett, während sie so tut, als würde das tote Tier leben, nach ihm schnappen, heulend, wie ein Teenager.

Er fragt sie, wie viele Partner sie gehabt hat. Sie haben die Beine immer noch ineinander verflochten, immer noch verschwitzte Körper, die ziemlich schnell atmen. Er hat eine Hand auf ihrer Wange liegen. Es ist nicht leicht, einen Liebhaber darum zu bitten, seine Hand zu entfernen. Genug, antwortet sie. Er hebt den Kopf und reißt die Augen auf. Genug? Man kann wohl nie genug Partner haben, sagt er – du bist doch allein! Jetzt reißt auch sie die Augen auf. Genau, antwortet sie. Und was ist mit dir, hast du schon einmal eine richtige Partnerin gehabt? Er windet sich, zieht die Hand zurück, legt sich auf den Rücken, den Kopf ihr zugewandt. Findest du, du bist diskret, fragt er zurück. Diskret? Wir haben ein Sprachproblem. Nein, sagt er, wir haben kein Sprachproblem – du verstehst alles, was ich sage, nicht wahr? Ich kann dich sehen. Jedes Mal, wenn du das Thema wechselst, jedes Mal, wenn du so tust, als würdest du nicht verstehen. Ich sehe, was du denkst. Ich sehe, wer du bist, sagt er. Und seine Stimme ist sanft und klug. Seine Stimme ist ohne Gebärden. Sie legt ihm die Hand auf die Wange. Tust du das? Ja. Du bist sehr gut zu sehen.

Ich kann anfangen. Sie weiß nicht, worauf er abzielt, aber sie antwortet, in Ordnung, du kannst anfangen. Er hat

Wein und Wasser und Trauben geholt. Er fragt, ob sie Schokolade will. Sie lehnt dankend ab. Er sagt, richtig, du solltest ein wenig abnehmen. Sie gibt ihm einen Klaps auf die Brust, sagt, kiss my ass, und dann tut er es, küsst ihren Hintern. Du bist nicht wahr, kichert sie. Und dann fängt er an: Ich habe nur eine richtige Partnerin gehabt, wir haben zwei Jahre zusammengewohnt. Er kriecht unter die Decke, bevor er fortfährt: So, jetzt bist du dran. Sie verdreht die Augen. Ich bin älter als du, sagt sie, meine Geschichte dauert länger, viel zu lang, und außerdem bist du noch nicht fertig – was ist passiert, warum ging es zu Ende? Er atmet tief und langsam. Okay, sagt er, ich werde ehrlich sein – er dreht sich zur Flasche auf dem Nachttisch und füllt ihre Gläser –, du wirst sicher denken, ich bin zynisch, aber ich sage es trotzdem: Es war ihr Geruch. Ich weiß nicht, was damit nicht gestimmt hat, aber ich konnte ihn einfach nicht ertragen. Anfangs dachte ich, es wäre ein vorübergehender Zustand, eine Infektion oder irgendetwas, das vorbeigehen würde, aber es ging nie vorbei, und ich schaffte es nie, mich daran zu gewöhnen. Kannst du mich verstehen? Er sieht sie mit einem Blick an, als wollte er sie um Entschuldigung bitten. Sie lächelt ihn an. Das Lächeln macht ihn nicht weniger ernst. Es war nicht leicht, sagt er. Es war sehr traurig. Am Ende konnte ich sie nicht mehr berühren. Am Ende konnte ich sie nicht einmal mehr ansehen. Und er sieht so unendlich zerknirscht aus, während er spricht. Sie ist auf diese Offenherzigkeit nicht vorbereitet. Noch weniger ist sie darauf vorbereitet, dass es ihr tatsächlich gefällt, dass er sich öffnet. Ich wollte sie ja nicht verletzen, fährt er fort, aber ich habe sie trotzdem verletzt.

Er leert das Glas und stellt es weg. Er zieht das Kissen zurecht und rückt im Bett weiter hinauf. Kann ich dir etwas erzählen? Selbstverständlich, antwortet sie. Und dann erzählt er. Es war einmal. Er war mit einer Frau auf ein Zimmer gegangen – einer wunderschönen Frau mit blondem Haar und festen Brüsten – sie hatten sich geküsst, sie hatte ihn befummelt und ausgezogen und ihm einen geblasen, sie hatte herrliche Lippen, alles war normal, er ahnte nichts – und dann – als sie sich auszog – als sie sich untenherum auszog – da … Er weiß nicht, wie er den Satz zu Ende führen soll, es ist ihm zu peinlich, er ist zu verlegen, sie muss es für ihn tun. Dann war sie also doch nicht so schön? Er dreht sich jäh um. Nein, das war es nicht, korrigiert er – sie war ein Mann! Er verbirgt sein Gesicht in den Händen. Sie war ein Mann, wiederholt er, und ihm entsteigt ein kleines Wimmern, so wie kleine Jungen wimmern, wenn sie eine Missetat gestehen müssen. Und was hast du dann gemacht, fragt sie. Er lässt die Hände sinken, sieht sie mit einem verirrten Blick an. Ich bin weggelaufen, sagt er. Was sollte ich tun? Ich hatte ja geglaubt, sie sei eine gewöhnliche Hure! Ich wurde getäuscht! Sie sieht ihn ruhig an, so ruhig und neutral, wie sie es hinbekommt. Du bist weggelaufen? Ja, nickt er. Ich bat darum, mein Geld zurückzubekommen, zog mich an und beeilte mich, so schnell wie möglich von dort wegzukommen. Hast du das Geld zurückbekommen, fragt sie da. Er scheint ein wenig überrascht zu sein. Nein, antwortet er, nur die Hälfte.

Vermutlich fühlen sie es. Etwas passiert. Etwas wird nicht passieren. Er schenkt ihnen Wein ein. Sie bittet um mehr Wasser. Jeder von ihnen isst ein paar Trauben. Dann beschließt er: Sie wurde sehr traurig. Mit düsterem Mitgefühl in der Stimme sagt er es. Wirklich, wirklich traurig. Es ist wunderschön, ihm zuzuhören. Nur sie? Wir beide, antwortet er.

Mon cher? Es ist viel einfacher, es zu sagen, als sie geglaubt hätte. In anderen Sprachen gibt es keine bereits eingeübten Versprechen. Ein neues Geräusch: leichte Schritte im Park, ein Spiel, das noch nicht gilt. Mon cher, ça va? Sie legt eine Hand auf seinen Bauch. Er rutscht näher zu ihr hin. Ich habe das Gefühl, ich kann mit dir über alles reden, sagt er, und sie küsst ihn auf die Schulter, stößt mit ihrem Glas gegen seines, sodass ein Prost daraus wird – dann kannst du mir vielleicht auch erzählen, warum ein so attraktiver Typ wie du für Sex bezahlt, sagt sie, und endlich löst sich sein sentimentaler Zug, endlich lächelt er wieder – ich bezahle ja normalerweise nicht für Sex, ruft er aus –, ich habe es nur ganz selten getan. Sie kneift ihn in die Seite. Das war keine richtige Antwort! Und er nickt, lacht ein wenig, streckt sich nach einer Traube in der Schale auf dem Nachttisch, reibt die Traube in ihrer Schambehaarung, mmmh, murrt er und rollt sie in ihrer Scheide herum. Ist dir klar, wie kindisch du bist, fragt sie. Ist dir klar, wie wunderschön du bist, fragt er zurück. Aber sie gibt nicht auf. Du hast immer noch nicht geantwortet, beharrt sie. Er zuckt die Achseln. Okay, sagt er, beinahe mutlos – es war klar und leicht, und es gab kein Drama. Ab und an will man einfach einen Körper haben ohne die ganzen Diskussionen danach. Er steckt sich die Traube in den Mund und lutscht sie wie ein Bonbon. Verstehst du mich nicht? Sie denkt, dass seine Ehrlichkeit einen Ehrenplatz in der Welt verdient hat. Ja doch, antwortet sie. Und er fährt fort: Es gibt auch in dieser Stadt Rotlicht-Straßen, sagt er, genau wie in Amsterdam, nur ohne all die Touristen. Wir sind ein paar Mal dort gewesen, fünf, sechs von uns, wir hatten einen Stammladen, wo wir Gruppenrabatt bekamen, machten danach für gewöhnlich Scherze darüber, wer von uns die beste Behandlung bekommen hat. Er erinnert sich an etwas, das ihn breit grinsen lässt. Einmal, kichert er, erzählte ich ihnen, dass meine Hure mir den Arsch geleckt hatte, ohne dass ich dafür extra bezahlen musste – da wurden sie so sauer, dass sie nach Hause fuhren. Er lacht jetzt laut, kann nichts dagegen tun. Lacht, dass der Traubensaft aus seinem Mund herausspritzt, und dann verschüttet er Wein auf das Laken. Entschuldige, verschluckt er sich, kann aber trotzdem nicht aufhören. Sie nimmt ihm das Weinglas aus der Hand. Kann sich nicht erinnern, wann sie das letzte Mal jemanden mit einem Lachkrampf gesehen hat, und wie sehr der Anfall einer Krankheit ähnelt. Jetzt kommen wieder Geräusche aus meiner Wohnung, denkt sie. Niemand weiß, worüber wir lachen, aber alle hören, dass wir lachen. Wirklich wir? Sie bemerken beide, vielleicht gleichzeitig, dass das Lachen nicht ansteckt. Er trocknet sich jetzt die Tränen, hustet und klopft sich auf die Brust. Tut mir leid, du findest das wohl nicht komisch, sagt er, aber kaum hat er es gesagt, bricht er wieder zusammen. Als würde er zu Tode gekitzelt. Du siehst so ernst aus, heult er. Sie denkt, es muss etwas mit dem Alter zu tun haben. Und sie wartet ab, bis er sich beruhigt hat und wieder normal atmet. Dann fragt sie: Hast du bei den Huren Kondome verwendet? Er dreht sich jäh um und hustet. Es ist offensichtlich, dass er nicht mehr lachen wird. Selbstverständlich, antwortet er, beinahe gekränkt – man muss doch bei den Huren Kondome verwenden! Wie das? Sie stützt sich auf die Ellenbogen und setzt sich leicht auf. Nein, ich war nur neugierig, sagt sie kleinlaut – Krankheiten und so –, du lässt dich doch ab und zu testen? Was meinst du, fragt er. Wir haben wieder ein Sprachproblem, sagt sie, und mit einer Deutlichkeit, von der sie sich wünschen würde, dass sie ihr nicht so peinlich wäre: Gehst du zum Arzt und lässt dich regelmäßig testen? Natürlich bin ich beim Arzt gewesen, antwortet er. Und du lässt dich auf alles testen, fragt sie weiter. Er zieht sich rasch zurück. *Alles?* Was denkst du eigentlich von mir, fragt er hitzig, glaubst du, ich vögle mit Fremden herum? Sie versucht, mit so sanfter Stimme wie möglich zu antworten. Du vögelst schließlich mit Huren, sagt sie – sind Huren keine Fremden? Nein, ruft er aus, faktisch nicht – Huren sind Huren –, und außerdem vögle ich nicht mit ihnen, ich habe nur mit ihnen gevögelt, während ich in dieser Beziehung war! Chérie, sagt er, sieh mich an – ich bin absolut clean, absolut ehrlich. Und sie sieht ihn an. Sie sieht ihn so ehrlich an, wie sie nur kann. Was ist mit mir, fragt sie, du vögelst doch mit mir. Aber sie begreift, dass sie jetzt zu weit gegangen ist, er hat feuchte Augen. Sprich nicht so, sagt er – du bist doch anders. Und er wischt sich die Träne nicht aus dem Augenwinkel, er lässt sie aufblitzen; *das hier* ist doch anders.

Als sie aufwacht, ist er bereits aufgestanden. Sie hört seine Stimme aus der Küche, das Geräusch der Kaffeemaschine, Schranktüren und Porzellan. Sie bleibt liegen und lauscht, bekommt nicht mit, was er sagt, aber dass seine Stimme ernst ist, erwachsen. Das Geräusch eines Mannes am Morgen. So gewöhnlich und durchsichtig. Sie hört seine Schritte im Flur. Das Geräusch eines Mannes, der in ein Zimmer verschwindet. Das Gefühl von Verrat, vielleicht. Sie setzt sich auf. Schleicht sich hinaus. Bleibt in der Bibliothek stehen und schaut zu ihm hinein. Sieht ihn im Kreis laufen, auf und ab schreiten, ständig am Telefon und mit besorgter Miene. Die andere Sprache, von der sie kein Wort versteht. Etwas mit seinem Kinn, das seinen Ausdruck verändert.

Reizbare oder angsterfüllte Unruhe. Sie sieht ihn vom Wohnzimmer ins Arbeitszimmer gehen. Dass er auf den Tisch hinunterschaut, auf ihre Papiere – dass er sieht, ohne zu sehen, ein Blatt aufhebt und es gegen das Licht hält, aber dass das Gespräch alles ist, worauf er sich konzentriert. Sie sieht ihn das Blatt weglegen, auf einen anderen Stapel, bevor er wieder ins Wohnzimmer wandert, sieht, dass er sich zu seinen Schuhen hinunterbeugt und das Gespräch beendet. Hattest du vor zu gehen, ohne dich zu verabschieden, fragt sie da. Ihre Stimme lässt ihn zusammenzucken. Bist du wach, fragt er, aber das ist eine überflüssige Frage. Er greift sich an die Stirn, sieht zur Decke. Ich wollte dich nicht wecken, sagt er, du hast so schön geschlafen. Sie steht im Morgenmantel da, der ihr viel zu groß ist, mit zerzaustem Haar und verschränkten Armen. Sie weiß genau, wie sie aussieht, und versucht es mit gespielt unbeschwerter Stimme zu überdecken: Ist etwas passiert? Er bindet sich die Schuhe erst fertig zu, bevor er sich erhebt und ihr die Hände auf die Schultern legt. Ich bin gezwungen, ein paar Tage zu verreisen, sagt er – es ist meine Mutter, es geht ihr schlecht. Als wären sie einander verpflichtet, sagt er es. Als bräuchte er eine Genehmigung, um zu verreisen. Und vielleicht glaubt sie ihm, oder vielleicht auch nicht. Vielleicht ist es auch nicht wichtig für sie, was er sie glauben machen will. Sie wird ohnehin bald abreisen. Sie braucht nichts über seine Familie zu wissen. Das tut mir leid, sagt sie, denn das sagt man so. Und er sagt, dass er sie vermissen wird, vermutlich aus demselben Grund. Er greift mit einer Hand unter den Morgenmantel und gibt ein gespielt leidendes Geräusch von sich. Herrgott, jetzt verschwinde schon, kichert sie und stößt ihn rückwärts durch das Wohnzimmer. Als sie den Bogengang erreichen, schlüpft er ins Arbeitszimmer und hebt ein Blatt auf. Du machst so schöne Zeichnungen, sagt er neckend – bezahlen sie dich für diese Strichmännchen? Sie lächelt ihn verschmitzt an und zwinkert: Handel und Dienstleistungen, du weißt schon.

*

Sie macht lange Nachmittagsspaziergänge. Eigentlich hat sie keine Zeit dafür, aber die Rastlosigkeit siegt. Die Rastlosigkeit oder die Einsamkeit, sie ist sich nicht sicher, aber sie fühlt sich genötigt, die riesige Wohnung zu verlassen. Jeden Tag, durch das Tor in dem Turm, der von der alten Ringmauer noch steht, und hinein Richtung Zentrum. Jedes Mal mit dem Gedanken, dass sie eine neue Gegend erkunden wird. Sie geht an dem großen Krankenhaus vorbei, das mit einer Fotoserie von HIV-positiven Menschen gepflastert ist. Vorbei an den Kunstgalerien und Secondhandgeschäften und vorbei an dem kleinen Antiquariat, das sich Wand an Wand mit dem Schlachthaus befindet. Als sie auf den Kapellenmarkt kommt, eröffnen sich Möglichkeiten. An einem Tag geht sie hinunter zum Skaterpark und von dort Richtung Zentrum. Am anderen Tag geht sie die Rue de Rollebeek hinauf und sieht sich die geschützten Häuser dort an, oder sie geht hinunter zur Nationalbibliothek. Sie weiß nicht, warum es so ist – und sie hat keinerlei Intention, sich unter die Touristen zu mischen, aber ob sie mit Stadtplan geht oder nicht, ständig strandet sie in dem Gedränge rund um die Grand Place. Und wenn es ihr gelingt, sie zu umgehen, dann landet sie auf dem Heimweg trotzdem wieder dort. Vielleicht muss sie einsehen, dass sie Touristin ist, auch sie. In ihrem Kern, ahnungslos und ohne Plan.

Sie kauft lächerlich teures Konfekt von einem Mann mit Schnurrbart und weißen Handschuhen. Sie findet ein paar amüsante Postkarten, von denen sie in einem Einfall denkt, sie würde sie jemandem schicken. Sie macht Fotos von der winzigen, überberühmten Skulptur des pinkelnden Jungen in dem Springbrunnen. Und am nächsten Tag, als er ein anderes Kostüm trägt, macht sie wieder ein Foto von ihm.

Sie geht. Es regnet oft und viel, aber sie geht trotzdem. Will nicht den öffentlichen Nahverkehr in dieser Stadt nutzen, hat sich so entschieden. Sie wird gehen, bis sie nach Hause kommt. Und dass sie zu Hause unbesorgt sein wird, dazu hat sie sich auch entschieden.

Sie schicken einander tägliche Nachrichten, kurz, aber nett, einige von ihnen in der Sprache, von der sie kein Wort versteht. Je bent heel mooi, schreibt er. Ik hou van u. Sie denkt sich, dass es eine Art Spiel von ihm ist, sie soll ein Wörterbuch verwenden müssen, um herauszufinden, was es bedeutet, aber sie hat keine Eile. Die Abende vergehen mit Arbeit. Versuchsweise macht sie Essen. Mitunter liest sie oder zeichnet ein wenig. Die ganze Zeit über mit einer stillen Beharrlichkeit. Große Räume sollen nicht erschlagen. Die Leere nicht ersticken. Und als die Nacht kommt und alle Lichter auf der anderen Seite aus sind, sagt sie Gute Nacht. Der Alligator steht dort, wo er ihn hingestellt hat, auf der Kommode im Schlafzimmer. Der Einzige, der sie ansieht.

*

Nach vier Tagen ist er zurück. Er läutet an der Haustür: Schatje! Ich komme bald zu dir rauf.

Sie steht auf dem Balkon und sieht ihn die Straße auf und ab fahren, genau wie sonst auch, er und seine Kumpels aus dem Viertel. Sie pfeift zu ihm hinunter. Er pfeift zurück. Heute Abend gehen wir aus, ruft er, bevor er um eine Ecke verschwindet. Eine halbe Stunde später hört sie ihn wieder pfeifen. Sie geht auf den Balkon. Er breitet die Arme aus. Schatje! Ich komme bald zu dir rauf, wiederholt er rufend. Hörst du mich – heute Abend gehen wir aus! Und er ist zu charmant, zu theatralisch, als dass sie sich daran stören würde, wie doof er ist. Sie werfen einander Luftküsse zu. Er geht in die Knie und hält sich das Herz. Sie kann nicht aufhören zu lachen.

Noch eine halbe Stunde vergeht, wenn nicht mehr. Sie wird ungeduldig und geht auf den Balkon hinaus, um nach ihm Ausschau zu halten. Hat beschlossen zu pfeifen, wenn sie ihn sieht, zu verlangen, dass er zu seiner Freundin heraufkommt. Aber als sie ihn erblickt, entscheidet sie sich anders, sie sieht sofort, dass seine Laune sich geändert hat. Er kommt aus der Kneipe, er und noch einer, und ihre Körpersprache ist schwer und ernst. Sie schlüpft hinein und geht ans Fenster, wo man sie nicht so gut sehen kann, beobachtet die beiden stattdessen von dort, auch wenn sie sich ein wenig dumm dabei fühlt, das zu tun. Beobachtet sie, auch wenn sie den Ablauf der Zusammenkunft schon von früher kennt. Dass sie herauskommen, um sich eine Zigarette anzuzünden. Fast völlig gleichzeitig, fast völlig synchron. Dass sie sie schweigend rauchen werden, bevor sie sich mit einem festen Händedruck voneinander verabschieden. Sie weiß das alles, hat es schon viele Male gesehen. Aber dann, als er die Straße überquert, vorzugsweise auf dem Weg zu ihr, kommt der alte Mann aus dem Minimarkt. Alle wollen etwas von ihm – es nimmt kein

Ende. Und der Alte ist sichtlich aufgeregt, wedelt mit den Armen, deutet hierhin, dorthin, während er spricht. Es wirkt, als wären sie uneins über etwas, als würden sie sogar ein wenig streiten. Die Verzweiflung ist ihnen beiden anzusehen, eine schroffe und doch versteckte Furcht, deren Zeugin sie sicher nicht sein sollte oder mit der sie jedenfalls nichts zu tun hat. Als er endlich läutet, hat sie sich entschieden, weder zu fragen noch sich einzumischen. Es sind vier Tage vergangen, vier Nächte seit dem letzten Mal. Jeder Tag hat sie darin bestärkt, nicht darüber nachzudenken. Chérie, sagt er, lass mich rein!

Die Art, wie er auf ihrem Schoß liegt, ist jetzt anders, intensiver. Er presst sich an sie, krümmt sich wie ein kleines Kind, hält sich krampfhaft an ihr fest, als würde sie versuchen zu fliehen. Ich habe dich so vermisst, sagt er, und es überrascht sie sehr, wie ernst er das zu meinen scheint. Mon cher, seufzt sie und lässt die Fingerkuppen über seine Augenbrauen gleiten, über die Augenlider, die Wangen, das Kinn. Sie massiert seine Stirn und seine Schläfen. Seine Lippen öffnen sich.

Wie geht es deiner Mutter? Es rutscht ihr so raus, ohne groß darüber nachzudenken und unüberlegt. Er dreht sich jäh und mit einem schmerzerfüllten Laut um, bohrt sein Gesicht zwischen ihre Brüste. Mein Gott, flüstert er. Und sie streichelt ihm über den Kopf, über das kurze, schwarze Haar, langsam, während sie eine Art beschwichtigenden Ton macht. Na, na, sagt sie schließlich, lass uns ausgehen.

Seine Bewegungen sind kraftvoll und eilig. Er will ihr alles zeigen. Es gibt nicht genug Zeit für alles, aber er will ihr trotzdem alles zeigen. Eine Eintrittskarte für Menschen mit einem übertriebenen Glauben an Emotionen. Misstrauen gegenüber den Jahren, aber Vertrauen in die Stunden.

Sie schafft es kaum, Schritt zu halten. Sie hat entschieden, dass sie zu Fuß gehen sollen, nicht die Metro nehmen, und jetzt versucht er, sich dafür zu rächen. Er geht einen halben Schritt vor ihr, zieht sie am Arm hinter sich her. Gibt es etwas, das wir erreichen müssen, fragt sie. Aber ja, selbstverständlich, ruft er, plötzlich munter – begreifst du nicht, dass ich viele Nächte nachzuholen habe? Sie gehen den inneren Ring entlang, unter der Eisenbahnbrücke hindurch und hinunter zum Kanal. Das unbestimmte Wetter lässt sie die Jacken unterwegs mehrmals auf- und zuknöpfen. Sind wir bald da, fragt sie, als sie einen Parkplatz voller gepanzerter Fahrzeuge überqueren. Bald, sagt er und lehnt sich zu ihr hinüber. Er steckt die Nase in ihr Haar und küsst sie auf den Nacken, während sie gehen. Ihr gefällt, dass er das tut. Er tut es auf die richtige Art, er weckt und löscht Erinnerungen. Sie gehen durch einen engen Durchgang. Von einer ziemlich gewöhnlichen stillen Straße zu einem ziemlich gewöhnlichen bunten Platz. Siehst du, das ist ganz normal hier, sagt er, als würde er glauben, sie hätte etwas anderes erwartet. Die Normalität ist übermächtig, natürlich, auch wenn alles neu für sie ist. Das ruhige, zurückgelehnte Alltagsleben – Uniformierte können es nicht zum Verschwinden bringen. Der Duft von Essen ist für alle gleich.

Bist du bereit für eine kleine Runde, fragt er. Ich bin für so gut wie alles bereit, antwortet sie.

Sie beginnen beim Bäcker, wo sie eine Tüte Honigkuchen bekommen, die sie zum Teehaus mitnehmen, wo sie jeweils ein Glas Minztee trinken, bevor sie zum Obststand weitergehen, wo sie eine Handvoll Kirschen bekommen, die sie essen, während sie an einigen Wohnblöcken entlanggehen, wo in keinem einzigen Fenster Licht brennt und es nicht verboten scheint, die Kirschkerne auf den Gehweg zu spucken. Am Ende der Straße gibt es eine kleine Frittenbude, an der sich ziemlich viele Leute versammelt haben. Auch hier, wie an den anderen Orten, wo sie gewesen sind, wissen alle, wer er ist, und grüßen sie beide freundlich. Auch hier wird ihnen Essen aufgedrängt und das Bezahlen verweigert. Die älteren Männer sind die engagiertesten. Sie hat aufgehört zu zählen, wie viele ihm auf die Schulter geklopft haben. Das Meer von Onkeln ist anscheinend enorm. Das, was sie sagen, ist beinahe komisch gleichlautend. Wie viele von ihnen ihm Komplimente machen. Der schelmische, aber trotzdem aufrichtige Tonfall – ja, so soll es sein, sagen sie, jetzt hast du endlich eine ordentliche Frau gefunden –, und er kann nichts gegen seinen eigenen Charme tun, wie er vor schüchternem Stolz strahlt, wie der Junge in ihm zu Boden blicken muss, um nicht zu kichern – genauso wie auch sie nichts dagegen tun kann, dass sie es schmeichelhaft findet. Es ist jetzt offenkundig für sie, dass er sie ebenso sehr vorführt wie er sie herumführt. Und das ist in Ordnung, vielleicht merkwürdig in Ordnung, sie hat überhaupt nichts dagegen.

Eine ganze Weile bleiben sie bei der kleinen Bude am Ende der Straße stehen. Die kleinen frittierten Teigkugeln schmecken nach fast nichts, aber es würde nicht gut aussehen, wenn sie nicht einige davon essen würde. Sie nickt und lächelt und bedankt sich, wie es sich gehört, und versucht, dem Gespräch zu folgen. Sie versteht, dass sie über Fußball sprechen. Sie sieht, dass sie versuchen, ihn zu irgendetwas zu überreden. Heute Abend ist ein Spiel, erklärt er – sie wollen, dass wir mitkommen und das Spiel anschauen. Aber klar gehen wir mit, sagt sie da – sein ganzer Körper strahlt ja förmlich aus, worauf er Lust hat –, und die Männer sind schwer zufrieden – das ist mal eine Frau, sagen sie, und er wird noch schüchterner und stolzer, man könnte meinen, er wird rot. Bist du sicher, dass das okay ist, fragt er. Und ja, sie ist sicher. Er besteht darauf, dass sie liebend gerne auch etwas anderes unternehmen könnten, er könnte mit ihr woanders hingehen, nur zu zweit, aber sie versichert ihm, dass sie mit Freuden zum Fußballschauen in die Kneipe mitkommt. Hör auf zu diskutieren, sagt sie schließlich und kneift ihn ins Ohr, und als sie aufbrechen, legt er den Arm um sie, genau so, wie ein richtiger Partner es tun würde.

Sie gehen in der Gruppe, alle zusammen. Sie sind ein Paar in der Gruppe. Obwohl es nicht wahr ist, ist es trotzdem wahr – genau jetzt sind sie ein Paar, und selbst wenn die anderen Frauen sich unterwegs verabschieden, gibt es nichts, was darauf hinweist, dass es ihm unangenehm ist, der Einzige zu sein, der seine Frau in die Kneipe mitnimmt. Auch ihr ist es nicht unangenehm. Es gibt nur eine andere Frau in dem verrauchten Lokal, sie steht hinter der Bar und ist die Mutter für alle. Was willst du trinken, mein Sohn – so nimmt sie Bestellungen auf, und als sie mit dem Biertablett an den Tisch kommt, legt sie ihm die Hand auf die Schulter –, hübsch, sagt sie, und lächelt in ihre Richtung – so erteilt sie ihren Segen.

Gegen Mitternacht verlassen sie die Kneipe. Angeheitert jetzt, mit glühenden Gesichtern, in denen keiner, der sie nicht endlos gut kennt, etwas anderes als Glück sehen würde. Er bezahlt. Hat ein beinahe unanständig dickes Bündel Geldscheine in der hinteren Hosentasche, und ihr ist klar, dass sie das nicht kommentieren sollte. Sie verlassen das enge Straßennetz, gehen über den Kanal hinein Richtung Zentrum. Arm in Arm gehen sie, ohne sich zu unterhalten. Es imponiert ihr, dass er genügend Sicherheit dazu an den Tag legt. Sind wir schon so weit, denkt sie. Vielleicht weiß sie nicht, was in ihm steckt. Als sie an den Börseplatz kommen, bleibt er stehen und küsst sie. Er küsst sie leidenschaftlich, ohne einen Hauch von Eile. Bring mich nach Hause, flüstert sie. Ehrlich. Es gibt nichts, was sie lieber will. Er streichelt ihr übers Haar, über die Wange, über die Augen. Geh auf die Knie, ruft einer von der Gruppe, die auf der Treppe vor der Börse sitzt und trinkt. Sie dreht sich zu ihnen um und lacht, macht laute Kussgeräusche. Er wird deswegen glücklicherweise nicht verlegen, sondern lacht mit. Wir haben nicht zu Abend gegessen, sagt er, bist du nicht hungrig? Das kommt darauf an, sagt sie und beißt ihn in die Lippe. Er kichert. Ein so unschuldiges Gesicht. Jetzt ist doch alles geschlossen, sagt sie, aber ich kann uns zu Hause etwas machen. Er sieht sie an und schüttelt streng den Kopf. Nein, sagt er – eine Frau soll nachts nicht in der Küche stehen. Und er meint es nicht ironisch. Er fragt, ob sie Lust auf Fisch hat. Alles ist geschlossen, aber er kennt ein Lokal, das offen hat, das auch nach Mitternacht frischen Fisch für ausgewählte Gäste serviert. Er zieht sie mit sich, biegt in eine Seitenstraße ein und von dort in noch eine Seitenstraße. Sie gehen durch ein Loch in der Wand, eine Treppe hinunter und durch eine Tür zu einem Speisesaal, wo alle am selben langen Tisch sitzen und Schüsseln mit Gemüse und Meerestieren teilen. Ist das in Ordnung für dich, fragt er. Sie antwortet, das ist mehr als in Ordnung. Und noch einmal bewegt er sich auf seinem Terrain, wird von fast allen begrüßt. Und wieder empfindet sie ein Gefühl von Stolz, dabei sein zu dürfen. Ein Stolz, der in beide

Richtungen geht. Es gibt eine Welt, die sich hinter dem Straßennetz verbirgt. Eine eigene Stadt in der Stadt, zu der nur gewisse Personen Zugang haben. Er hat entschieden, den Zugang mit ihr zu teilen. Sie fühlt diese Wärme. Weiß, was diese Wärme bedeutet. Unter der Erde sind alle Brüder.

*

Etwas ist anders an ihm. Etwas ist den ganzen Abend anders gewesen. Die Zärtlichkeit ist neu. Sie fühlt es. Die Zärtlichkeit berührt sie. Im Aufzug hat er feuchte Augen. Geht es dir gut, fragt sie. Er antwortet, dass er die Dinge nie deutlicher gesehen hat als jetzt. Alles ist so klar für mich, sagt er – und du machst es noch klarer. Sie legt den Kopf zur Seite, lächelt ihn demütig an: Das nennt man Promille, mein Lieber.

Die Tür ist offen. Nachdem sie eine Weile mit den Schlüsseln herumgefummelt hat, sieht sie ein, dass sie vergessen haben muss abzuschließen. Sind wir die Treppe hinuntergegangen, als wir das Haus verließen, fragt sie, und er nickt. Die Bude hier ist zu groß für dich, lächelt er, du hast zu viele Türen. Sie gehen hinein. Sie prüft die andere Eingangstür. Die ist freilich abgeschlossen. Sie geht zurück zum Aufzugsausgang und schließt ihn gründlich ab. Jetzt sind wir eingeschlossen, sagt sie. Du brauchst ein kleines Haus auf dem Land, sagt er.

*

Sie versucht natürlich, es so wenig störend wie möglich zu sagen, obwohl man es natürlich nicht sagen kann, ohne dass es eine Unterbrechung bedeutet. Du darfst nicht in mir kommen, flüstert sie. Er verringert automatisch das Tempo. Warum das, fragt er. Weil ich meinen Eisprung habe, antwortet sie. Was bedeutet das, fragt er – das gelbe Licht trifft ihn nur in der einen Hälfte des Gesichts –, du hast doch wohl keine Angst davor, dass ich krank sein könnte? Sie hören jetzt ganz auf. Er stützt sich über ihr auf die Ellenbogen. Nein, sagt sie, das ist es nicht. Aber sie kennt das Wort für Eisprung nicht in seiner Sprache, also sagt sie, ich kann schwanger werden. Und da sieht er sie an, mit dem einen Auge, das sie sehen kann und in das sie blickt, wo etwas sich umdreht und strahlt. Chérie, sagt er. Ich kann dir ein Kind geben.

Und tatsächlich erwägt sie es. Einen ziemlich kurzen Moment lang, vielleicht nur so lang wie das, was man einen Augenblick nennt, aber trotzdem – für einen Hauch von Zeit in dem Leben, das ihr gegeben ist, erwägt sie, ein Kind mit ihm zu bekommen. Sie liegt in seinen Armen, hat ihn in sich. Vielleicht ist es sogar schwer, gerade jetzt ein Gegenargument zu finden. Es gibt eine Güte. Unbezweifelbar. Eine behutsame, taktvolle Güte.

Wir kennen einander doch nicht, sagt sie. Er streicht ihr mit dem Daumen über die Augenbraue. Tun wir das nicht? Sie lächeln einander so sanft an, wie sie können. Er küsst sie. Sie nimmt es entgegen. Ich weiß, du wärst eine gute Mutter, sagt er. Das weiß ich auch, antwortet sie – aber ich will nicht aus diesem Grund Mutter werden. Und es ist ungewiss, wer von ihnen am meisten Mitleid mit dem anderen hat, ungewiss, wer wen verletzt. Mon amour, flüstert er und macht weiter, und sie will sich nicht daran erinnern, wann das letzte Mal jemand so auf die Liebe bestanden hat.

Er kommt in seine eigene Hand, macht die Handfläche zu einer Tasse, muss ins Bad gehen, um sie auszuspülen. Eine gewisse Verlegenheit ist ihm anzusehen, möglicherweise auch ihr. Es macht keinen Unterschied, woher der Verrat kommt.

Sie schlafen in dieser Nacht nicht noch einmal miteinander und auch nicht am nächsten Morgen. Sie öffnet die Augen und betrachtet ihn eine ganze Weile, bevor er bemerkt, dass sie aufgewacht ist. Er schaut an die Decke, ruhig, nachdenklich. Erst als sie eine Hand auf seinen Bauch legt, fällt ihm ein, dass sie da ist. Guten Morgen, schnurrt sie und schmiegt sich an ihn. Es ist nicht zu leugnen, ihr gefällt, dass er da ist. Sie hat sich an seine Haut gewöhnt und an seinen Geruch. Die Silhouette und die Konturen. Sie legt den Kopf auf die harte Jungenbrust. Musst du heute zur Arbeit, fragt sie. Sie weiß nicht, warum sie das fragt, es ist Sonntag. Vielleicht ist etwas in seiner konzentrierten Miene, das ihn angespannt wirken lässt, oder vielleicht sagt sie es nur, um ihm die Möglichkeit zu geben zu gehen. Sie will nicht, dass er da ist, während sie arbeitet. Und er weiß, dass sie nicht auf ihre Arbeit verzichten kann.

Ich muss nicht zur Arbeit, aber ich muss ein paar Dinge regeln, sagt er. Sie zwinkert ihm zu. Handel und Dienstleistungen? Er lächelt vorsichtig. Etwas in der Art, antwortet er. Und dann bricht es aus ihr heraus, das, was sie sich schon lange gedacht, was sie aber nicht gesagt hat. Weil sie sich vielleicht auch ein bisschen dafür schämt, dass es sie nicht gekümmert hat. Mit sanfter und scherzhafter Freundlichkeit: Wir passen gut zusammen, wir zwei, sagt sie – ich bin Prostituierte und du Drogendealer, zusammen könnten wir reich werden, für immer in ein Südseeparadies abhauen.

Er lacht ein wenig, fährt ihr geistesabwesend durchs Haar. Das glaubst du also, dass ich bin? Selbstverständlich denke ich etwas in der Art. Aber du? Sie erhöht den Ton um eine kleine Stufe. Das macht gar nichts, sagt sie, ich brauche es nicht zu wissen. Du hast dein Leben. Ich habe meines.

Mit ganz monotonen, gleichartigen Handbewegungen und einem Blick, der anderswo ist, streichelt er sie. Sie sieht zu ihm hinauf, um Kontakt zu bekommen. Hallo? Er hebt den Arm, damit sie unter seine Achsel kriechen kann, zuckt aber zusammen, als er sich selbst sieht, plötzlich ist er wieder ganz anwesend. Uff, das ist so hässlich, ruft er aus und legt die Hand über seine Achselhöhle, um sie zu verdecken. Was ist los, fragt sie. Er schüttelt den Kopf, sichtlich beschämt. Lass sehen, fleht sie, und zieht an seiner Hand. Es ist ihr nie etwas Ungewöhnliches an seinen Achselhöhlen aufgefallen, aber sie hat auch nie nachgeschaut. Und da ist nichts Ungewöhnliches, nichts, was sie erkennen könnte, außer dass das Haar sehr kurz ist. Rasierst du dich unter den Armen, fragt sie. Ja, antwortet er, immer noch peinlich berührt – aber jetzt habe ich es bestimmt vergessen. Sie lacht. Warum rasierst du dich unter den Armen, fragt sie, ihr fällt aber ziemlich schnell ein, dass das vielleicht etwas ist, wonach man nicht fragt. Dort, wo ich herkomme, sagt sie stattdessen, haben die Menschen dicke Haarballen unter den Armen, und sie fühlt sich ein wenig blöd, weil sie es sagt, aber sie sieht, dass es seine Scham etwas mildert. Ist das wahr, fragt er. Das kann ich fast nicht glauben.

Er drückt sie lange an sich, obwohl er im Begriff ist aufzubrechen. Von einem Fuß auf den anderen schaukelnd, drückt er sie, fast so stark, dass er sie vom Boden aufhebt. Kommst du heute Abend, fragt sie. Sie legt die Lippen auf seinen Adamsapfel. Er lässt sein Kinn auf ihrer Stirn ruhen. Vielleicht, zögert er – ich werde sehen, wie weit ich mit dem komme, was ich zu tun habe. Sie einigen sich darauf, dass er sie später am Nachmittag anruft. Vielleicht können wir ins Kino gehen, schlägt sie vor, oder vielleicht können wir bei dir zu Hause was kochen? Er lehnt sich mit dem Oberkörper zurück und sieht sie an. Du willst zu mir nach Hause? Ja, antwortet sie, ich will doch sehen, wie du wohnst. Aber bei mir herrscht im Moment ein richtiger Saustall, sagt er. Du darfst nicht zu mir nach Hause kommen, bevor nicht saubergemacht ist. Mich kümmert so was nicht, sagt sie und meint es auch so. Aber er schüttelt den Kopf. Mich schon.

Und er gibt ihr noch eine letzte Umarmung. Eine Umarmung, die er rasch unterbricht. Ach, das hätte ich fast vergessen, sagt er und holt das Geld aus der Gesäßtasche hervor. Er teilt das Bündel in zwei und gibt ihr die eine Hälfte. Hier, sagt er, du kannst dir was Schönes kaufen. Sie sieht zu Boden, hört, wie sich etwas im Gebäude bewegt. Du kannst es als Geschenk von einem Drogendealer betrachten, lächelt er. Du verdienst ja wohl nicht *so* viel damit, Märchen zu schreiben? Lass es, sagt sie. Sie spürt das Zucken in ihrer Lippe. Denk nicht darüber nach, sagt er. Nimm es einfach.

*

Es überrascht sie, dass sie sich enttäuschen lässt. Aus naheliegenden Gründen hatte sie nicht geplant, mehr zu fühlen als nötig, und sich auf keine Weise gewünscht, die Anwesenheit oder Abwesenheit eines anderen über ihre Laune bestimmen zu lassen. Sie wird ohnehin bald abreisen, Gefühle wären verschwendet, aber als er anruft, um zu sagen, dass er es nicht schaffen wird, sie zu treffen, fühlt sie trotzdem mehr, als sie will. Völlig in Ordnung, sagt sie, so überzeugend wie möglich – tu, was du zu tun hast, dann reden wir morgen. Und nachdem er es auf eine übertriebene, beinah alberne Weise bedauert hat, legt er endlich auf. Tausend Küsse, sagt er zum Schluss. Tausend Küsse und Gute Nacht.

Aber am nächsten Tag ruft er nicht an. Es wird langsam Abend, und obwohl sie ihn angerufen hat, ruft er nicht zurück. Nicht, bevor es dunkel wird, hört sie etwas von ihm und dann auch nur durch eine Nachricht. Ma chérie, steht da. Ich bin gezwungen, wieder zu verreisen. Es tut mir leid, dass ich es nicht geschafft habe, dich anzurufen, aber es war so viel los. Mutter ist schwer krank. Ich bin erschöpft, schreibt er. Du hörst von mir.

Sie liest die Nachricht mehrere Male. Zwischen den Zeilen gibt es nichts zu entdecken, aber das hindert sie nicht daran, zu suchen. *Du hörst von mir* – was für eine Art Nachricht ist das? Und obwohl sie weiß, dass sie weder richtig etwas mit seinem Leben zu tun hat, noch damit zu tun haben wird, schafft sie es nicht, sich des Gefühls zu erwehren, dass sie es eben gerade doch hat. Wann kommst du zurück, fragt sie. Und er antwortet: Wenn du abreist, bevor ich zurück bin, sehen wir uns trotzdem. Bis zum Sommer.

So, wie ein Vogel in der Kälte vom Ast fällt, um im trockenen Laub zu frösteln. So tickt die Einsamkeit. Sonderbar logisch, wie ein beliebiges Uhrwerk.

Im Minimarkt kauft sie eine Flasche Wein. Sie hat noch Wein zu Hause, aber eine Flasche mehr schadet nicht. Wie geht es, Mademoiselle, fragt der Alte. So einigermaßen, antwortet sie. Vielleicht ist sie nur hergekommen, um das sagen zu können.

Ist er verreist? Sie sieht ihn erst verständnislos an, aber nach einer Weile nickt sie. Seine Mutter ist krank, sagt sie, spürt, wie sich ihr Hals zuzieht. Der Alte nickt zurück. Dann ist er wohl verreist. Hier, sagt er. Er gibt ihr eine Honigmelone, legt ihr die Hände auf die Schultern. Plötzlich erkennt sie, dass dieser Mann jetzt derjenige ist, der ihr in der Stadt am nächsten steht. Ich bekomme ihn nicht zu fassen, bricht es aus ihr heraus, sie kann nichts gegen eine kleine Träne tun. Der Alte sieht traurig aus, auch er. Mein Kind, sagt er, wir sind viele hier, die einander nicht zu fassen bekommen. Mit unergründlicher Ruhe spricht er. Schwerer Ruhe. Das ist alles, was wir tun können. Wir können an unserem Tisch sitzen. Hoffen. Warten.

Sie geht von Zimmer zu Zimmer, Runde um Runde in der riesigen Wohnung. Nimmt es genau damit, die Türen abzuschließen. Sorgt dafür, dass der Herd ausgeschaltet ist. Trägt den Alligator zurück in die Bibliothek. Geht zu den Balkons, späht hinaus, bevor sie die Türen ein letztes Mal überprüft, macht alle Lichter aus.

*Bis zum Sommer?* Was glaubt er denn, denkt sie.

Sie wacht früher als nötig auf, gestattet sich, liegen zu bleiben. Es ist noch nicht hell, sie hat keine Lust, sich zu stressen. Im Lauf der Nacht hat er noch eine Nachricht geschickt: Ik hou van u. Echt. Aber sie wird ihn nicht wieder anrufen, das hat sie so entschieden, und ob er anruft oder nicht, ist nicht so wichtig. Männer kommen und gehen. *Sie* kommt und geht. Was kann ein Mensch sich erwarten? Sie liest ein wenig, masturbiert, nickt wieder ein. Wacht nicht auf, bis sie das Geräusch eines Hubschraubers hört. Mehrerer Hubschrauber. Morgen jetzt, ein neuer Tag. Ein ganz ähnlicher, aber völlig verschiedener Tag. Riecht sie nicht eine Spur von Rauch? Ja, vielleicht. Und das kontinuierliche Heulen von Sirenen, fernen oder nahen.

Ida Hegazi Høyer

**DAS SCHWARZE PARADIES**

Roman

Aus dem Norwegischen übersetzt
von Alexander Sitzmann

ISBN 978 3 7017 1686 9

„Das schwarze Paradies“ nennt Ida Hegazi Høyer ihren Roman, der Aussteigerträumen auf den Zahn fühlt. Und damit auch den Hoffnungen, in einem Umfeld ohne Krieg und Gewalt zu einer neuen Form der Humanität heranzureifen: die klassische Verklärung des edlen Wilden und seiner Ideale. (…) Furor, Witz und Ironie hallen weit über Floreana hinaus.
*Susanne Schaber, DIE PRESSE*

„Das schwarze Paradies“ von Ida Hegazi Høyer ist ein fulminanter Roman. Es ist nicht nur die vollkommen verrückte Geschichte, die sofort fesselt, sondern die intensive Sprache, die unvermittelt von der ersten Seite an in den Abgrund menschlicher Tiefen führt.
*Sascha Pommrenke, KOREANDER LITERATURBLOG*

Und so gewinnt diese vermeintlich kleine Inselgeschichte eine ganz umfassende, universelle Bedeutung, das ist die philosophische Spannung des Buchs, zu der dann die literarische kommt: dieses raffinierte Erzählen, eine bildreiche, poetische Sprache und schließlich eben auch dieser Kriminalfall (…)
*Thomas Diecks, RBB LITERATURAGENTEN*